Krav Maga

Cómo defenderte contra un ataque armado

Krav Maga

Cómo defenderte contra un ataque armado

Imi Sde-Or Lichentfeld. Fundador del Krav Maga
Eyal Yanilov, Jefe de Instructores

Grupo Editorial Tomo, S.A. de C.V.
Nicolás San Juan 1043
03100 México, D.F.

1a. edición, noviembre 2001.

© 2001, Grupo Editorial Tomo, S. A. de C. V.
Nicolás San Juan 1043, Col. Del Valle
03100 México, D. F.
Tels. 5575-6615, 5575-8701 y 5575-0186
Fax. 5575-6695
http://www.grupotomo.com.mx
ISBN: 970-666-444-0
Miembro de la Cámara Nacional
de la Industria Editorial No. 2961

Traducción: Francisco Emrick
Diseño de Portada: Emigdio Guevara
Diseño Tipográfico: Servicios Editoriales Aguirre, S.C.
Supervisor de producción: Leonardo Figueroa

Impreso en México - *Printed in Mexico*

Contenido

Se aprecia enormemente la contribución de las siguientes organizaciones de Krav Maga para la realización exitosa de este proyecto de publicación:

Asociación Israelí de Krav Maga
Federación Internacional de Krav Maga
Asociación Estadounidense de Krav Maga

Los siguientes instructores de la Federación Internacional de Krav Maga invirtieron muchas horas aplicando sus destrezas en la demostración de las diversas técnicas en las más de 400 fotografías contenidas en este volumen. Su importante contribución a la coherencia de esta obra se aprecia enormemente: Gabi Noah, Eli Ben-Ami, Avi Moyal, Amnon Darsa, Dori Nemetsky, Yoav Gaon. Se agradece a los siguientes instructores de Krav Maga que aparecen en alguna de las fotos contenidas en este libro: Shaike Barak, Hayim Zut, Guy Cohen.

Prólogo por el finado Sr. Yitzhak Rabin.

Querido Imi:

La impartición de acondicionamiento físico y Krav Maga a los soldados y oficiales de las Fuerzas de Defensa de Israel, e Imi Lichtenfeld, son una y la misma cosa, una parte integral de la actividad de estas Fuerzas de Defensa. Mi agradecimiento para ti por tu contribución a las Fuerzas de Defensa de Israel al cultivar el "Judaísmo dirigido al cuerpo", y mis felicitaciones por la publicación de tu libro: un manual para momentos de tensión, con la esperanza de que los lectores nunca tendrán la necesidad de tu consejo y experiencia.

Sinceramente,

Yitzhak Rabin

Primer Ministro y Ministro de Defensa de Israel (escrito en 1992 para la edición original en idioma hebreo)

Prólogo por el Sr. Shimon Peres

Los dos peligros más grandes en el mundo actual, son la guerra librada con misiles (los misiles no respetan fronteras), y los combates con cuchillo (ya que el terrorismo tampoco respeta fronteras).

En la guerra librada con misiles, la tecnología es un factor decisivo, y en el terrorismo, lo es el individuo. Imi Sde-Or, bendito sea su recuerdo, desarrolló la estrategia para el Krav Maga. Una estrategia que hace posible también la defensa personal para los individuos, ya sea que tengan uniforme o no, para que cuando se encuentren solos en un combate, no lo pierdan.

En estos días, con la creciente violencia esta estrategia no tiene paralelo.

Shimon Peres

Exministro de Cooperación Regional y Exprimer Ministro de Israel

(Nota del Traductor: Actual Ministro de Relaciones Exteriores de Israel.)

Dedicado a la bendita memoria de mi padre
y maestro, Samuel Lichtenfeld.

Imi Sde-Or (Lichtenfeld)

Si vis pacem para bellum

Si quieres paz, prepárate para la guerra.

Prólogo del editor

Por lo general no escribo un prólogo para los libros que publico. Sin embargo, éste es un libro excepcional escrito por una persona excepcional.

El Sr. Imi (Imrich) Sde-Or (Lichtenfeld), el renombrado Gran Maestro israelí (1910-1998), fue el creador de la aclamada escuela de defensa personal y combate isrelí Krav Maga. Imi y su discípulo superior y seguidor, Eyal Yanilov, pasaron más de una década escribiendo esta serie de libros para beneficio de todas las personas en el mundo que, en momentos de emergencia, necesiten este conocimiento especial.

Debido a su vasto conocimiento y a su personalidad sobresaliente, el Gran Maestro Imi fue considerado como una leyenda viviente por sus numerosos estudiantes y compañeros, quienes lo respetaban casi como a un Gurú. Él creó una moderna disciplina de defensa personal que incorpora las características centrales de su personalidad y refleja los acontecimientos que conformaron su fascinante vida. Exactamente como el mismo Imi, el método Krav Maga es lógico, intuitivo, directo y práctico, pero ante todo, sensible y humanista.

Imi Sde-Or se sirvió de su comprensión excepcional del cuerpo humano y de las dinámicas humanas para establecer un sistema diferente de defensa personal y combate cuerpo a cuerpo. Su extensa experiencia personal en situaciones violentas de la vida real, así como su conocimiento en varios sistemas de defensa (incluyendo lucha libre y boxeo, en los cuales destacó en su juventud), fueron integrados ingeniosamente en el Krav Maga. Este sistema de defensa fue desarrollado, probado y mejorado durante la larga carrera de Imi en las Fuerzas de Defensa de Israel y más tarde adaptado para la vida civil.

A pesar de su fiera apariencia, el Gran Maestro Imi nunca fue una persona belicosa y buscaba ansiosamente la paz, la cual consideraba como el más grande de los logros. Siempre les dijo a sus estudiantes que era esencial para destacar en su entrenamiento del Krav Maga, que no utilizaran fuerza excesiva o innecesaria, incluso en situaciones que pusieran en peligro la vida. Su mayor deseo fue que la enseñanza del Krav Maga finalmente evolucionaría en una hermandad internacional entre sus practicantes sobrepasando el odio, la hostilidad y las fronteras nacionales.

Los antecedentes de Imi en Europa Central, también dejaron su marca en el desarrollo del Krav Maga. Considerándose a sí mismo siempre como un ciudadano del mundo y actuando en concordancia con ello, Imi Sde-Or deseaba trascender los confines estrechos que caracterizaron el Krav Maga en su etapa inicial. Por consiguiente, la nueva disciplina llegó más allá de las Fuerzas de Defensa de Israel y se ofreció a grupos civiles, luego de que fue rediseñada para satisfacer sus necesidades. Como resultado, el Krav Maga se enseña actualmente en forma regular en Israel, en clases para niños, jóvenes, hombres y mujeres; en instituciones privadas, así como bajo los auspicios del Ministerio de Educación Israelí.

En años recientes, la nueva disciplina se ha extendido más allá de las fronteras de Israel. Actualmente, hay clubes activos de Krav Maga en los Estados Unidos, en varios países Europeos, en Brasil y en otras partes del mundo. En algunos de estos países, el Krav Maga fue adoptado formalmente por organismos gubernamentales y agencias encargadas de hacer cumplir la ley, quedando incorporado dentro de su programa de entrenamiento.

Las serie de obras sobre el Krav Maga, cuya publicación comienza con este libro, se dirige a ampliar el público del Krav Maga, haciendo esta disciplina accesible fuera de Israel, tanto a profesionales, como al público en general. Además, proporciona al lector las herramientas esenciales para practicar el Krav Maga, enseñando los principios generales y las técnicas especiales, que se explican en detalle con la ayuda de más de un millar de fotografías y diagramas. La parte teórica presenta temas importantes como son: los principios detrás de las técnicas de defensa, cómo enfrentarse a un incidente de violencia, tácticas de pelea, métodos de entrenamiento que incluyen entrenamiento mental, seguridad en el entrenamiento, etc., además de un apéndice útil.

En resumen, este libro constituye el único manual completo y autorizado sobre el Krav Maga, escrito por su fundador, el Gran Maestro Imi Sde-Or y su discípulo avanzado y seguidor, Eyal Yanilov. Se recomienda tanto para principiantes, como para practicantes avanzados e instructores de Krav Maga, con conocimientos de esta disciplina o de alguna otra escuela de artes marciales.

La presente obra es el resultado del trabajo en equipo de varias personas dedicadas. Me gustaría agradecer en especial a Darren Levine, Presidente del Centro de Krav Maga en Los Angeles, por su trabajo prolongado, completo y cuidadoso como asesor y editor profesional de la edición en el idioma inglés, sin el cual este libro seguramente hubiera carecido de su evidente claridad y estilo. Personalmente, me siento en deuda con Eyal Yanilov, coautor de este libro e Instructor en Jefe de la Federación Internacional de Krav Maga, cuyos persistentes esfuerzos y gran determinación durante los últimos diez años, combinada con su conocimiento sin par de este arte, convirtió lo que al principio parecía una visión futurista, en una realidad.

Como comentario personal, le agradezco mucho a mi familia, y en especial a mi esposa Pnina, pues sin su estímulo y apoyo dudo mucho que hubiera podido hacerme cargo de este exigente proyecto de publicación. Ilana Sde-Or, la esposa y compañera por muchos años de Imi, fue de gran ayuda en proporcionar fotos mucho tiempo atrás olvidadas acerca del pasado de Imi. Merav Yanilov-Hazan, la esposa de Eyal, nos ayudó inmensamente con sus conocimientos jurídicos en varios aspectos legales de esta obra.

Por último, aunque no menos importante, mi máxima admiración es para Imi, el creador del Krav Maga, un maestro excelente, un verdadero amigo y un gran ser humano. Todos lo extrañamos.

Zvi D. Morik, Editor
Tel Aviv, enero del 2001

Introducción

La información proporcionada en este libro está compendiada del material original del sistema completo de defensa personal y combate cuerpo a cuerpo, conocido en Israel y en todo el mundo por su nombre hebreo: "Krav Maga" (pelea de contacto). Este método único se desarrolló originalmente en las Fuerzas de Defensa de Israel y en varias divisiones de los servicios de seguridad, por su creador, el Gran Maestro Imi Sde-Or, y posteriormente también fue adaptado a las necesidades civiles. Es importante hacer notar que todas las técnicas del Krav Maga han sido completamente probadas en situaciones de la vida real, mejoradas y refinadas de acuerdo a ello.

Este es el primer y único manual autorizado de la disciplina Krav Maga, escrito por su fundador y por su discípulo avanzado. Se enfoca en forma completa a las técnicas de defensa específicas relacionadas con un atacante armado, quien constituye una amenaza inminente a la vida del atacado o de una tercera persona. Estas técnicas y tácticas defensivas precisas se concentran en un atacante armado con un arma punzocortante (como un cuchillo o una botella rota), un objeto contundente (como un palo o una barra de hierro), o un arma de fuego (como una pistola o un rifle). También se tratan otros temas relacionados como: el uso de objetos cotidianos como armas defensivas, la neutralización de una metralleta o una granada de mano, la amenaza hacia terceras personas en una situación de rehenes, algunos métodos de entrenamiento especial usados en el Krav Maga (incluyendo entrenamiento mental), y otros temas más.

Como las situaciones sobre las que trata este libro tienen que ver básicamente con atacantes armados, en potencia, son situaciones que ponen en peligro la vida. Ya sea que uno se enfrente con un agresor blandiendo un gran cuchillo de cocina, una barra de hierro o incluso una pistola, la naturaleza letal del encuentro requiere una respuesta eficaz. Esta respuesta debe ser correcta tanto física como tácticamente con el fin de evitar una lesión corporal seria o, peor aún, la posibilidad de ser asesinado. Por consiguiente, la disciplina del Krav Maga combina el entrenamiento mental, técnico, táctico y físico con el fin de incrementar significativamente las oportunidades que uno tiene para salir triunfante incluso en el más peligroso de los predicamentos.

El Krav Maga es un sistema único que ha recibido reconocimiento internacional como un método de defensa personal y pelea, innovador, eficaz y muy práctico. Este reconocimiento ha provenido en gran medida de expertos en artes marciales e instructores de combate cuerpo a cuerpo en las unidades tácticas alrededor del mundo, operando en contextos civiles, policiacos y militares. De acuerdo con numerosos profesionales que han experimentado el entrenamiento en el Krav Maga, las características más importantes y prominentes del sistema son las siguientes: 1) el sistema comprende técnicas sencillas, fáciles de aprender, basadas en los movimientos naturales del cuerpo y en los principios de defensa lógicos, 2) en consecuencia, los practicantes pueden obtener un alto nivel de eficiencia en un periodo de instrucción relativamente reducido, 3) las técnicas y tácticas funcionan incluso en entornos muy difíciles, incontrolables y violentos, 4) los individuos retienen la habilidad de ejecutar las técnicas en un alto nivel de destreza, con mínima revisión y práctica.

Esta obra contiene una parte importante del sistema completo del Krav Maga, incluyendo técnicas avanzadas. Nuestro propósito es incrementar la conciencia del público en las opciones de defensa personal que se aplican al enfrentarse con un agresor armado. La decisión de publicar este tema antes que otros tópicos más fundamentales en el Krav Maga, se debe, lamentablemente, a la oleada de violencia general que está extendiéndose en la mayor parte del mundo, tanto en países desarrollados como en países en vías de desarrollo. El uso cada vez mayor de armas para cometer actos de violencia en contra de personas inocentes, fue el factor motivante detrás de nuestra selección de temas por incluir en esta primera publicación. El siguiente volumen incluirá los fundamentos de la defensa personal y las destrezas de combate, de acuerdo con la disciplina del Krav Maga, en contra de un atacante desarmado, quien puede estar bien entrenado o ser excesivamente fuerte, y que pudiera representar un serio reto para el atacado o defensor.

En un nivel profesional, percibimos poca diferencia entre una operación terrorista basada en ideales nacionalistas (por ejemplo, el secuestro de un avión, un barco o un autobús lleno de pasajeros) y una situación motivada únicamente por intenciones criminales, como apoderarse de rehenes durante un asalto a un banco, o el secuestro de alguna persona. En cualquiera de estos casos, el resultado del encuentro violento será determinado por la respuesta correcta en el momento apropiado; la habilidad para actuar bajo tensión (la cual puede adquirirse mediante el entrenamiento en el Krav Maga), le permitirá a uno sobrevivir sin ningún daño o con una lesión mínima. Nuestro objetivo es aumentar la conciencia del lector y desarrollar su habilidad para defenderse en contra de un ataque violento. Es evidente que el desarrollo de tal habilidad conduce a una mayor confianza y seguridad personales que, por lo general, resulta en una calidad de vida superior.

Aunque originalmente fue desarrollado para el Ejército Israelí, el Krav Maga ha sido adaptado completamente para ajustarse también a las necesidades de la vida civil.

Su fundador dedicó su vida a crear un sistema que toda persona, joven o anciana, hombre o mujer, pueda usar para defenderse a sí misma o a sus acompañantes cuando se enfrenta con una confrontación violenta. Este sistema fue diseñado cuidadosamente de manera que su eficacia no dependa de la habilidad física de alguien. Las técnicas naturales, fáciles de realizar, combinadas con tácticas de defensa estructuradas lógicamente, forman un sistema de defensa personal caracterizado por la simplicidad; este es de hecho, el verdadero secreto de la eficacia del Krav Maga.

Además de las secciones técnicas de este libro que tratan sobre diferentes clases de ataques armados, hay importantes métodos de entrenamiento diseñados para desarrollar la habilidad del estudiante. También se incluyen diversos temas teóricos para apoyar los métodos de entrenamiento, técnicas y tácticas. Estos temas están dirigidos a mejorar la habilidad de una persona para actuar bajo tensión y minimizar el tiempo necesario para identificar el peligro y reaccionar con prontitud ante él. Los autores solicitan tu atención al Capítulo 14: Seguridad en el Entrenamiento, el cual está totalmente dedicado a este tema crucial y, ¡debe leerse completamente antes de comenzar cualquiera de las actividades físicas que se mencionan en este libro!

Al final del libro, presentamos un apéndice y un glosario de los términos más comúnmente usados en el Krav Maga.

Los autores desean agradecer a todos aquellos que participaron en la preparación y publicación de este libro, en especial al Sr. Darren Levine de Los Angeles, California. El Sr. Levine, como asesor técnico y editor profesional del libro, contribuyó enormemente con su conocimiento y experiencia en el entrenamiento del Krav Maga, así como con su excelencia en el dominio del idioma inglés. Gran parte del texto que aparece en este volumen debe su claridad a su esfuerzo voluntario.

Los autores y editores le agradecen a la Asociación Americana de Krav Maga, Inc. por su continuo apoyo en la publicación de esta edición, así como a aquellas personas talentosas y dedicadas que participaron en este proyecto de publicación, y cuyos esfuerzos persistentes lo han hecho posible.

Genuinamente esperamos que, tú, el lector, nunca te encuentres en una situación que requiera el uso de las técnicas de defensa personal descritas aquí, pero que, si te llegaras a encontrar en tal situación, apliques estas técnicas sin titubeos y de manera confiada y exitosa.

Imi Sde-Or y Eyal Yanilov
Netanya, Israel

¿Qué es el Krav Maga?

Krav Maga significa en hebreo "pelea de contacto", y es el sistema oficial de defensa personal y combate cuerpo a cuerpo de las Fuerzas de Defensa de Israel, la Policía Nacional Israelí y otros servicios de seguridad. El Krav Maga también se enseña intensivamente en escuelas públicas y centros educativos afiliados al Ministerio de Educación israelí.

El Krav Maga fue creado por el ya fallecido Imi Sde-Or (Lichtenfeld), quien desarrolló el sistema durante su notable carrera militar como instructor en jefe de combate cuerpo a cuerpo en las Fuerzas de Defensa de Israel. Durante su servicio, Imi escribió el manual oficial de defensa personal y combate cuerpo a cuerpo del ejército. En 1964 dejó el ejército, aunque continuó supervisando la instrucción del Krav Maga tanto en el área militar como en el de las fuerzas de la ley y, además, trabajó infatigablemente para refinar, mejorar y adaptar el Krav Maga para satisfacer las necesidades civiles.

El Krav Maga es un sistema de defensa personal probado, moderno y práctico, cuidadosamente concebido para el cambiante mundo de hoy. Se caracteriza por procedimientos lógicos y coherentes para la defensa personal y confrontaciones violentas, las cuales le permiten a uno lograr un nivel relativamente elevado de eficiencia en un periodo relativamente corto de instrucción.

El Krav Maga fue desarrollado meticulosamente para diversificarse y, por lo tanto, se aplica en el ejército, las instituciones policiacas y la vida civil. El sistema ha obtenido consistentemente el elogio de combatientes experimentados, expertos en artes marciales y oficiales del ejército y la policía, por sus aplicaciones totalmente prácticas, aunque en esencia, también agrada a los principiantes debido a sus procedimientos simples, con sentido común y realistas, así como por su enfoque sobre la seguridad personal. De hecho, el Krav Maga es el método de defensa personal ideal para personas de todas las edades y capacidades físicas, ya sean hombres, mujeres, jóvenes o ancianos.

Al examinar la disciplina del Krav Maga, vemos que hay dos componentes integrales e interrelacionados: la **defensa personal** y el **combate cuerpo a cuerpo** (enfrentamiento de combate).

¿Qué es la defensa personal?

Después de un largo día de trabajo, caminas por el estacionamiento hacia tu automóvil. Justo cuando abres la puerta, alguien se te acerca por detrás y coloca un cuchillo en tu garganta. Respondes rápida y agresivamente, defendiéndote, controlando el arma y neutralizando al atacante. Esta es la defensa personal del Krav Maga.

La defensa personal es el fundamento del sistema Krav Maga. Sus diversas técnicas fueron desarrolladas para permitirle a aquellos que entrenan con ellas a defenderse a sí mismos y a otras personas de acciones violentas, hostiles, evitar lesiones, y vencer y neutralizar a sus atacantes. Las técnicas de defensa personal del Krav Maga incluyen defensas contra una amplia variedad de ataques, ya sean con armas o sin ellas, como: puñetazos, patadas, estrangulamientos, candados, abrazos de oso y otras agresiones. También son aplicables a situaciones de alto riesgo que ponen en peligro la vida, donde el atacante está armado con armas como: palos, cuchillos, pistolas o, incluso, una granada de mano.

En las primeras etapas de su desarrollo, el Gran Maestro Imi Sde-Or, fundador del Krav Maga, se enfrentó a la necesidad de educar en forma eficiente y rápida a una amplia diversidad de soldados israelíes, desde los graduados de preparatoria físicamente aptos, hasta los soldados maduros de las reservas, sin buena condición física.

Por consiguiente, desarrolló un sistema basado en movimientos simples e instintivos, en lugar de técnicas rígidas que requieren años de entrenamiento. Como resultado, las técnicas de defensa personal del Krav Maga se pueden utilizar eficazmente por hombres y mujeres de todas las diferentes características físicas, capacidades, fortalezas y edades.

Las técnicas defensivas y los principios del Krav Maga comprenden movimientos simples y naturales que son muy eficaces y fáciles de aprender. A los estudiantes se les enseña a aplicar estos principios y técnicas en una variedad de situaciones, desde lugares obscuros a posiciones donde están sentados o acostados, o en circunstancias adversas donde deben defenderse cuando su habilidad de movimiento está bloqueada severamente.

¿Qué es el combate cuerpo a cuerpo?

Un hombre te hace frente. Te empuja hacia atrás con ambas manos. Hasta que se realice el siguiente movimiento ninguno de los dos tiene ventaja. Es posible que estalle una andanada de golpes, incluyendo puñetazos y patadas, así como los movimientos defensivos pertinentes.

El combate cuerpo a cuerpo constituye una fase más sofisticada del Krav Maga, donde se les enseña a los estudiantes cómo neutralizar al adversario rápida y eficazmente. Esta parte del sistema trata de los elementos relacionados con el control real de la pelea: ataques, defensas, tiempo de acción, fintas, tácticas, movimientos y visión, junto con algunas observaciones mentales y psíquicas relacionadas con la supervivencia a encuentros violentos de este tipo.

Nota: Incluso un incidente estrictamente de defensa personal donde respondes con una técnica específica a cierto ataque, puede convertirse fácilmente en una pelea completa. Por ejemplo, si después de tu defensa y contraataque, el atacante no es vencido y continúa atacando, te verás envuelto en una pelea real.

El Desarrollo del Krav Maga

Cuando tratamos de comprender los motivos detrás del desarrollo de la disciplina del Krav Maga, los encontramos estrechamente vinculados a los antecedentes de su fundador. En su juventud, en Checoslovaquia durante los años treinta, el Gran Maestro Imi fue un reconocido atleta, campeón en varios deportes, principalmente la lucha y el boxeo. También tuvo la influencia de su padre, quien era Jefe de Detectives e instructor de defensa personal en la policía, y que enseñó a Imi varios deportes y destrezas de combate, así como de las brutales peleas callejeras en Bratislava, la población natal de Imi, en donde tuvo que soportar a las pandillas de jóvenes nazis; Imi siempre aplicó su habilidad natural para desarrollar una solución técnica ingeniosa, que siempre fue muy simple pero sumamente eficaz.

El Krav Maga consiste de diversas técnicas físicas, aunque también inculca en el practicante una disciplina mental única diseñada para fortalecer su espíritu combativo.

Se usan métodos de entrenamiento especial para simular la tensión de un ataque real, preparándote para la crueldad y la realidad de una verdadera pelea por tu vida. Estos métodos de entrenamiento se han usado en las unidades élite de combate más notorias de Israel y han sido probadas en incontables situaciones de combate real.

La naturaleza letal de las técnicas del Krav Maga se adecua perfectamente a las condiciones de la vida real. El sistema nos prepara a enfrentarnos con nuestro siempre violento mundo y permite al praticante proteger y salvar vidas. Surgió de un entorno donde desafortunadamente la violencia, principalmente de naturaleza política, era algo común. Como resultado, el Krav Maga es el sistema de defensa personal y combate cuerpo a cuerpo más probado en batalla del mundo, teniendo una amplia oportunidad durante el transcurso de los años de ser probado, revisado y mejorado.

En años recientes, el Krav Maga se ha enseñado a civiles y a instituciones policiacas en muchos países del mundo. Logrando rápidamente el reconocimiento internacional de profesionales y organizaciones de artes marciales como la escuela de defensa personal y destrezas de pelea más eficaz y práctica, siguiendo la visión de su creador, el Gran Maestro Imi Sde-Or: "... **uno puede caminar en paz**".

Las Premisas Básicas del Krav Maga

Como fue enfatizado por su fundador, Imi Sde-Or, las premisas básicas del Krav Maga son:

- **"No te dejes lesionar"**: Queriendo decir, obtén una alto nivel de eficiencia en defensa personal. Sin embargo, si eres lesionado, debes saber cómo absorber el ataque (patada, golpe, etc.) y realizar la acción correcta bajo las nuevas condiciones establecidas.
- **"Sé modesto"**: No alardees de tu habilidad y evita los enfrentamientos innecesarios. Vence tu ego y controla tu estado mental, de manera que no te hagan fallar durante una confrontación. Prepárate a aceptar la crítica y la enseñanza de otros.
- **"Actúa correctamente"**: Realiza la acción correcta, en el lugar correcto y el tiempo exacto. Tu estado mental y físico determina tu habilidad para solucionar una confrontación. Haz pleno uso de tus capacidades y aprovecha toda la ventaja de los elementos y condiciones prevalecientes en tu entorno, con el fin de enfrentar eficazmente la situación.
- **"Vuélvete eficiente, de manera que no tengas que matar"**: El practicante diestro de Krav Maga no necesita infligir daño innecesario a su oponente, y es capaz de concluir un enfrentamiento en forma rápida y eficaz. Cultiva ser considerado con tus semejantes, incluso durante un encuentro peligroso. Por otro lado, presta atención a la antigua expresión: **"Si alguien trata de matarte, mátalo primero"**, referente a situaciones específicas en las que no tienes otra opción, ya que "es él o tú".

  También es esencial agudizar la habilidad de discernir los niveles de gravedad de un posible ataque. Esto es especialmente importante para la gente joven, a quienes se les deben enseñar los valores del autocontrol y a evitar la violencia, pero que deben adquirir la habilidad de defenderse eficazmente. Este enfoque significa: en primer lugar, trata de evitar el enfrentamiento, pero si eres atacado, **responde con el grado apropiado de fuerza**, lo suficiente para neutralizar la amenaza y alejarte del peligro.

Principios Normativos de las Técnicas del Krav Maga

- **¡Evita ser lesionado!** Calcula cuidadosamente los riesgos implicados en una acción específica y evita el peligro cuando sea posible. El punto de vista básico de tus acciones debe ser la defensa personal; **el Krav Maga enfatiza intensamente el uso de técnicas de defensa.**
- Las técnicas del Krav Maga se desarrollaron como una extensión de los **reflejos naturales del cuerpo**. Estas respuestas naturales fueron entonces refinadas, pulidas y dirigidas a satisfacer las necesidades del defensor en una cierta situación.

- Defiéndete y contraataca en la **forma más sencilla y directa posible**, desde cualquier posición inicial, tomando en consideración la seguridad y conveniencia de tu acción.
- **Responde correctamente, de acuerdo con las circunstancias**, revisando cuidadosamente la naturaleza de tu respuesta y la fuerza del ataque (con el fin de evitar una lesión innecesaria).
- **Golpea correctamente y en algún punto vulnerable**, según se necesite para predominar sobre el atacante.
- **Usa cualquier instrumento u objeto disponible en la cercanía** para tu defensa y contraataque.
- **En el Krav Maga no hay reglas**, limitaciones técnicas o restricciones deportivas.
- El **principio subyacente en el entrenamiento** es: progresa desde una destreza limitada a una destreza amplia (incorporando el "entrenamiento mental"), y desde una sola técnica específicamente diseñada, hacia la acción improvisada, de acuerdo con la situación.

Defensa contra un ataque con cuchillo 1

En el sistema del Krav Maga, las defensas prácticas se desarrollaron para enfrentarse eficazmente a un atacante armado con un arma punzocortante. Este capítulo no abarca todo el tema de los ataques con cuchillo; sin embargo, trata los principios defensivos, las tácticas y las técnicas específicas en contra de los ataques con cuchillo más comúnmente utilizados. El programa incluye defensas a corto alcance, intermedias y a largo alcance, desde varios ángulos, así como técnicas de desarme y remate.

Este libro está dedicado al tema de enfrentarse a un atacante armado con un cuchillo, **desde el punto de vista de la defensa personal**; por ejemplo, cuando te estás **defendiendo** en contra de un ataque con un cuchillo y no cuando estás involucrado como **combatiente activo** en una confrontación.

El Krav Maga da un énfasis especial a las técnicas defensivas contra un atacante armado con un cuchillo y otros objetos punzocortantes utilizados comúnmente, como botellas rotas, navajas de rasurar, tijeras, etc. Es necesario demostrar y explicar las diferentes formas de sostener el cuchillo y los diversos ataques posibles. Esto te permitirá identificar el tipo de ataque que se está realizando entre las diversas técnicas de apuñalamiento y tajo. Sólo entonces, serás capaz de aplicar la defensa más eficaz.

Los Principios Básicos de Defensa en Contra de un Ataque con Cuchillo

- Si es posible, esta confrontación deberá evitarse. Algunas veces, la mejor forma de hacer esto es simplemente huir de la escena, en especial cuando eres capaz de correr rápido.

- Si observas que una persona viene hacia ti con la intención de atacarte, ella puede encontrarse dentro de varios rangos de distancia posibles. Diferenciamos entre cuatro rangos de distancia principales:

  El primero, un rango muy cercano, en el cual no puedes defenderte a menos que seas extremadamente afortunado.

  El segundo, un rango cercano, donde una defensa con la mano es adecuada. En este rango puedes defenderte eficazmente, en particular contra un ataque circular.

  El tercero, un rango medio, donde se puede usar una defensa con la mano junto con una defensa corporal adecuada, para incrementar la efectividad de la defensa y el contraataque, y con el fin de "sujetar" al atacante en una etapa relativamente temprana.

  El cuarto, el rango largo, donde puedes golpear al atacante con una patada interceptora y detenerlo en un rango de distancia relativamente grande, antes de que pueda lesionarte.

- Cada vez que sea posible, al defenderse contra un atacante blandiendo un cuchillo, es importante mantener una distancia segura. Esto forzará al que intenta apuñalarte a tener que cruzar un espacio considerable con el fin alcanzar su blanco, dándote tiempo para tomar las medidas necesarias para defenderte. Durante este tiempo, quizá puedas encontrar un objeto cercano y usarlo para tu ventaja. Los objetos útiles pueden incluir una silla o un palo con los cuales puedas defenderte o incluso golpear al atacante, o bien una piedra que puedas arrojarle. (Ver el Capítulo 7: Usando Objetos Cotidianos como Armas Defensivas).

- Si tienes el tiempo suficiente, observa cómo está sosteniendo el cuchillo el atacante; esto te dará alguna indicación para identificar el tipo de ataque que podría efectuar y, de acuerdo con esto, las posibilidades para tus técnicas de defensa.

- Debemos tener en mente que la pierna humana es más fuerte y tiene mayor alcance que el brazo. Por consiguiente, es preferible en la mayoría de los casos, defenderte con patadas y estar a la distancia apropiada con el fin de ejecutarlas. Esta distancia también servirá como el margen de seguridad que te permitirá atacar primero, antes que el atacante se acerque lo suficiente para infligir daño a las partes vitales o vulnerables de tu cuerpo.

- Cuando se utiliza una defensa con la mano contra un ataque con cuchillo, el contraataque debe ser ejecutado a la máxima velocidad, y se recomienda mucho atrapar la mano sosteniendo el cuchillo, para así evitar que el atacante la use de nuevo. Esto se debe a que el apuñalador por lo general está "programado" a acuchillar no sólo una vez, sino ¡varias veces! La defensa y el contraataque simultáneos están diseñados para finalizar la confrontación lo más pronto posible, de manera que el atacante no pueda dar puñaladas múltiples.

La fuerza del impacto descargado en el contraataque obstruye la habilidad del atacante para dirigir cuchilladas adicionales al defensor. Esta interferencia ocurre en dos frentes: el primero se refiere al contexto puramente físico y el segundo es el efecto sobre la cadena de acontecimientos que están en movimiento, desde el momento en que el atacante decide conscientemente atacar y los acontecimientos neurofisiológicos que siguen para llevar a cabo estos ataques.

En un contexto puramente físico, el fuerte impacto del contraataque puede impedir o detener completamente la segunda o las subsecuentes puñaladas del atacante. A pesar de que se esté a punto de asestar una segunda puñalada al defensor, un fuerte puñetazo de éste, a la garganta o al mentón del atacante romperá la fuerza, velocidad del brazo, peso, ímpetu, etc., del atacante.

En un sentido neurofisiológico, un contraataque con fuerza rompe la cadena de acontecimientos requeridos por el atacante para asestar una segunda o subsecuentes cuchilladas. En efecto, el impacto del contraataque a la cabeza puede interrumpir la transmisión en el cerebro, instruyendo al cuerpo del atacante a que aseste una secuencia múltiple de puñaladas; "confunde" las señales necesarias que habrían resultado en un ataque subsecuente (o ataques).

- Se deben incluir defensas corporales apropiadas en las diversas técnicas defensivas, con el fin de evadir el ataque. Esto servirá como un factor de seguridad adicional en caso de que la defensa con la mano no haya sido totalmente exitosa y también minimizará la posibilidad de que seas herido en un segundo ataque.
- Una cuchillada (o cualquier otro ataque) es más fuerte y más peligroso si la extremidad atacando cubre una distancia considerable y acumula velocidad y fuerza. Por consiguiente, debemos esforzarnos para ejecutar la defensa y bloquear el ataque antes de que la mano sosteniendo el cuchillo tenga tiempo para ganar un ímpetu total, por ejemplo, cuando todavía está cerca del cuerpo del atacante.
- Aunque el Krav Maga favorece evidentemente la combinación simultánea de la defensa y el contraataque, existen situaciones donde esto puede ser difícil de llevar a cabo, por ejemplo, cuando el ataque es repentino e inesperado. Bajo estas circunstancias, quizá pudieras responder únicamente con una defensa. Por consiguiente, es extremadamente importante recuperar tu compostura de inmediato y contraatacar fuertemente en la primera oportunidad, y tan pronto como sea posible, neutralizar (y controlar) la mano que está sosteniendo el cuchillo. Recuerda, a pesar de que la defensa evita el ataque inicial, es tu contraataque, principalmente, el que salva vidas y evita que el atacante logre su objetivo.
- De ser posible, cuando se utilizen técnicas de defensa con la mano, avanza hacia el atacante. Esto te colocará en el rango de distancia apropiado para ejecutar los contraataques, permitiendo que domines al asaltante e impidas que cambie su ángulo de aproximación, para apuñalar de nuevo.

- Si te diste cuenta del ataque con cuchillo en el último momento, un giro rápido en la dirección correcta, con o sin defensa con la mano, puede ponerte fuera de rango. Desde tu nueva posición, encontrarás más sencillo defenderte y atacar en el ángulo que más te convenga.
- El incidente se termina cuando logras alejarte de la escena del peligro o cuando el atacante no puede o no quiere atacar de nuevo (debido a que se ha rendido, ha sido puesto inconsciente, ha huido de la escena, etc.). Si permaneces en la escena debes desarmar al adversario, ya sea tomando su cuchillo o arrojándolo lejos, de manera que no pueda ser usado de nuevo por el asaltante o por una tercera persona.
- Probablemente seas sorprendido por el ataque. Un asaltante armado con un cuchillo u otra arma punzocortante, con frecuencia ocultará el hecho de que lleva consigo un arma. De hecho, las víctimas que han sobrevivido a una confrontación violenta en contra de un atacante utilizando un cuchillo, reportan consistentemente que no se dieron cuenta de la existencia del arma, hasta que habían sufrido heridas por piquetes o tajos. En esencia, estos sobrevivientes de ataques con armas filosas declaran que creyeron que estaban envueltos en algún tipo de pelea con los puños, sólo después de recibir las lesiones se dieron cuenta que el atacante estaba armado con un instrumento punzocortante. Sencillamente declararon que uno no puede ver inicialmente el cuchillo en las primeras etapas de una pelea. Así que en primer lugar, uno debería prestar atención a las manos del asaltante, observando para ver si efectivamente está armado. En segundo lugar, cuando consideremos la pregunta de cómo debemos responder idealmente cuando nos enfrentamos a un atacante armado con un cuchillo, debemos considerar en qué etapa estaba el ataque cuando nos dimos cuenta del arma punzocortante.
- Tu posición inicial.

  Si te das cuenta al inicio de la confrontación que el atacante está armado con un cuchillo, permanece en una posición neutral o pasiva. Lleva a cabo la técnica defensiva desde esta posición. Estar prevenido, aunque sea asumiendo una posición cercana a una actitud pasiva o neutral, posiblemente animará al atacante a realizar el ataque de una manera directa, sin tratar de engañar o usar otras tácticas, haciendo por consiguiente más difícil defenderse.

  Sin embargo, si te das cuenta del cuchillo mientras la pelea ya está en progreso, no cambies a una posición pasiva o neutral. Tu posición debe primero "invitar" al ataque en una posición abierta específica, al sitio en el que ya estás listo para defenderte, y entonces arreglar que tus brazos, manos y dedos sean llevados lo más cerca posible de tu cuerpo para que no sean cortados o acuchillados.

Sugerencias de Entrenamiento

- Cuando se esté entrenando en parejas, se debe usar un cuchillo suave (por ejemplo, hecho de goma) para los ejercicios iniciales, hasta que el estudiante se vuelva lo suficiente diestro para defenderse de ataques con gran velocidad y fuerza. Sólo entonces podría comenzar a entrenar con un cuchillo más duro, por ejemplo, hecho de madera o plástico. Un cuchillo de metal filoso sólo puede utilizarse en las etapas más avanzadas del entrenamiento, observando todas las medidas de seguridad requeridas. El estudiante, mientras todavía esté en la fase de aprendizaje, debe acostumbrarse a la sensación de defenderse en contra de un ataque con un cuchillo real.
- Se recomienda que durante las etapas iniciales de entrenamiento, el compañero desempeñando el papel del atacante use una protección para el antebrazo sosteniendo el cuchillo. Esto le permitirá atacar con la velocidad y fuerza requeridas, sin temer al dolor o a una lesión debido a las técnicas de defensa que se le aplicarán en contra de su antebrazo.

Una Historia de la Vida Real

Un estudiante novato de kick-boxing de Finlandia, recibió entrenamiento básico en Krav Maga para defenderse contra atacantes armados con un cuchillo. Poco después, fue atacado en un centro nocturno y el asaltante intentó apuñalarlo en el cuello. El estudiante ejecutó la técnica de defensa que había aprendido y al mismo tiempo contraatacó con un puñetazo al mentón. El atacante cayó y quedó inconsciente.

Sosteniendo el Cuchillo

Agarre Regular o de "Pica hielos"

Sosteniendo el cuchillo

El cuchillo de caza tiene una hoja asimétrica, generalmente afilada sólo en uno de los lados. Con este tipo de cuchillo, la punta de la hoja apunta hacia abajo para facilitar la penetración.

La puñalada: Generalmente es ejecutada verticalmente de arriba hacia abajo o diagonalmente hacia adentro. Método común de apuñalamiento: ver al agresor en las técnicas para defenderse contra este tipo de puñalada.

Agarre Oriental

Sosteniendo el cuchillo

Cuando alguien está usando un cuchillo de caza, como se describe anteriormente, la punta se dirige hacia arriba, como se muestra en la fotografía.

La puñalada: Es ejecutada verticalmente hacia arriba o diagonalmente hacia adentro. Para los métodos comunes de apuñalamiento, véase al agresor en las diversas técnicas de defensa contra este tipo de ataque.

Agarre Recto

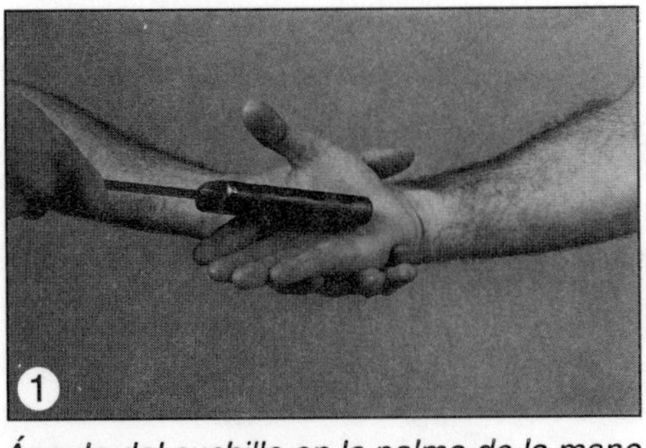

Ángulo del cuchillo en la palma de la mano

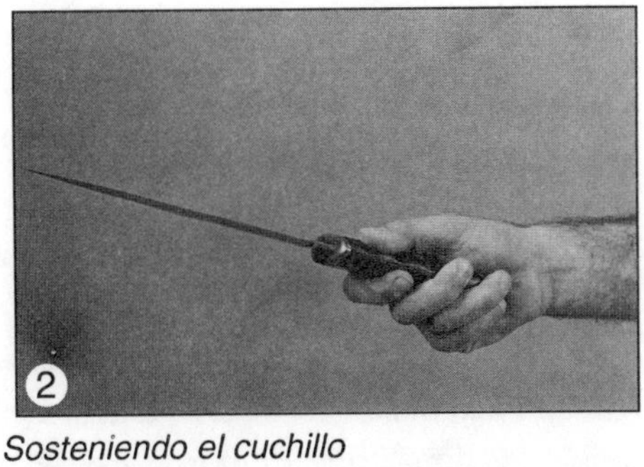

Sosteniendo el cuchillo

El agarre: El cuchillo está colocado diagonalmente en la palma de la mano. Con el fin de que la hoja esté horizontal durante la cuchillada, está sostenida en un ángulo de aproximadamente 45 grados con relación a la superficie de la palma. Para evitar que el cuchillo se resbale hacia atrás durante la puñalada, por lo general la base del mango está colocada contra la base de la palma, con el pulgar presionando a la mitad del mango.

La puñalada: es efectuada con un movimiento recto, similar a un puñetazo; el pie paralelo a la mano realizando la cuchillada por lo general está al frente. Método común para apuñalar: véase al agresor en las técnicas de defensa contra este tipo de cuchillada.

Agarre de Tajo

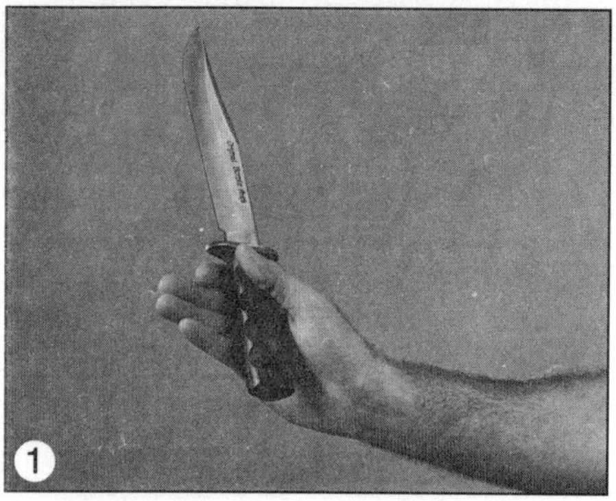

Agarre del cuchillo antes del tajo

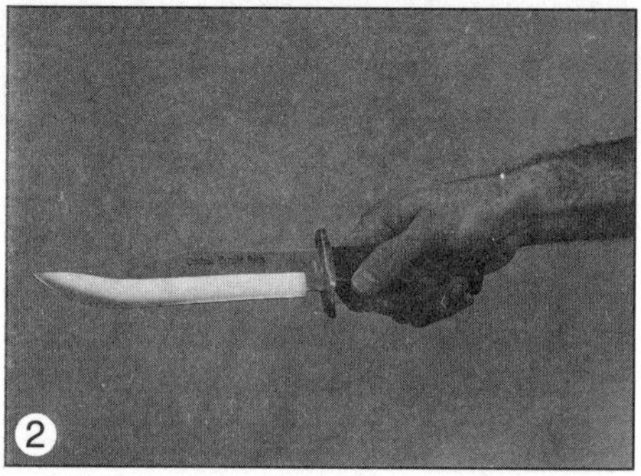

Agarre del cuchillo mientras se da el tajo horizontalmente

El agarre: El ángulo del cuchillo y la posición de la hoja en relación con la palma de la mano son similares a aquellos en el agarre recto, pero en esta ocasión se puede mover el mango en la palma de la mano. En este caso, el eje del movimiento se efectúa entre el pulgar y el dedo índice, y el mango del cuchillo no se presiona contra la base de la palma. El pulgar está ligeramente a un lado del mango, con la parte interna inferior del pulgar presionando el cuchillo en la palma de la mano.

La cuchillada de tajo: Se ejecuta moviendo la mano de un lado al otro, ya sea de manera horizontal o diagonal. Mientras se hace el movimiento de tajo de afuera hacia adentro, los dedos agarran el mango del cuchillo dentro de la palma de la mano, agregando velocidad al cuchillo en el momento del impacto y también incrementando la fuerza del agarre.

Una cuchillada de tajo también se puede recibir de dos maneras, dependiendo si el cuchillo tiene una hoja con doble filo o con uno sólo. Si el cuchillo tiene un sólo filo (como el caso de un cuchillo de caza), el antebrazo rota para que el filo de la hoja y la palma de la mano se dirijan hacia la dirección de la cuchillada. Si el cuchillo tiene una hoja con doble filo, no es necesaria ninguna rotación; simplemente el dorso de la mano se mueve hacia afuera en dirección al blanco.

Nota: ¡También se puede llevar a cabo un ataque con una cuchillada de tajo, sosteniendo el cuchillo de otra manera!

Defensas en contra de una cuchillada hacia abajo: El cuchillo en agarre regular (o de "pica hielo")

Cuchillada repentina desde el frente. Agarre regular

El agresor está ubicado frente a ti, a corta distancia, y repentinamente asesta una cuchillada de "pica hielo" desde el frente. Puede necesitar un paso corto con el fin de alcanzarte.

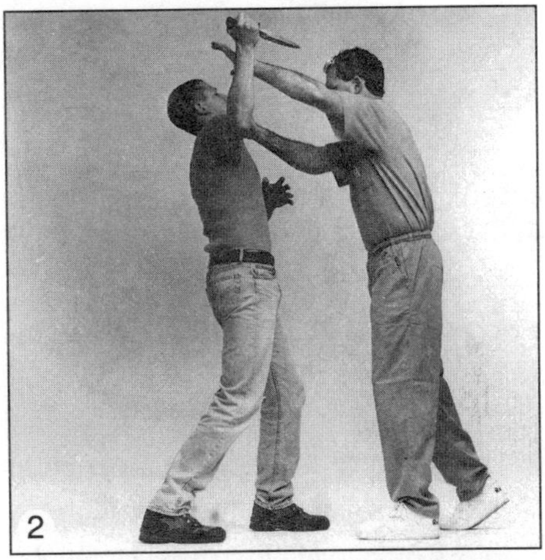

Ejecuta una defensa con el antebrazo, extendiendo con fuerza tu hombro en la dirección de la defensa y contraatacando simultáneamente con un puñetazo directo al mentón o cuello del atacante. (Bajo circunstancias menos sorpresivas se recomienda también avanzar con un paso corto).

Con tu brazo defensor, empuja y agarra la mano sosteniendo el cuchillo con la palma de tu mano o con un apretón de manos "afiánzate" y aplica presión continua contra su mano, lo que obstaculizará la habilidad del atacante para acuchillarte de nuevo. Tan rápido como sea posible, avanza hacia adelante, agarra el hombro o camisa del atacante y asesta un rodillazo en su ingle.

Fotografía 2, tomada por detrás.

La parte dura (con hueso) de tu antebrazo, aproximadamente a la mitad de distancia entre el codo y la punta del dedo meñique, detiene el antebrazo del agresor. El antebrazo defensivo golpea cerca de la muñeca de la mano con el puñal. Si te das cuenta del ataque a tiempo, puedes ejecutar el contraataque simultáneamente con la defensa. Si el tiempo y la distancia lo permiten, estarás defendiéndote y contraatacando mientras avanzas hacia adelante. En condiciones que constituyen más bien una sorpresa, primero puedes defenderte y contraatacar inmediatamente después.

También es muy recomendable, que conforme mantienes tu defensa con la mano y aplicas una presión firme con tu antebrazo, al frente y ligeramente hacia abajo en el antebrazo del asaltante, avances hacia adelante agresivamente mientras contraatacas, con el propósito de evitar un nuevo uso del cuchillo. Es esencial agarrar el antebrazo del atacante con el fin de evitar que el atacante jale su mano hacia atrás y use el cuchillo de nuevo. Efectúa esto empujando y agarrando su antebrazo en la palma de tu mano, o afianzándote firmemente con la palma de tu mano alrededor de su antebrazo. Esto le dificulta utilizar de nuevo el cuchillo y, por lo general, es todo lo que se necesita para evitar una segunda puñalada, ya que para ese momento ya estás contraatacando. Al final de esta etapa, debes sostener un firme agarre en el antebrazo del atacante. Termina el encuentro desarmando al atacante o alejándote del peligro tan pronto como sea posible.

Variación: *una variación importante de esta técnica es ejecutar la defensa con la mano y contraatacar (sin agarrar el antebrazo del atacante); continúa con una patada a la ingle y entonces abandona la escena de una manera controlada.*

Puñalada Repentina desde el Costado. Agarre Regular

El atacante está casi dentro de la distancia de apuñalamiento y próximo a ti, ubicado en el lado opuesto al lado de su mano con el puñal. En esta fotografía, por ejemplo, la puñalada es ejecutada con la mano derecha, con el atacante a tu izquierda.

El atacante avanza y trata de apuñalar. Viendo esto, envía tu antebrazo para detener el antebrazo del agresor. (Mientras ejecutas la defensa, también debes bajar ligeramente tu cabeza entre tus hombros).

Tan pronto como sea posible, aléjate rápidamente o inicia tu contraataque, girando tu cuerpo y, si es necesario, dando un paso hacia el asaltante. Aplica una presión continua contra el antebrazo de la mano con el puñal, y tan pronto como sea posible agárralo con la palma de tu mano, asiéndolo firmemente con tu palma alrededor.

Agarra la ropa o el hombro del agresor, asiéndolo fuertemente con tus dedos. Remata con un rodillazo en su ingle.

Esta técnica puede ejecutarse más eficazmente si observas a tiempo el ataque en progreso, ya que entonces es posible defenderse, girar y contraatacar simultáneamente. La defensa contra una cuchillada más repentina y sorprendente se ejecuta como una sólo acción: tu antebrazo bloquea el antebrazo del agresor. En un movimiento continuo, ejecuta un contraataque, aplicando simultáneamente presión en contra del antebrazo del atacante y asiéndolo firmemente para evitar que jale su mano y acuchille de nuevo.

Continúa con el contraataque con un rodillazo en la ingle del atacante, mientras agarras y jalas su camisa o clavas tus dedos profundamente en su músculo trapecio. Finaliza poniendo distancia de por medio de la zona de peligro.

Una Historia de la Vida Real

David entró al elevador en la planta baja de un edificio residencial en Nueva York. El elevador se detuvo en uno de los primeros pisos y otro hombre entró, se veía y actuaba sospechosamente. Segundos después el elevador comenzó a moverse de nuevo, el hombre metió su mano dentro del bolsillo de su chamarra. David, percibiendo un posible peligro, le agarró su antebrazo y lo golpeó. Cuando jaló su mano fuera del bolsillo, sostenía una gran navaja del tipo de hoja doblada.

Puñalada Repentina desde el Lado "Vivo". Agarre Regular

El atacante está casi dentro de una distancia de apuñalamiento y próximo a ti, está en el mismo lado que la mano con el puñal. Aquí, por ejemplo, la puñalada se ejecuta con la mano derecha, mientras que el atacante está a tu derecha.

Mientras el agresor avanza y descarga la cuchillada, ejecuta una defensa con el antebrazo contra su propio antebrazo. Continúa, alejándote rápidamente, o contraataca como se describe a continuación.

Procede ejerciendo presión contra el antebrazo del atacante, redirigiendo la mano con el cuchillo, aplicando insistentemente un desvío y luego presión contra ella, para luego agarrarla y asegurarla. Al mismo tiempo, descarga un puñetazo recto o un gancho largo.

Contraataca de nuevo con una patada o un rodillazo a la ingle del atacante.

La puñalada viene por un lado, al área entre la parte superior de tu pecho y tu cuello. La defensa exterior, con el antebrazo, se lleva a cabo como una acción única y fluida; es seguida por el contraataque, el cuál se ejecuta al mismo tiempo que rediriges el antebrazo del asaltante, aplicando presión, mientras lo agarras y lo llevas hacia abajo.

Si observas a tiempo el ataque acercándose, puedes continuar el impulso del ataque del agresor con un movimiento continuo como de arco, en lugar de detener completamente la mano atacante en un ángulo de oposición de 90 grados.

Por otro lado, si tu reacción fue ligeramente retrasada y el atacante intenta acuchillar de nuevo, puede que no seas capaz de redirigir la mano del ataque hacia abajo y agarrarla. Dependiendo de las circunstancias, puedes proceder con las siguiente opciones: Gira hacia el atacante mientras te defiendes con la mano que tienes atrás (izquierda) y contraatacas con la del frente (derecha); salta alejándote del atacante; defiéndete y controla cualquier cuchillada adicional; descarga una patada de lado a la rodilla del atacante o a sus costillas inferiores.

Nota: Estas tres últimas técnicas, ilustradas aquí para una defensa contra una cuchillada regular y repentina, son en esencia lo mismo. Ejecutas una defensa básica con el antebrazo para detener el ataque, y envías un contraataque tan pronto y tan rápido como sea posible a un punto vulnerable en la cabeza del agresor. Entonces continúas según sea necesario: contraatacas de nuevo, desarmas al oponente, abandonas la escena, etc.

Puñalada, Agarre Regular. Patada a la Ingle

Observas el intento de ataque cuando el atacante está a dos o tres pasos de una distancia de apuñalamiento.

Al mismo tiempo en que el atacante se mueve hacia adelante y se prepara a apuñalar, avanza con un paso firme, rápido, en diagonal y envía la pierna en una patada hacia el centro del cuerpo del atacante.

La naturaleza de la cuchillada es un fuerte golpe dirigido diagonalmente, hacia abajo y hacia adentro (a lo largo de una línea imaginaria que va desde arriba y a un lado del hombro del atacante, hacia abajo a su cadera opuesta). Ésta es precedida por un avance, en que el atacante está doblando ligeramente la parte superior de su cuerpo hacia atrás para lograr un ataque poderoso; esto le ocasiona exponer el área de su ingle.

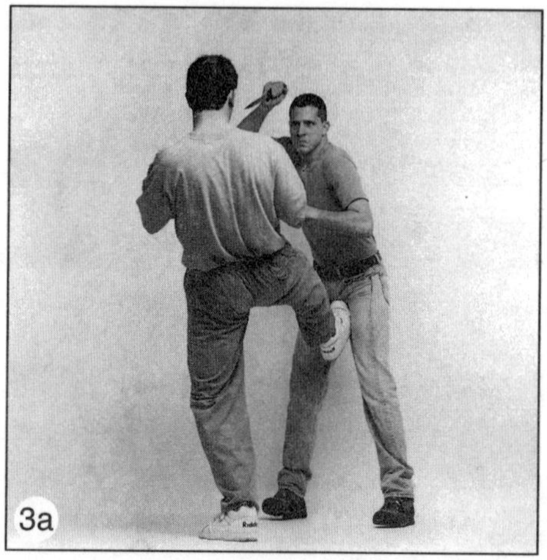

Descarga una patada regular a la ingle para detener al atacante y neutralizarlo, a una distancia segura. Golpea con la parte redonda o bola de la planta del pie. El atacante es golpeado mientras se mueve hacia adelante y su brazo se está levantando hacia atrás, mucho antes de que descargue su ataque. Impulsa hacia adelante la cadera de la pierna que está pateando para obtener la máxima fuerza y rango de distancia.

***Fotografía 3a:** tomada por detrás: Ataque con una patada rápida a la ingle, dirigida hacia arriba y hacia adelante (golpeando con la bola de la planta del pie) para detener al atacante antes de que descargue en ti su mano con el cuchillo.*

El ataque es una patada regular a la ingle, golpeando con la bola de la planta del pie. Ejecútalo mientras impulsas hacia adelante la cadera de la pierna asestando la patada, con el fin de lograr el máximo alcance y poder. El ángulo de ataque a la ingle es casi de 45 grados, diagonalmente hacia arriba y hacia adelante; la patada detiene al atacante mientras éste se encuentra relativamente lejos y no puede alcanzarte con su cuchillo, ya que su brazo está siendo llevado hacia atrás.

Mientras que el atacante avanza y se prepara para atacar, tú estás avanzando y pateándolo. El tipo de avance depende de qué tan lejos esté el atacante y de tus intenciones, según se explican a continuación.

Opción 1: Como se ilustró aquí, avanza con un paso firme y rápido, en forma diagonal hacia adelante y hacia afuera, para moverte fuera de la línea de ataque. Esto lleva la pierna que efectuará la patada (derecha), hacia el centro del blanco y evita que colisione con la pierna delantera del atacante.

Opción 2: Sin avanzar, da un paso al estilo de un pisotón con un pie (el izquierdo); este pie ahora soporta tu peso. Con el otro pie, golpea al atacante en la ingle, mientras ejecutas un giro pequeño. Esta opción es útil cuando la distancia inicial entre el atacante y tú es relativamente corta (o si prefieres, espera hasta que el agresor esté dentro de un radio de distancia para una patada).

***Variación**: Si prefieres patear con la pierna izquierda, avanza diagonalmente, al frente y a la derecha, con tu pierna derecha y patea con la izquierda; evita golpear las piernas del asaltante.*

Defensas Contra una Cuchillada Hacia Arriba: El Cuchillo en un Agarre "Oriental"

Cuchillada Repentina Desde el Frente. Agarre Oriental

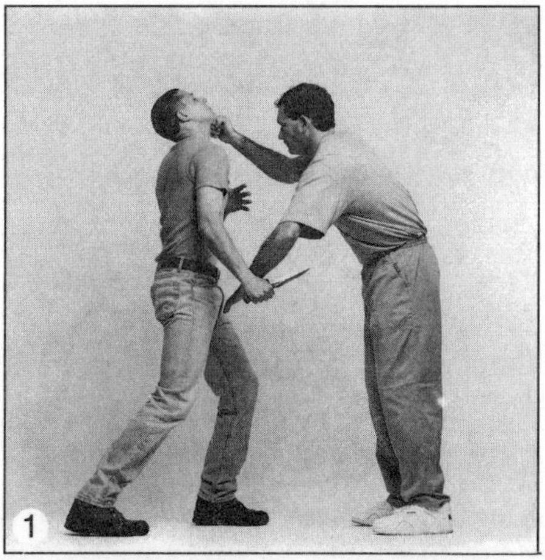

El agresor te sorprende a una distancia cercana. Inclinado hacia adelante, ejecuta una defensa con el antebrazo, acompañada por un contraataque: un puñetazo recto a la cara. Si es posible, lleva a cabo la defensa y el contraataque simultáneamente.

Si escoges continuar con controlar al agresor y contraatacar, avanza hacia adelante y presiona contra el antebrazo del atacante, girando tu palma (con el pulgar dirigido hacia afuera) y enviándola hacia el frente y hacia afuera. Agarra el hombro del asaltante o el músculo trapecio, con el fin de controlarlo más eficazmente.

Agarra el antebrazo del asaltante y dale un rodillazo en la ingle. Sobre cómo atrapar su antebrazo, véase Amenaza por Detrás a una Distancia Cercana, en el Capítulo 4: Neutralización de una Amenaza con Pistola.

El ataque descrito aquí es repentino, frontal y a corta distancia. El antebrazo de defensa es el que está opuesto al antebrazo atacante. Éste detiene el ataque flexionando el codo y encontrándose con el antebrazo del atacante cerca de la muñeca. La parte superior de tu cuerpo se inclina hacia adelante, evitando que el cuchillo alcance tu estómago. Es muy importante mantener tus rodillas rectas y no flexionadas; esto te permite mantener una mayor distancia entre tu cuerpo y el cuchillo. Junto con esta defensa, ejecuta un ataque: un puñetazo directo a la cara o a la garganta del atacante.

Con el fin de ejecutar la defensa y el contraataque simultáneamente, el ataque en progreso debe observarse a tiempo. De otra manera, necesitarás ejecutar el contraataque inmediatamente después de la defensa, ya que cuando lo toman a uno por sorpresa es difícil ejecutar dos tipos diferentes de movimientos al mismo tiempo; por ejemplo, la defensa y el contraataque.

Tienes diversas opciones para una acción mayor luego de ejecutar tu defensa y el contraataque inicial:

- Gana distancia saltando hacia atrás. Esto te permite mejorar tu posición, ver el efecto del contraataque y obstaculizar cualquier acción posterior.
- Ejecuta una patada regular a la ingle, además de los contraataques adicionales, asegurándote que tu mano defensiva continúa efectuando su tarea.
- Avanza con fuerza hacia adelante. Como se muestra aquí, rodea con tu brazo debajo y alrededor del antebrazo del atacante, atrapándolo con fuerza entre tu brazo, antebrazo, pecho y mano, y contraataca (el agarre se efectúa según Amenaza por Detrás a una Distancia Cercana, en el Capítulo 4: Neutralización de una Amenaza con Pistola).
- Si el atacante continúa aplicando una presión muy fuerte con su antebrazo en contra del tuyo, muévete diagonalmente hacia adelante y atrapa su puño. Entonces, ejecuta la llave del "caballero", según la técnica Cuchillada, Agarre Oriental. Defensa Diagonal con el Antebrazo (la técnica siguiente a explicarse en este capítulo).
- La decisión sobre cómo proceder también depende de cómo ha afectado el contraataque al atacante y cómo te sientes durante el incidente.

Recuerda: Existe otra opción recomendada, simplemente huye de la escena tan rápido como puedas (en especial si eres rápido y ágil). ¡Podría ser menos heroico pero algunas veces demuestra ser mucho más seguro!

El Gran Maestro Imi demostrando una técnica de defensa en contra de un ataque con cuchillo en el agarre Oriental.

Cuchillada, agarre oriental. Defensa diagonal con el antebrazo

Esta defensa se ejecuta cuando eres lo suficiente afortunado para ver al atacante avanzando, pero éste se encuentra demasiado próximo para patearlo. Esta técnica también es adecuada si no te sientes cómodo o confiado con patadas altas; o simplemente, si prefieres esta defensa.

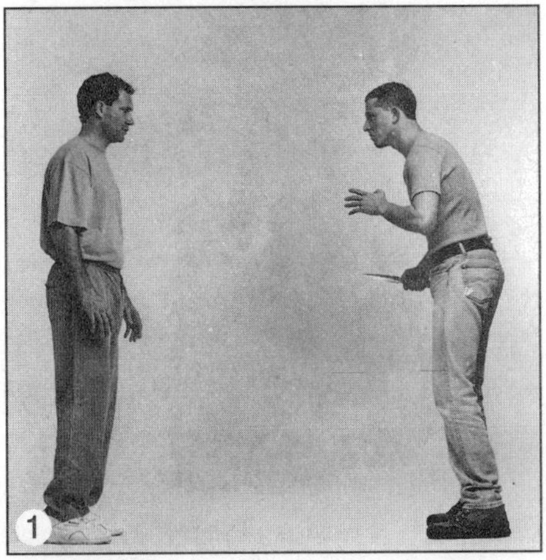

El atacante armado con un cuchillo, se prepara a acuchillarte.

Fotografía 2: *El atacante avanza, intentando acuchillarte. Salta hacia adelante y ejecuta una defensa con el antebrazo, "empujando" diagonalmente hacia adelante, con la parte superior de tu cuerpo también inclinada hacia adelante. Esto es acompañado por un giro rápido de tu cuerpo, que básicamente te mueve fuera de la línea de peligro. Esta parte de la defensa se nombra una técnica de "evasión" o "defensa corporal".*

Ejecuta una defensa con el antebrazo y un giro del cuerpo; agarra el antebrazo o la muñeca del atacante y golpéalo en el mentón, enviando todo tu peso hacia adelante, todo al mismo tiempo.

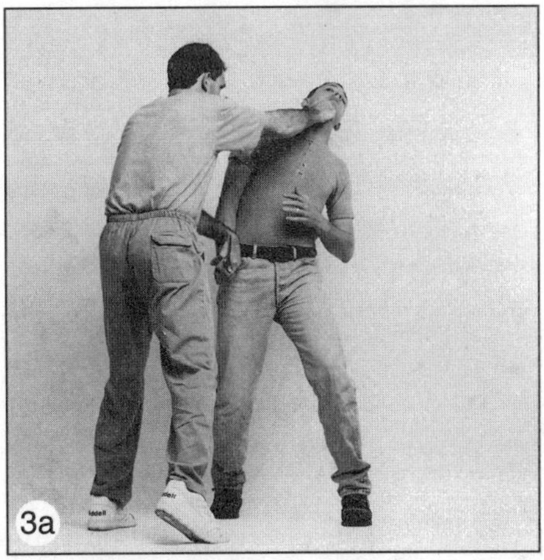

Fotografía 3, tomada por detrás: Continúa moviéndote fuera de la zona de peligro o procede como se describe en la fotografía 4 y subsecuentemente.

Con un agarre firme, toma la mano del atacante que está sosteniendo el cuchillo y aléjate de la zona de peligro del cuchillo y del atacante, cambiando la posición de tus pies.

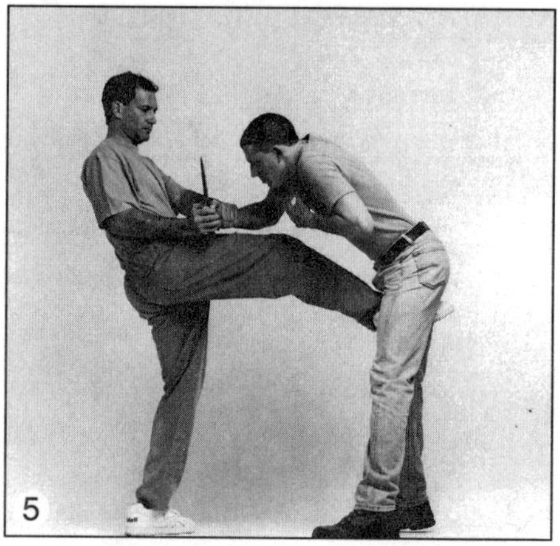

Asesta una patada regular a la ingle del atacante. Esto puede ser seguido por la acción de tomar el cuchillo, como se explica en la fotografía 6.

Dobla la muñeca del asaltante y clava con fuerza tus dedos en la palma de la mano sosteniendo el cuchillo, a lo largo del mango, y con un movimiento para arrancar, remueve el cuchillo de la mano del asaltante.

En una defensa óptima, todos los movimientos descritos en las fotografías 2 y 3 son ejecutados simultáneamente y en un solo flujo de movimiento. Sin embargo, durante la etapa de aprendizaje, esta fase debe dividirse en dos partes:

1) La defensa del antebrazo con una embestida al frente acompañada por un giro del cuerpo.
2) Agarrar el antebrazo del agresor y contraatacar.

Precaución: En los agarres orientales siempre existe el peligro de que el atacante te acuchille diagonalmente y casi horizontalmente hacia adentro, en lugar de hacia arriba. Por consiguiente, es preferible, en la mayoría de los casos, descargar una patada al mentón del atacante, similar a la defensa contra ataques a una distancia grande. Esto será explicado posteriormente en el capítulo. No obstante, cuando decidas usar esta técnica con el fin de protegerte del peligro anteriormente mencionado, debes actuar como sigue: Lánzate diagonalmente y pégale al antebrazo de tu agresor con tu antebrazo de defensa, tan cerca de su cuerpo como sea posible, para evitar que el arma punzocortante avance en direcciones inesperadas y antes de que el ataque gane ímpetu, fuerza y velocidad considerables. La posición del brazo defensor ofrece una

Un ejemplo de otra posibilidad: tira al agresor al suelo aplicando fuerza incrementada a su puño (la llave del "caballero").

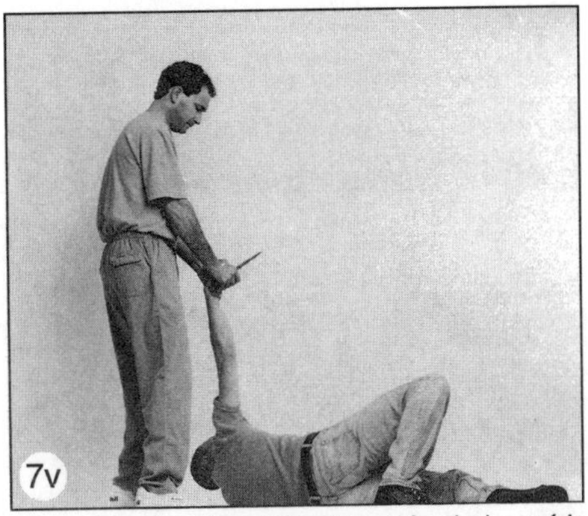

Posición del atacante después de la caída.

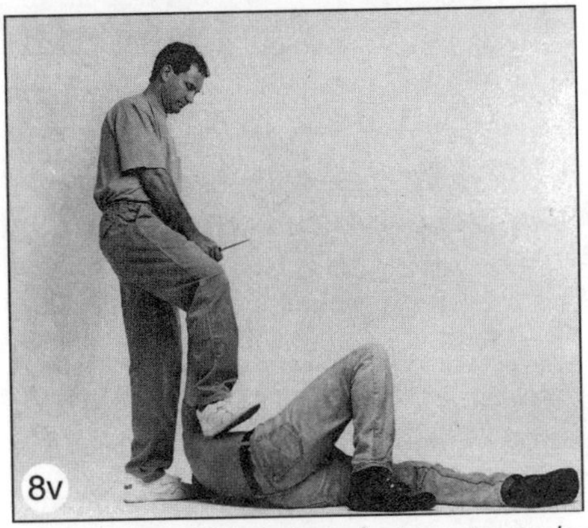

Si es necesario, patea al atacante en las costillas o el riñón y luego arrebátale el cuchillo de su mano, según se describe en la fotografía 6.

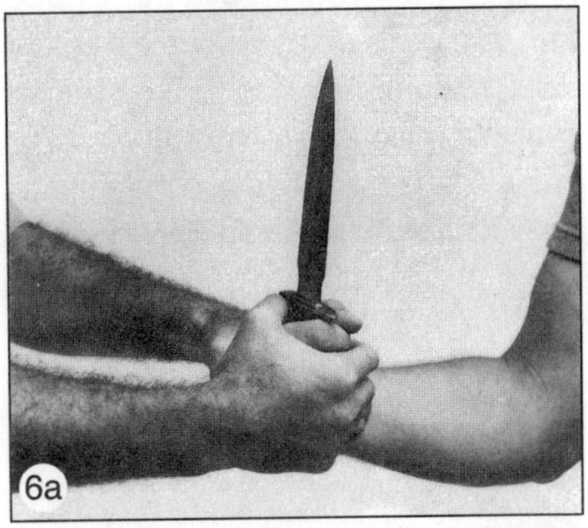

Acercamiento de la fotografía 6: Dobla la muñeca del asaltante.

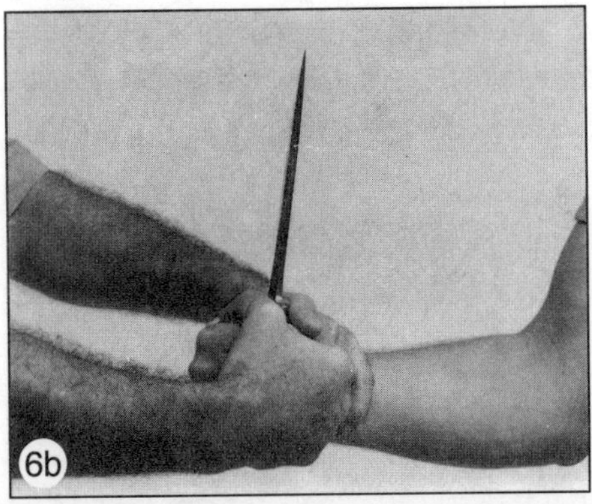

Acercamiento de la fotografía 6: Clava tus dedos en la palma del asaltante.

Acercamiento de la fotografía 6: Con un movimiento de arrancar, agarra el mango y remueve el cuchillo de la mano del asaltante.

buena defensa incluso contra la cuchillada diagonal, casi sin tener que mover tu codo, o cuando mucho, moviéndolo únicamente unos 3 o 5 centímetros.

Recuerda: El movimiento del cuerpo es un elemento importante de la defensa. Su propósito es moverte fuera de la línea de ataque al avanzar diagonalmente y girar tu cuerpo. El contraataque, un puñetazo directo al mentón o a la garganta, debe ejecutarse tan pronto como sea posible, y algunas veces se puede realizar incluso antes de que la defensa del antebrazo haya enfrentado el ataque. Éste es un contraataque especialmente poderoso debido a la posición de tu cuerpo (inclinado hacia adelante) y al hecho de que el puñetazo se descarga al cuerpo del agresor mientras éste se mueve hacia ti para llevar a cabo su ataque.

Todo el incidente puede terminar muy rápidamente, posiblemente justo después del primer contraataque. Se espera que el contraataque tendrá éxito en causar que el atacante caiga o suelte el cuchillo; si no es así, patéalo en la ingle y ejecuta contraataques adicionales. También puedes usar la llave del caballero, una técnica aplicada a la muñeca de la mano sosteniendo el cuchillo, torciendo la muñeca mientras la doblas hacia afuera y presionas llevando hacia abajo el dorso de la mano, ocasionando que el atacante caiga al suelo. Esta llave se expone en detalle en la sección **Neutralización de una Amenaza con una Granada de Mano (en el Capítulo 6: Situaciones con Rehenes**).

Una vez que el agresor ha caído, puedes ejecutar contraataques adicionales como patadas al área del riñón o, en ciertas situaciones, dando patadas de pisotones a su cabeza.

Precaución: Estos contraataques tienen el riesgo de que podrían ser fatales, y por lo tanto, ¡no deben ser utilizados a menos que tu vida esté todavía en peligro, luego de que el atacante ha sido derribado al suelo por el primer contraataque!

Nota: La utilización de la llave del caballero y el desarme del atacante, según se explica en este libro, se recomiendan principalmente para oficiales de policía que prefieren no atacar con nada más fuerte que un puñetazo (por ejemplo, contra un adolescente sosteniendo un cuchillo). En otras palabras, luego de la defensa y el puñetazo, el agresor es derribado por la técnica, relativamente suave, del caballero, y el cuchillo es arrebatado de su mano.

Existen tres opciones básicas para tomar el cuchillo de la mano del atacante: 1) Arrancar el cuchillo de su mano, ya sea que haya sido derribado o no. 2) Golpear el dorso de su mano, de manera que el cuchillo sea arrojado a un lado. 3) Aplicar una llave a la muñeca del atacante, con el codo del brazo sosteniendo el cuchillo presionado contra el suelo. La presión afloja el agarre del atacante sobre el cuchillo, y el cuchillo cae de su mano a tu mano o al suelo. Una presión muy fuerte podría incluso romperle la muñeca.

Nota: Si usas una mano para recoger el cuchillo del suelo, ¡debes mantener lista la otra para atacar o defenderte!

Cuchillada al Estómago Desde un Lado. Agarre Oriental, Defensa del Antebrazo

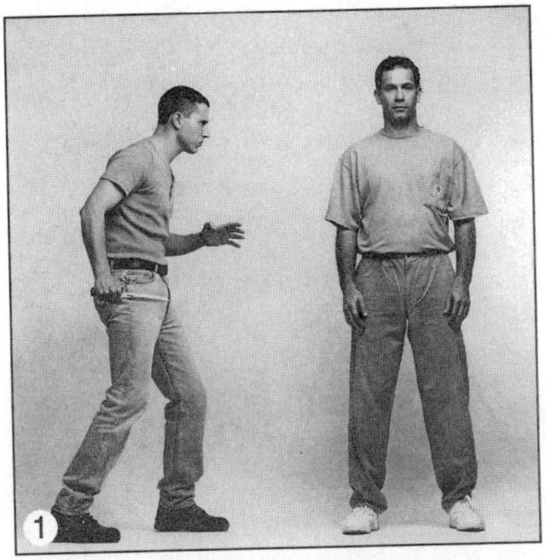

El atacante viene por el mismo lado que el de su mano con la que ataca o diagonalmente desde ese lado (en el ejemplo que se muestra, viene por tu lado derecho, sosteniendo el cuchillo en su mano derecha).

El atacante ejecuta una cuchillada diagonal hacia tu estómago. Responde con una defensa con el antebrazo, con la parte superior de tu cuerpo inclinada. Cuando sea posible responde simultáneamente con un paso diagonalmente hacia adelante del oponente.

Tu mano defensora salta de la defensa a un contraataque decisivo (consistente en un golpe de tajo a los lados del cuello o un puñetazo en forma de martillo al mentón, la garganta o el cuello del atacante). Simultáneamente, cambias de mano y agarras el antebrazo del asaltante con tu otra mano.

Golpea al atacante con un golpe de tajo a los lados o un puñetazo de martillo.

Continúa, asiendo la camisa o el hombro del atacante y dale un rodillazo con la pierna más atrás; o (como se muestra) avanza con tu pierna trasera en un paso rápido, dándole un rodillazo en la ingle con tu pierna delantera.

Esta técnica es apropiada cuando el atacante se prepara para acuchillarte en tus costillas o en tu estómago, y te das cuenta del ataque a tiempo; muévete diagonalmente hacia atrás y hacia adelante del atacante mientras ejecutas la defensa del antebrazo.

La defensa que bloquea la cuchillada, es ejecutada con un golpe recto que detiene el antebrazo del atacante cerca de la muñeca y luego "rebota" en su antebrazo para ejecutar el contraataque. El cambio de manos se lleva a cabo rápidamente: la mano hacia atrás se mueve al frente para atrapar el antebrazo del atacante, con el fin de evitar que use de nuevo el cuchillo, y la mano que ha estado defendiendo se mueve con fuerza para ejecutar un golpe de tajo o puñetazo de martillo lateral.

Nota: Para evitar de una mejor manera cualquier posible reutilización del arma, cuando atrapes la mano del atacante, empújala hacia abajo y hacia él.

Variación: *Si el atacante te tomó por sorpresa, o si dirige su ataque hacia tus costillas o espalda, entonces, luego de ejecutar únicamente la defensa del antebrazo, debes saltar lejos, interponiendo una cierta distancia entre tu cuerpo y el del oponente. Esto te colocará en una mejor posición para continuar, en lugar de permanecer cerca del atacante y contraatacar. (Ver la siguiente técnica).*

Nota: Contra un asaltante viniendo desde el mismo ángulo y lado pero acuchillando con su mano izquierda hacia tus costillas, ejecuta una defensa con el antebrazo que desvíe o detenga el ataque. Inmediatamente después, salta a un lado con el fin de aumentar la distancia y darte la oportunidad de operar en la forma tácticamente correcta. Esto es necesario, ya que la defensa crea una situación que hace difícil contraatacar, mientras se evita que el atacante acuchille de nuevo. También debes emprender esta acción contra un agresor atacando desde tu izquierda y sosteniendo el cuchillo en su mano derecha.

Cuchillada al Estómago o las Costillas desde un Costado. Defensa y Retirada Rápida

El atacante te sorprende desde un costado, con una cuchillada dirigida a tu estómago o tus costillas. Dóblate por la cintura y bloquea la cuchillada con tu antebrazo en o cerca de la muñeca.

Salta lejos del atacante, creando una "distancia segura" entre los dos. Este movimiento te permitirá responder mejor si él trata de lanzar otro ataque.

Obviamente, cuando eres sorprendido, es difícil ejecutar cualquier otro movimiento que una defensa refleja. Cuando encuentres difícil contraatacar y controlar la mano sosteniendo el arma, de inmediato deberías, ya que no tienes una mejor alternativa, alejarte rápidamente una cierta distancia de la zona de peligro.

Cuchillada, Agarre Oriental. Patada al Mentón

Contra este tipo de ataque, es preferible usar una patada regular (frontal), alta, que no pase cerca del cuchillo. Para golpear el mentón del atacante eficazmente (no en el estómago o el pecho), debes elevar alto la rodilla de la pierna pateando, antes de enderezar la pierna y patear. Pega con la bola de tu pie.

Defensa corporal: Salte de la línea de ataque, girando y moviéndote a un lado, cambiando la posición de tus talones con un paso "relámpago".

El agresor es golpeado por la patada durante su avance, su brazo atacante es llevado hacia atrás y él todavía está muy alejado para alcanzarte con su cuchillo. Teniendo en cuenta el momento oportuno y la distancia del asaltante, tu también puedes ajustar la distancia retirándote o avanzando según sea necesario con una clase de cruce de piernas o salto.

La distancia entre el asaltante y tú, una vez que notas que se está preparando para acuchillarte, es relativamente grande y suficiente para una patada.

El atacante avanza. Durante este tiempo, si intentas patearlo con tu pierna derecha, cambia la posición de tus talones con un brinco rápido, girando tu cuerpo de manera que los dedos del pie en el que estás basado (el izquierdo) estén dirigidos diagonalmente hacia afuera, formando una defensa para el cuerpo.

Eleva alto tu rodilla y patea al atacante en el mentón. La cadera de tu pierna pateando es impulsada hacia adelante para lograr el máximo alcance y la máxima fuerza.

Opciones adicionales:

- Si no hay tiempo suficiente, todavía puedes patear el mentón del atacante desde donde estás parado, cambiando tu pie en el que estás basado y tu cadera, pero sin el movimiento inicial de cambiar la posición de tus talones.
- Si prefieres patear con tu otra pierna (la izquierda), la que está opuesta directamente a la mano atacante (derecha), avanza con tu pie en el que estás basado (derecho) con un brinco diagonal hacia adelante y a la derecha. Esto te sacará fuera de la línea de ataque y minimizará la posibilidad de que tu pierna pateando sea lesionada con el cuchillo.

Defensas Contra un Ataque con Cuchillo: Cuchillo en un Agarre Recto

Cuchillada, Agarre Recto. Defensa Interior desde el Exterior (Avanzando por el Lado "Muerto")

A una distancia segura del agresor, estás listo para una defensa con la mano. (Ver nota acerca de la posición inicial).

El atacante agrede. Comienza con la defensa del antebrazo, la cual te "jalará" diagonalmente hacia adelante y logrará la defensa de tu cuerpo. El codo debe estar abajo con el fin de crear un mayor rango defensivo y defenderte contra una posible cuchillada baja. Al inicio del desvío, tu antebrazo defensor entra en contacto con el dorso de la mano del atacante sosteniendo el cuchillo.

La mano con el cuchillo se desvía hacia un lado. El antebrazo defensor se desliza hacia adelante, a partir de la muñeca o el área del dorso de la mano, presionando ligeramente en el antebrazo agresor hacia arriba, al área cercana al codo del atacante.

La defensa con el antebrazo lleva a cabo tu defensa corporal y avance. En esta acción, mueve tu antebrazo lejos de tu cuerpo, pero tan perpendicular al suelo como sea posible. Esto extiende el rango de la defensa e incrementa el área protegida de tu cuerpo, que se ubica desde la cabeza hasta la parte inferior del abdomen.

La defensa corporal también es importante, y ambas defensas (con la mano y el cuerpo), ¡deben ejecutarse a la máxima velocidad!

Sujeta el antebrazo de la mano que empuña el cuchillo, mientras efectúas un poderoso contraataque. Dependiendo si el atacante retrae rápidamente o no su mano luego del ataque, debes asir su brazo a la altura del codo, o si es posible, incluso su brazo cerca del codo.

Con ambas manos, sostén la muñeca y el puño del atacante para efectuar la llave del "caballero", cambia las piernas y ponte a la distancia adecuada del atacante.

Dale una patada regular a la ingle. Emprende la acción que sea necesaria. Por ejemplo, quitarle el cuchillo al atacante, o efectuar la llave del "caballero" en su mano y tumbarlo en el suelo, según se explicó previamente en la sección, ***Defensas en Contra de una Cuchillada Desde Arriba: El Cuchillo en Agarre "Oriental"****.*

Fotografía 3 tomada por detrás: para una defensa eficaz, el codo debe estar abajo.

Recuerda que la defensa del antebrazo tiene que realizarse lo más pronto posible, y se debe efectuar contra el dorso de la mano o la muñeca del atacante, **no contra su antebrazo.**

Ya que el atacante posiblemente apuñale rápidamente y retraiga su brazo como un resorte con el propósito de atacar de nuevo, es esencial restringir el movimiento del brazo agresor. Sin embargo, **bajo ninguna circunstancia debes tratar de asir el**

cuchillo cuando se lleva hacia atrás. Por consiguiente, debes mover hacia adelante tu brazo defensor, deslizando tu antebrazo a lo largo del brazo del atacante para establecer una "conexión" entre tu antebrazo y el suyo. La mano de tu brazo defensivo podrá asir el brazo atacante. Si la puñalada es abajo, o si el agresor está en una posición inicial baja, debes bajar tu posición, de manera que puedas cubrir el área de la parte inferior de tu abdomen con una defensa del antebrazo.

Nota: El requisito de encontrarte en una posición inicial antes de aplicar la técnica, **pertenece sólo a la etapa de aprendizaje**. Recuerda que en un incidente real, podrías tener que comenzar desde una posición pasiva y más neutral. Otro aspecto a considerar es que el atacante podría tratar de acuchillar o darle un tajo a tu mano delantera (estirada) si tu posición y tu postura "invitan" a esa acción. Por consiguiente, en prácticas posteriores, antes de ejecutar la defensa, asegúrate que tus manos están cerca de tu cuerpo y que el pie apropiado está ligeramente adelante. Esto simulará una posición menos alerta, como podría ser el caso en circunstancias reales (o en una situación en la que no animes al atacante a efectuar algo más que la acción más simple, la puñalada recta). En el momento de ejecutar esta técnica, realiza tus defensas de mano y cuerpo de tal forma que simules las posiciones en la primera y la segunda fotografía. Recuerda, la mano defensora conduce tu movimiento.

Cuchillada, Agarre Recto. Defensa Interna hacia el Lado "Vivo"

Cuando estás a una distancia segura del atacante, estás listo para ejecutar una defensa con la mano (ver nota en la posición inicial). Te defenderás con tu mano delantera (de manera similar a la técnica anterior), pero al interior del brazo del atacante.

El brazo defensor, que es impulsado hacia adelante y casi perpendicular al suelo, golpea el interior de la palma o muñeca del atacante y la desvía en un movimiento deslizante, permaneciendo en contacto con ella una cierta distancia y tiempo.

Tu defensa con la mano es un movimiento deslizante que cambia la dirección de la cuchillada. Tu defensa con el antebrazo lleva a cabo la defensa del cuerpo y un avance diagonal. Como precaución adicional, la defensa corporal incluye inclinar ligeramente tu cuerpo hacia atrás, mientras se lleva a cabo la defensa con la mano.

Eleva el codo del brazo defensor para realizar un contraataque efectivo. Simultáneamente, tu mano izquierda (hacia atrás) sujeta el brazo atacante, teniendo en cuenta que se puede retraer para una puñalada tipo resorte.

Contraataca con un puñetazo de martillo lateral o con un tajo desde afuera a la cabeza, cuello o garganta del atacante.

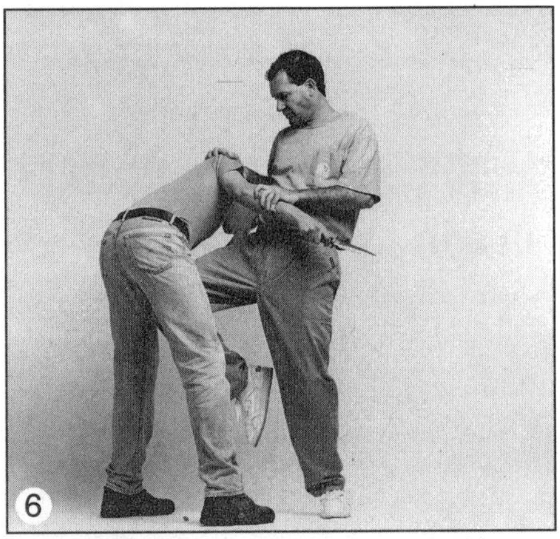

A continuación sujeta el hombro del atacante y descarga un rodillazo a su ingle. Esto se puede realizar con tu pierna delantera (la derecha) después de un avance rápido con tu pierna retrasada (izquierda), o según el ángulo, puedes dar una patada con tu pierna retrasada.

Efectúa la defensa del antebrazo cerca de la palma o muñeca de la mano del atacante. Una defensa con un fuerte movimiento deslizante cambia la dirección de la línea de ataque. Es necesaria debido al ángulo de ataque y para evitar el doblez del codo. Durante la defensa, mantén tu otra mano cerca de tu cuello. Ejecuta el primer contraataque (con un golpe de tajo o de martillo) tan pronto sea posible. Al momento de que descargues tu primer contraataque, también lanza tu otra mano para asir la mano del atacante.

Precaución: Un atacante diestro podría apuñalar **y luego retraer su brazo como un resorte, ¡para atacar otra vez!** Ten esto en mente cuando envíes tu mano retrasada para asir la del atacante. Intenta asirlo por el área del codo, de manera que si la mano atacante regresa, la atrapes cerca de la muñeca. Cuando agarres el brazo del atacante, mantén el codo de tu brazo en posición baja y aplica presión. Esto evitará que el cuchillo se vuelva a dirigir hacia ti con un tipo de ataque de tajo hacia adentro, o con otro tipo de puñalada.

La defensa corporal es más importante al defenderte con una defensa interna para el lado vivo del atacante que cuando te defiendes con una defensa interna desde el exterior (el lado muerto) en contra del mismo tipo de cuchillada. Para mejorar la defensa del cuerpo inclina hacia atrás el área que está siendo atacada, por ejemplo, si la puñalada se dirige a tu cuello, **la parte superior de tu cuerpo debe inclinarse hacia atrás**.

Nota: Aquí también, el requisito de que la técnica se ejecute desde una posición inicial, como se muestra, se aplica únicamente a la etapa de aprendizaje. En la vida diaria, no operamos a partir de una posición de pelea, y en una situación real de peligro de muerte quizá no tengamos tiempo suficiente para adoptar la posición antes de llevar a cabo la técnica. También, desde un punto de vista táctico, podemos desear evitar una posición "defensiva" obvia, de manera que no pongamos la atención del agresor sobre la inminente defensa. Parece que "invitamos" la puñalada, de manera que es más probable que efectúe una cuchillada simple y recta, sin darnos un tajo en nuestra mano estirada, o fingir y tratar de engañarnos con un truco. Por consiguiente, con el propósito de simular una situación más realista, lleva a cabo la técnica desde una posición que no revele tu intención de actuar y no cree una amenaza mental para el asaltante. En otras palabras: **no le demuestres al atacante que estás entrenado para frustrar sus ataques**.

El Gran Maestro Imi a punto de demostrar una técnica de defensa contra un ataque con cuchillo en un agarre oriental.

Cuchillada Repentina Dirigida al Abdomen Inferior

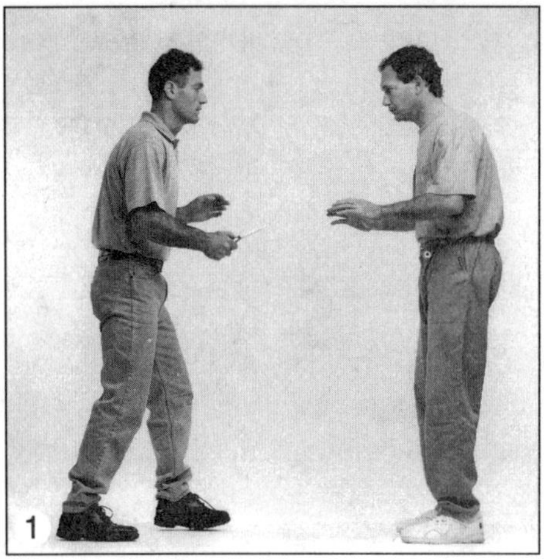

El atacante agrede con una cuchillada directa dirigida a la parte inferior del abdomen. Una reacción refleja natural es enviar ambas manos hacia adelante contra la puñalada y mover la pelvis hacia atrás.

Transforma esta reacción natural de la mano en un movimiento defensivo hacia afuera con el área de tu muñeca, barriendo el ataque hacia un lado con un pequeño movimiento circular. Mueve tu pelvis hacia atrás.

Regresa rápidamente tu pelvis a su posición mientras das una patada con fuerza a la ingle, el plexo solar o la mandíbula del atacante.

La reacción natural para este ataque a "baja altura", en especial si llega de sorpresa, es alejar la pelvis mientras se envían las manos adelante.

La defensa manual usada es un movimiento de barrido con el área de la muñeca. El contraataque será realizado hacia el extremo de la mano defensiva, mientras se regresa rápidamente la pelvis a su posición previa y se asesta una patada regular a un punto vulnerable del cuerpo del agresor. Una patada en el plexo solar también servirá para enviar hacia atrás al atacante. Una persona bien entrenada debe poder dar un golpe con la mano simultáneamente con la defensa manual.

Variaciones: Otros movimientos reflejos que se pueden hacer en contra de esta cuchillada son la defensa hacia adentro con la palma abierta (similar a la usada en la técnica **Amenaza desde el Frente a Mayor Distancia**, en el siguiente capítulo, **Defensa en Contra de una Amenaza Inminente con Cuchillo**); o una defensa hacia adentro con el antebrazo volteado, la palma de la mano hacia abajo y el codo arriba.

Cuchillada con Agarre Recto. Patada al Centro del Cuerpo

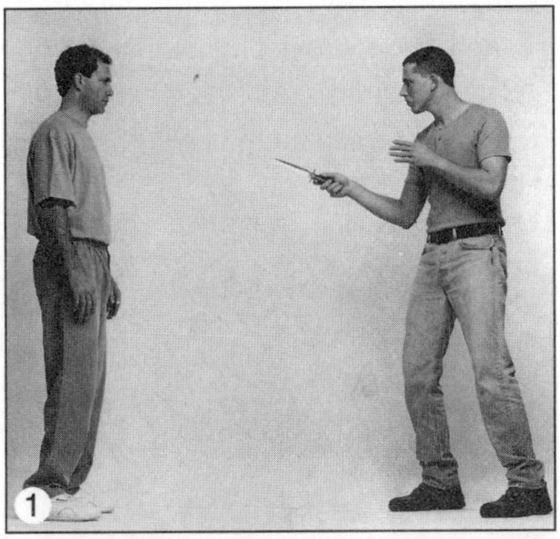

Antes de la cuchillada, la distancia entre el atacante y tú es relativamente grande, lo suficiente para una patada.

Cuando el agresor avanza para atacar, asesta una patada al centro de su cuerpo, mientras mueves hacia atrás la parte superior del tuyo y lanzas tu cadera al frente. El punto exacto de impacto depende del momento en que se efectúa la patada y el ángulo del cuerpo del atacante durante la puñalada. En la fotografía se muestra una patada en el plexo solar.

Si tu patada se ejecuta antes, golpea el mentón. Un cambio rápido de los talones producirá una patada más rápida.

En esta técnica, es esencial inclinar el torso hacia atrás pero sin cambiar tu centro de gravedad también hacia atrás, mientras que al mismo tiempo das una patada fuerte, alta y de largo alcance. La patada es una combinación de una patada regular (de frente) y un balanceo de la pierna estirada hacia arriba.

Debido a la forma en que se ejecuta la patada, se puede dirigir a cualquier lugar en el centro del cuerpo del atacante, comenzando desde su ingle, siguiendo hacia arriba al nivel del mentón. Si usas zapatos duros y puntiagudos, puedes golpear con los dedos de los pies, de lo contrario, patea con la bola de la planta de tu pie o con tu talón.

Variación: Si las condiciones lo permiten, puedes ejecutar esta técnica con un giro del cuerpo, cambiando la posición de tus talones en el lugar con un movimiento repentino. (Ver la técnica previa: **Cuchillada, Agarre Oriental. Patada al Mentón**).

Nota: Para nuestro propósito, el "centro del cuerpo" significa una línea vertical que pasa a través del centro del cuerpo desde la cabeza hacia abajo. Su localización varía de acuerdo al ángulo del cuerpo del oponente. Veamos el cuerpo del agresor como una silueta. Por lo general, cada vez que la línea central está sobre la silueta, se considera como el "centro del cuerpo" para propósitos defensivos. Desde luego, esta línea cambia según cambia la posición relativa entre el atacante y el defensor.

Cuchillada, Agarre Recto. Patada Regular a la Axila

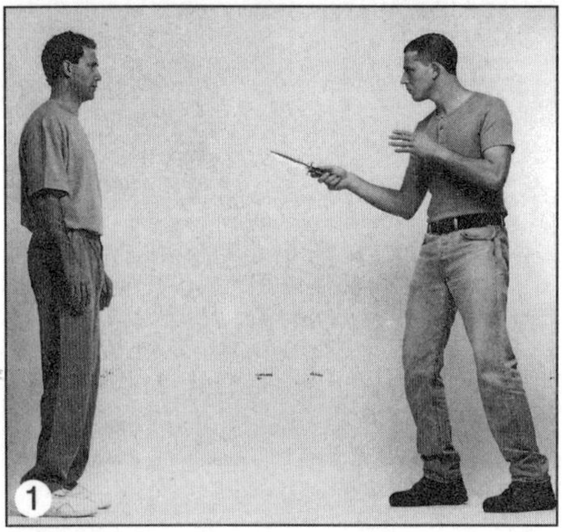

Antes de la cuchillada, la distancia entre el atacante y tú es relativamente grande y suficiente para una patada.

Al avanzar el agresor con su ataque, ejecuta una patada regular a la axila de la mano que empuña el cuchillo, echando con fuerza hacia atrás el torso.

En esta técnica, como en la anterior, inclina fuertemente hacia atrás tu torso, empuja simultáneamente tu pelvis adelante y patea al agresor en la axila. La defensa se ejecuta desde una posición inicial neutral (pasiva) y la pierna de la patada (la izquierda), se alinea con la mano del cuchillo (derecha). La axila es un área fija muy sensible y por consiguiente es relativamente fácil de atacar. Dependiendo de la distancia y del momento, un combatiente altamente adiestrado puede asestar una patada en cualquier lugar del brazo que porta el cuchillo, ya sea la muñeca, el antebrazo o el codo.

Nota: Estas dos últimas técnicas, en esencia son idénticas. Además de tus preferencias personales para escoger con cuál pierna asestarás la patada, la elección entre ellas depende del ángulo desde el que ataca el agresor, en relación con tu posición: Si el atacante está en diagonal a tu derecha, lo patearás en la axila con tu pie derecho. Si está en diagonal a tu izquierda, lo patearás con tu pierna izquierda, dirigiendo la patada al centro de su cuerpo. Esto muestra un principio básico del Krav Maga: **selecciona la defensa o el ataque de acuerdo a las posiciones relativas de tu cuerpo y el del atacante.**

Cuchillada, Agarre Recto. Defensa Corporal y Patada Lateral

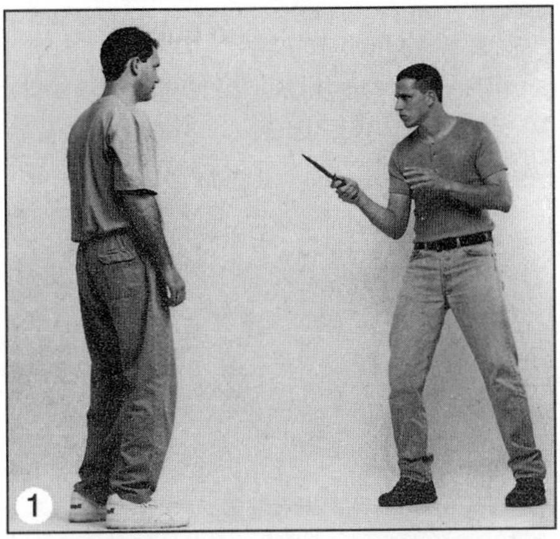

Antes de la puñalada hay una distancia segura entre el agresor y tú, que implica que debe avanzar para poder apuñalarte.

Cuando el atacante se acerca y descarga la puñalada, salta de lado diagonalmente y hacia el frente, con un brinco rápido, inclinando tu torso hacia un lado y girando tu pecho hacia el suelo. Asesta una patada giratoria al plexo solar o la ingle del atacante.

Después de la patada giratoria descarga una patada de lado a la rodilla del agresor, o aléjate de inmediato.

Si decides controlarlo y efectuar un contraataque mayor, actúa de acuerdo con la nueva situación que se creó. Por ejemplo, sujeta el brazo atacante con tu mano (derecha), mientras preparas un puñetazo.

Esta técnica es más adecuada en contra de un atacante agrediendo con gran ímpetu, ya que te ayuda a salirte de la línea de ataque. También es conveniente de efectuar cuando te estás moviendo, por ejemplo, cuando cambias tu peso de un pie al otro, o cuando pierdes tu equilibrio. Es especialmente conveniente cuando tu pierna con la que patearás al agresor se encuentra al frente.

Golpea el mentón del atacante con tu puño izquierdo (el cual está más atrás). Si el agresor usa un saco o una camisa de manga larga, es más conveniente asir su manga.

Tu cabeza dirige los movimientos de tu cuerpo: En este caso, inclina tu torso de manera que tu pecho quede paralelo al suelo (no una inclinación lateral) y avanza con un rápido salto diagonal hacia el frente.

La dirección y distancia de ese movimiento debe corresponder a la magnitud del avance del agresor y dependerá de la longitud de su cuerpo y sus extremidades en comparación con las tuyas. También puede depender del tiempo existente entre el ataque y tu defensa respondiendo a éste. Por ejemplo, si tienes piernas largas o te retrasaste, puedes moverte a los lados o incluso diagonalmente hacia atrás. Si tus piernas son comparativamente cortas o tienes suficiente tiempo, podrás avanzar más.

Al inicio de tu movimiento corporal, lleva tu mano derecha cerca de tu cuello, para una mayor seguridad, con el fin de frustrar o impedir un posible ataque a esa área. Debes dirigir la patada de giro al plexo solar del atacante, el estómago o la ingle, de acuerdo con su posición durante la cuchillada.

Cualquier acción posterior dependerá de la efectividad de tus contraataques iniciales. Si es necesario, puedes patear de nuevo al atacante o sujetar la mano que sostiene el cuchillo y contraatacar con tu otra mano. **Recuerda**: ¡La acción se termina **únicamente cuando has neutralizado completamente el peligro en todos sus aspectos**!

Variaciones: *Ejecuta sólo una patada (de giro o de lado) y a continuación toma el control de la mano atacante y entonces contraataca. Otra opción: Aléjate rápidamente después de tu primer o segundo contraataque.*

Una Historia de la Vida Real

Un guardia de seguridad entrenado en Krav Maga fue atacado por un terrorista físicamente muy fuerte. El terrorista lo atacó repentinamente e intentó acuchillarlo repetidamente en el cuello con un cuchillo de 40 cms de largo. El guardia de seguridad ejecutó una defensa simple en contra de estos ataques, inmovilizó el brazo del agresor con el suyo mientras lo movía hacia él. Entonces empujó al terrorista hacia atrás, sacó su pistola y le disparó.

Cuchillada, Agarre Recto. Patada de Lado

El atacante se acerca por un lado. A esta distancia tiene que avanzar antes de descargar la puñalada.

El atacante avanza para poder apuñalar. Flexiónate hacia un lado, baja tu torso, y simultáneamente avanza según sea necesario. En este ejemplo, avanzas cambiando tu pie al frente con tu pie atrás. Tu mano (la que está más próxima al agresor) está preparada para la defensa, si es necesario.

Ejecuta una patada de lado a la rodilla frontal del atacante o a sus costillas inferiores, con el fin de detenerlo mientras todavía se encuentra a cierta distancia y así mantener el cuchillo lejos de ti. Tu pierna de apoyo y la parte superior de tu cuerpo están dobladas. Al moverte hacia abajo y lejos del ataque, lograrás defender tu cuerpo.

Esta técnica combina la defensa corporal y el bloqueo del ataque en el momento correcto. El torso se dobla hacia un lado, la cadera de la pierna que patea se empuja hacia el atacante cuando lo pateas. Esto creará una patada fuerte y al mismo tiempo constituirá una defensa corporal para las áreas vitales de tu cuerpo (por ejemplo, el tronco). La patada de lado es la acción que detiene el avance del atacante mientras todavía se encuentra a cierta distancia. Se lleva a cabo mientras se avanza, disminuyendo la distancia inicial de acuerdo con el tiempo de toda la acción.

Las diferentes posibilidades para el movimiento, con el fin de colocarte a la mejor distancia para tu ataque son las siguientes: cruzar hacia atrás las piernas, cambiar los talones, patear desde donde estás, o incluso efectuar una patada de lado mientras retrocedes. Los dos **puntos vulnerables** a golpear en el cuerpo del agresor son la rodilla al frente, las costillas inferiores y el plexo solar.

En interés de la **seguridad**, puedes usar tu mano delantera para desviar la mano con el cuchillo. Sin embargo, es de dudarse si este movimiento realmente es necesario. En caso de un ataque sorpresivo puedes llevar a cabo esa medida defensiva, aunque sea como una acción refleja. Al mismo tiempo que doblas la parte superior de tu cuerpo, descarga en forma explosiva la patada de lado.

Al momento que el atacante llega por el frente, puedes aplicar esta técnica comenzando desde una posición neutral, con un ligero avance o retroceso y un giro del cuerpo, lo cual te colocará en el ángulo apropiado para la patada de lado. Después de la acción anterior, procede con otras patadas o, con el fin de neutralizar cualquier peligro, sujeta y mantén el control de la mano del agresor y contraataca con tu mano más retrasada (izquierda), o simplemente mantente a una distancia segura del atacante.

Nota: Las dos últimas técnicas también se pueden aplicar en contra de los tipos de ataque con cuchillo que se describen en este capítulo.

Defensas en Contra de un Ataque de Tajo

Cualquiera que use esta forma de ataque establece una escena de combate mucho más complicada desde un principio. Por lo general, el objetivo del atacante primero es cortar y herir (aunque sea superficialmente), y entonces clavar el cuchillo en partes vitales de tu cuerpo.

Muchos de los principios que se detallaron anteriormente, en especial en contra de los ataques en un agarre directo, también se aplican a las diversas defensas en contra de ataques de tajo:

- **Arrojar un objeto pequeño**: En una primera etapa, **cuando el atacante intenta atacar**, puedes arrojar un objeto pequeño como un manojo de llaves, un reloj, o una cartera a su cara o sus ojos, con el fin de distraerlo y asustarlo. Esta técnica se demuestra en el Capítulo 7: **Uso de los Objetos Cotidianos como Armas Defensivas**. Continúa con el avance adecuado y patea al atacante en la ingle.
- **Defensa inclinándose a los lados y ejecutando una patada giratoria**: Como se demostró en contra de una puñalada recta, efectuada en la dirección correcta y en el momento apropiado.
- **Defensa con patada, inclinando hacia atrás el torso:** Por ejemplo, una patada regular a la línea central del cuerpo del atacante o a su cabeza, como se demuestra en la fotografías a y b (ver la página siguiente); o una patada de lado como se muestra en las técnicas en contra de una cuchillada recta.
- **Defensa de antebrazo para detener la mano atacante**: Inclina hacia atrás el torso para evitar el primer tajo. (Ver la fotografía c). Una vez que el cuchillo ha pasado de un lado al otro y viene de regreso, defiéndete con uno o con ambos antebrazos en

contra del brazo agresor, bloqueando el ataque. Si es necesario, **también puedes detener el primer tajo** con un bloqueo del antebrazo, como se muestra en la fotografía d. (Estos principios también se demuestran al defenderse en contra de un ataque de tajo en el Capítulo 8: **Palo Corto en Contra de Ataque con Cuchillo**).

Nota: El ataque de tajo es más sofisticado y más difícil de ser repelido con defensas manuales, en especial proveniente de un atacante diestro cuyos movimientos de tajo son cortos y rápidos. En cuanto bloquees el ataque, o tan pronto te sea posible, **debes contraatacar para neutralizar al atacante**.

Ataque con Cuchillo: Situaciones Especiales

Atacante Agrediendo desde Atrás

Cualquiera que llega y te ataca con un puñal **probablemente te apuñalará**, y por lo tanto debe ser considerado **¡alguien que intenta asesinar!** Respecto a un atacante que agrede por detrás y debido al "elemento de sorpresa" que existe en esta situación, debe comprenderse claramente que puede ser extremadamente difícil controlarlo.

Un agresor apuñalando por detrás

Contra un atacante determinado, básicamente tienes las siguientes opciones: (1) Escapar. (2) Defenderte, contraatacar para frustrar el ataque, y retroceder al primer momento en que sea seguro hacerlo. (3) Neutralizar al atacante con defensas efectivas y contraataques agresivos.

Debido a la severidad del peligro, no te refrenes de emprender cualquier acción o ejecutar cualquier ataque que pudiera salvar tu vida o herir al agresor, incluyendo esos ataques que las personas ordinarias pueden considerar "fuera de lo común" o extremadamente feroces. Se permite (y se recomienda) utilizar **cualquier objeto cercano** que pudiera ayudarte a lograr este objetivo. (Ver Cap. 7: **Uso de los Objetos Cotidianos como Armas Defensivas**).

Sensación Anticipada

Si sientes de cualquier forma: mediante tu visión, algún sonido o una "corazonada" que te van a atacar por detrás, puedes actuar de una de las siguientes maneras.

- **Ataque hacia atrás**: Mientras miras de reojo e inclinas tu torso hacia adelante, lo cual va acompañado de un paso al frente si es necesario, ejecuta una patada recta hacia atrás. En Krav Maga, esta patada se llama: "**Patada Defensiva Hacia Atrás**". Se efectúa directamente hacia atrás, casi de la misma manera como patea un caballo o un toro con sus patas traseras.
- **Volteando hacia atrás mientras ejecutas una acción defensiva:** Mientras volteas, muévete ligeramente a un lado y ejecuta una defensa con el antebrazo. Por lo general, esto ubicará al atacante a un lado tuyo. En esta posición, debes defenderte

y contraatacar de acuerdo con el ángulo y el tipo de cuchillada. Tan pronto sea posible, contraataca de manera decisiva con una técnica apropiada.

- **Alejándote**: Al sentir la proximidad del ataque, aléjate del atacante. Dependiendo de las circunstancias, la dirección de tu movimiento debe ser hacia adelante, en diagonal o hacia los lados. Mientras te mueves, mira hacia atrás y entonces, tan rápido como sea posible, voltea hacia el agresor y "recíbelo" con una patada o una defensa manual y entonces contraataca como se demostró en las técnicas descritas en este capítulo.

Una vez que has sido apuñalado...

El puñal ha penetrado en tu cuerpo. Por lo general, durante los primeros momentos no te darás cuenta que has sido apuñalado, más bien sentirás un impacto ordinario y dolor como si sólo hubieras recibido un puñetazo. Remover el cuchillo puede causar un mayor sangrado y daño, incluyendo hemorragia interna, y debe ser realizado **únicamente por una persona calificada**. ¡Más aún, si el cuchillo es removido, el atacante puede usarlo otra vez! Ten en cuenta que aquí tu principal objetivo es **impedir que el agresor te acuchille otra vez**.

Si te das cuenta que te han atacado por detrás como si alguien te golpeara, debes asumir que el atacante utiliza un arma como un cuchillo, un hacha, o un objeto similar. Reacciona rápidamente: muévete rápido, aléjate dos o tres pasos del atacante mientras volteas hacia él. Si no te alejas lo suficiente rápido, probablemente serás atacado una y otra vez, y **el daño será mucho más grande**.

La dirección de tu movimiento debe ser hacia adelante o hacia los lados, de acuerdo con las circunstancias. Mientras te alejas, voltea hacia atrás, ve al atacante y actúa en su contra, de acuerdo a la distancia y a sus acciones, usa las técnicas descritas en este capítulo. Siempre mantén tu espíritu combativo: ¡no caigas en el pánico, ni te rindas!

Si sientes que no puedes mantenerte en pie, todavía puedes moverte en otra dirección arrojándote al suelo. Cae cerca del atacante, sobre tu costado, y desde esta posición ataca al agresor desde el suelo con patadas, preferiblemente con los talones, a sus rodillas o su ingle.

Incluso después de ser apuñalado una vez, un experto bien entrenado puede voltear rápidamente hacia el atacante y ejecutar defensas y ataques, según lo determinen las circunstancias. **Lo importante es permanecer concentrado en sobrevivir al incidente**. Muchas víctimas de ataques con cuchillo ha sobrevivido a pesar de numerosas heridas infligidas durante un encuentro violento. Su mérito fue que se mantuvieron combatiendo y **no se rindieron**. Por consiguiente, no pierdas tu voluntad de luchar, vencer y sobrevivir, incluso si has recibido una o más heridas con el cuchillo.

Llevas una Pistola y un Agresor te ataca con un Objeto Puntiagudo o Contundente

Si un atacante enloquecido te agrede cuando tu pistola está guardada o no está disponible para uso inmediato, debes emplear tu entrenamiento defensivo con las manos para salvar tu cuerpo de una lesión crítica inminente. La mayoría de los atacantes pueden moverse una distancia entre cuatro y seis metros antes de que el defensor esté listo para utilizar opciones de mayor fuerza, ¡como una macana o una pistola! Desafortunadamente, muchos agentes de la ley en todo el mundo han perdido la vida como una trágica prueba de este hecho.

En experimentos con un atacante blandiendo un cuchillo, parado a menos de seis metros y lanzándose contra un agente de la policía que está consciente del peligro al que se enfrenta, se ha probado que cualquier intento del policía por sacar y accionar su arma será en vano, y que finalmente, ¡será acuchillado varias veces! (Ver fotografía a). Esto se debe al tiempo necesario para reaccionar eficazmente, el cual está compuesto del tiempo necesario para procesar la información sobre el ataque y tomar la decisión de sacar la pistola de la funda, más el tiempo necesario para apuntar y disparar. Este tiempo varía entre 1.5 y 3 segundos, durante los cuales el atacante prácticamente puede actuar sin ser detenido. Por consiguiente, incluso si cargas un arma, debes practicar tus defensas y contraataques con los pies y las manos, de manera que puedas sobrevivir a un ataque a una distancia cercana, como se explicó con anterioridad.

Luego de haber neutralizado el peligro inicial mediante el uso de las técnicas para las piernas (patadas) o de tus manos y efectuando contraataques iniciales, y si es posible, tras haber establecido una distancia segura moviéndose para atrás, sólo entonces podrás sacar de manera segura y eficaz tu pistola. (Ver la fotografía b). Si eres un agente de la policía o un soldado que porta una metralleta o un rifle de asalto y eres atacado a corta distancia, debes poder usar el arma, defenderte y contraatacar. En efecto, primero debes usar el arma como un arma de impacto (objeto contundente) para cambiar la dirección o bloquear el ataque inicial y contraatacar: golpear con la pistola (como se muestra en la fotografía c) o asestar una patada, y sólo entonces, si es necesario, tener la pistola operable como arma de fuego para neutralizar al atacante.

a

Han habido casos en los que un atacante con cuchillo en un estado de delirio (posiblemente bajo la influencia de alguna droga, demencia repentina, fanatismo religioso, etc.) continuó atacando incluso después que había recibido varios disparos, ya que no sentía dolor y no se daba cuenta que le habían disparado (en especial si se le disparó con un arma de calibre pequeño). Esto describe la tremenda determinación de algunos agresores blandiendo un cuchillo. Por consiguiente, debes estar preparado para defenderte y contraatacar con tus manos y piernas si no tienes la oportunidad de utilizar opciones de fuerza mayor. De hecho, tu pistola sólo podrá servirte como un instrumento extra; no confíes únicamente en ella como un instrumento "mágico" que te salvará. Debes convertirte en un guerrero completo, con o sin armas, como el garrote, aerosol, macana y armas de fuego.

Resumen

Cuando un atacante lleva a cabo una agresión con cuchillo, definitivamente intenta matar o infligir una grave lesión corporal. Puede utilizar fuerza y velocidad en el ataque y tenderá a acuchillar varias veces. En las técnicas defensivas manuales, el principio básico es desviar o detener el ataque, impidiendo que se reutilice el arma y, tan pronto como sea posible, contraatacar con el fin de neutralizar al agresor. En el momento que sea necesario, el oponente debe ser desarmado.

La técnicas de patadas en contra de ataques con cuchillo son efectivas a distancias mayores. Su propósito es lastimar y detener al atacante antes de que logre llegar a una distancia menor en donde podría poner en peligro tu seguridad.

Las técnicas descritas en este capítulo deben aplicarse únicamente si no tienes otra opción. Si tienes una oportunidad, es preferible que sencillamente escapes de la escena del ataque o, si esto es imposible, uses un arma regular (como una pistola) o una improvisada (como un tubo, palo, silla, etc.) para ayudarte en tu defensa.

Defensa en contra de una amenaza inminente con cuchillo

2

El objetivo de un agresor que amenaza con un cuchillo es considerado similar al de alguien que amenaza con una pistola. Su propósito difiere al de un atacante que realmente asesta cuchilladas rectas o de tajo. La persona que amenaza con un cuchillo **desea obtener algo** por medio de la amenaza o la intimidación. El objetivo del atacante puede ser obtener información, dinero, bienes, o algo más, o incluso sólo mover a la víctima de un lugar a otro. Por lo general, muestra el cuchillo de una manera agresiva o amenazadora, o lo mantiene contra el cuerpo de la víctima con el fin de inspirar miedo y obtener la cooperación inmediata de ésta sin ninguna clase de resistencia. Por lo tanto, la esencia del problema es la amenaza y la posición del cuchillo, que por lo general no realiza ningún movimiento importante en relación con el cuerpo de la víctima.

El agresor puede amenazar a su víctima desde diferentes distancias (pequeña , mediana y grande) y desde varias direcciones y ángulos. Puede mostrar su arma a diferentes alturas y puede sostenerla contra la víctima en diferentes partes del cuerpo con el objeto de tener su control. El agresor también podría asir a la víctima de su ropa, su brazo, su cabello u otra parte de su cuerpo, todo con el propósito de imponer su voluntad.

Históricamente, nuestras técnicas para manejar una amenaza con cuchillo se desarrollaron basadas en gran parte en los principios fundamentales para neutralizar una amenaza con una pistola, defensas contra un ataque con un cuchillo y defensas en contra de una agresión con un rifle con bayoneta calada.

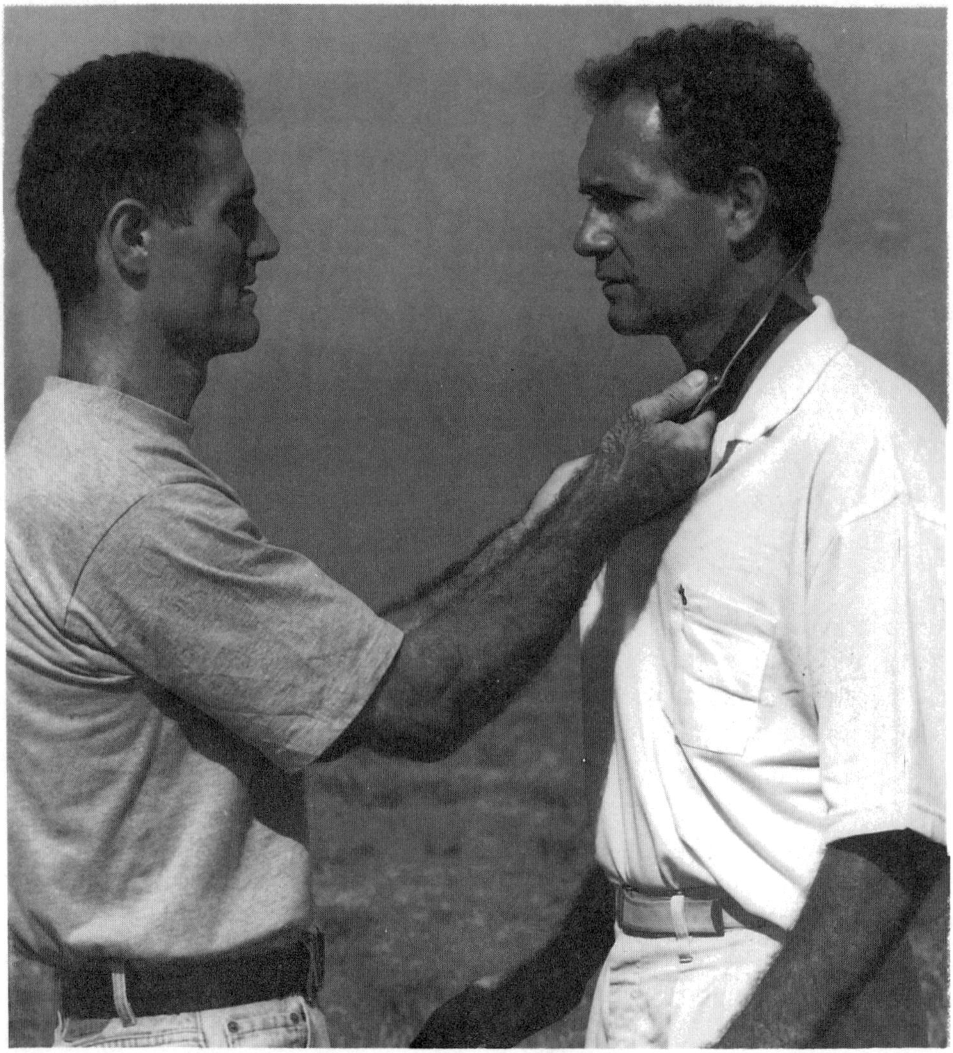

Principios de Operación

- Ejecuta la técnica **tan rápido como puedas** en cuanto percibas la amenaza. Recuerda que un cuchillo en movimiento (cuchillada recta o de tajo) representa un peligro mayor, mientras que un cuchillo inmóvil constituye una amenaza menos peligrosa. Mientras más tiempo pase desde el momento en que comienza la amenaza, más riesgo hay de que la situación se vuelva más peligrosa, y más probabilidad hay de que se deteriore en un verdadero ataque a cuchilladas (rectas o de tajo).

  Un momento especialmente oportuno para neutralizar la amenaza se presenta **cuando la atención del atacante está ligeramente distraída**. Por ejemplo, en el momento que está hablando y dando órdenes, o escuchando los ruegos de piedad de la víctima.

- En respuesta a un movimiento defensivo, el atacante podría **reaccionar en forma refleja** retrayendo la mano que sostiene el cuchillo con el fin de usarlo para acuchillar a la víctima en forma recta o de tajo. También existe el riesgo de que acuchille de inmediato, o que empuje o ataque de otra manera a la víctima con una patada o con su mano libre. Las técnicas básicas en contra de una amenaza con cuchillo toman en consideración tales reacciones "naturales" y predecibles del atacante en tu acción defensiva.
- La mayoría de las técnicas defensivas para neutralizar una amenaza con cuchillo a corta distancia, y en especial cuando el atacante está asiendo a la víctima, se basan en principios subyacentes y técnicas defensivas en contra de una amenaza con pistola: (1) **Defensa activa con la mano** acompañada con su correspondiente **defensa corporal**. (2) **Lograr el control del arma o, en realidad, de la mano que la sostiene**, mientras se avanza hacia el atacante. (3) **Asestar un poderoso contraataque**. (4) Concluyendo con el **desarme del atacante o alejándose a una distancia segura**.
- Por lo general, en tu primera oportunidad, necesitas alejarte tan lejos como sea posible de la escena del encuentro. Debe tenerse en cuenta que las técnicas específicas para neutralizar una amenaza con un cuchillo a menudo se ejecutan **sin desarmar al atacante** (por ejemplo, sin tomar el cuchillo). Por lo general, se recomienda este procedimiento, ya que en muchos casos es más eficaz y efectivo inmovilizar la mano del agresor que empuña el cuchillo, asestar contraataques poderosos y retirarse de la zona de peligro, que tratar de quitarle el cuchillo al atacante.
- Las acciones defensivas que comprenden las técnicas para neutralizar una amenaza con cuchillo desde una **distancia relativamente amplia**, están basadas en los principios subyacentes y las técnicas defensivas en contra de ataques del tipo de cuchillada recta usando un palo o un rifle con bayoneta. Estos principios son: primero **desviar** la amenaza con un manotazo con la mano abierta y, cuando es necesario, inclinarse para adelante y girar el cuerpo, para luego **patear** al adversario.

Los siguientes ejemplos muestran cómo enfrentarse correctamente con las diferentes amenazas ocasionadas por un cuchillo. En primer lugar, debes practicar las técnicas básicas, y entonces, basado en lo que aprendiste, practica enfrentarte con las diferentes clases de amenazas, las cuales son variaciones, aunque muy semejantes, de las técnicas básicas. Recuerda que en una situación de la vida real, las acciones del atacante no son exactamente predecibles. Por lo tanto, después de aprender los ejercicios básicos, practica en sesiones de entrenamiento realistas, llenas de tensión, con el fin de experimentar y volverte diestro con una amplia variedad de peligros potenciales que no se tratan específicamente en este capítulo. Este procedimiento de entrenamiento deberá aplicarse a **todos los temas** tratados en este libro.

Amenaza Desde el Frente a Mayor Distancia

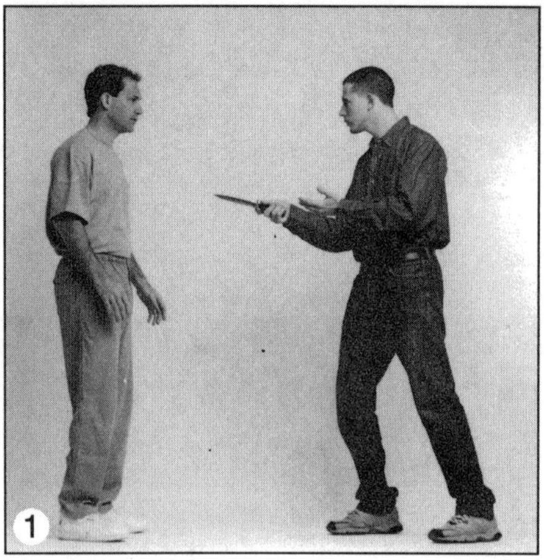

Te diste cuenta de la amenaza con cuchillo al frente. El atacante está relativamente lejos y empuña el cuchillo al frente.

En la forma más simple posible desvía el peligro hacia un lado con un golpe con la mano abierta (con los dedos estirados) en el dorso de la mano del atacante. Este movimiento defensivo con la mano lleva al cuerpo a un ligero giro que sirve con defensa corporal, y se realiza una ligera inclinación al frente según sea necesaria, para incrementar la distancia cubierta por tu mano defensiva (desviación).

A continuación asesta una patada regular a la ingle, mientras mueves tu torso hacia atrás y te alejas del cuchillo. Concluye huyendo de la escena o continúa neutralizando al atacante como se describe en las siguientes etapas. Es posible que el golpe repentino para desviar el cuchillo, o la fuerte patada, ocasionen que el atacante suelte el cuchillo.

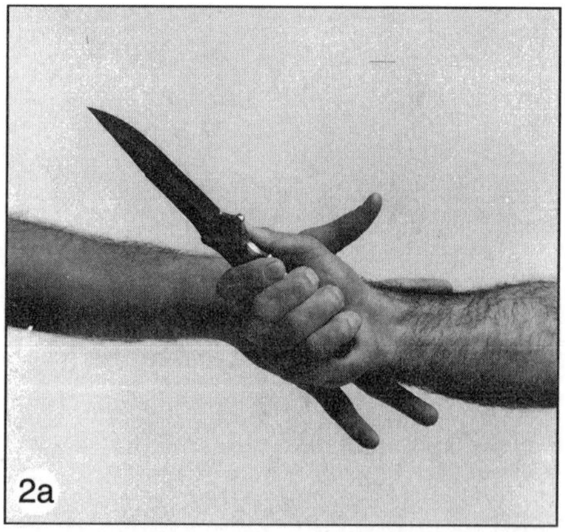

Fotografía 2 de cerca: Golpe en el dorso de la mano del atacante.

Si decides no retirarte, se sugiere que hagas lo siguiente: Conforme retiras tu pierna luego de asestar la patada, sujeta la mano del atacante que sostiene el cuchillo (cerca de su codo) con tu mano más próxima (derecha), y cambia tu peso a esa pierna.

A continuación descarga un puñetazo y llevan a cabo contraataques adicionales según sea necesario, por ejemplo, con las rodillas o con patadas.

El desvío de la mano del atacante se asemeja a la desviación efectuada en la técnica de defensa contra un golpe de cuchillada con un palo o con un rifle con bayoneta. La posición de la mano del defensor tiene el dedo pulgar dirigido hacia arriba y el meñique hacia abajo, mientras la palma de la mano está abierta con los dedos estirados. La mano del defensor se mueve diagonalmente hacia el frente para golpear su objetivo, el cual es la mano del atacante que empuña el cuchillo.

El movimiento defensivo con la mano es tan simple como sea posible, procediendo en una línea recta hacia el lado de la mano del atacante y golpeándola horizontalmente de un lado. Cuando el cuchillo se sostiene más alto y está más próximo a tu cara, tendrás que golpear con tu mano en una posición diferente (vertical). En este caso, todos tus dedos deben ser mantenidos juntos, dirigidos hacia arriba.

Entre la desviación del cuchillo y la patada, por lo general das un paso con fuerza, en tu lugar o mientras avanzas ligeramente, según sea necesario, de manera que tu peso sea transferido rápidamente a tu pie de sustentación. Esto también servirá para acortar la distancia con el objetivo, según se necesite, así como para ayudar a facilitar una patada lo más rápida y fuertemente posible desde tu posición original "neutral". Por lo general, se recomienda patear con el pie opuesto a la mano que desvía. Golpea la ingle del atacante con una patada regular de frente, con el empeine o de preferencia, con la bola de la planta del pie.

Con el fin de prepararte para enfrentamientos realistas, también deberías practicar la táctica de **abandonar con rapidez la escena de peligro inmediatamente después**

de patear al atacante. En realidad, si esto no es posible, entonces continúa con las siguientes etapas de asir y controlar la mano del atacante, según se demostró aquí, contraatacando de nuevo y concluyendo por desarmar al agresor. Después del desvío inicial y el contraataque, se debe prestar considerable atención a los objetos presentes en el área, que pueden usarse para ayudarte aún más en tu defensa o para atacar al agresor.

***Variaciones**: Si el atacante está a un lado o atrás de ti y te amenaza a una distancia relativamente grande, la técnica es básicamente la misma. Tal técnica incluirá golpear y desviar la mano del atacante en una defensa hacia afuera usando la palma de tu mano o la parte interna (huesuda) de tu antebrazo, realizando a continuación una flexión en la dirección opuesta del cuchillo, pateando al atacante lo más rápido posible, la patada apropiada generalmente será una **patada de lado** o una **patada defensiva hacia atrás**. Si es necesario, puedes patear al atacante sin ejecutar la acción de desvío. En este caso, se le da un gran énfasis a la ejecución de una importante **defensa corporal** en conjunción con la patada adecuada.*

Amenaza desde el Frente, cuando el Cuchillo está Fuera del Alcance

Te enfrentas a una amenaza de cuchillo con el atacante parado a una distancia media o grande. Esta situación se asemeja a la anterior, excepto que aunque el atacante está lo suficiente cerca, el cuchillo está sostenido a una distancia que te hace difícil alcanzar la mano que lo porta.

Asesta una patada regular rápida y fuerte a la ingle, mientras inclinas hacia atrás tu torso. Si es posible, deja la escena rápidamente. Si no, continúa atacando al agresor con el fin de incapacitarlo, haciéndolo incapaz de usar el cuchillo.

Esta técnica se asemeja a la anterior, excepto por el movimiento de desvío. Un momento muy oportuno para ejecutar esta técnica es mientras finges cooperación y pretendes obedecer las órdenes de un asaltante. (Por ejemplo, en el momento que pretendes sacar tu cartera del bolsillo).

Amenaza desde el Frente a Corta Distancia

Te enfrentas a una amenaza con un cuchillo sostenido muy cerca de tu garganta o algún área de la parte superior de tu cuerpo.

Inicia con un movimiento defensivo de mano y procede con un giro del cuerpo. Cambia la dirección del cuchillo horizontalmente, moviendo y asiendo al atacante cerca de la muñeca de la mano con el cuchillo. En el momento que sujetas la muñeca del atacante, tu pulgar debe señalar hacia abajo y tu índice hacia arriba. Tu peso es transferido diagonalmente al frente, a un lado de la mano que desvía.

Avanza con el pie del mismo lado de la mano que desvía, transfiriendo tu peso para aplicar presión a la mano del atacante, hacia abajo y a un lado. Ataca con fuerza con un puñetazo recto y aplica presión en la mano con el cuchillo, poniendo recto tu codo. Entonces será posible atacar de nuevo al agresor, o empujarlo hacia atrás mientras te separas rápidamente de él y abandonas el lugar.

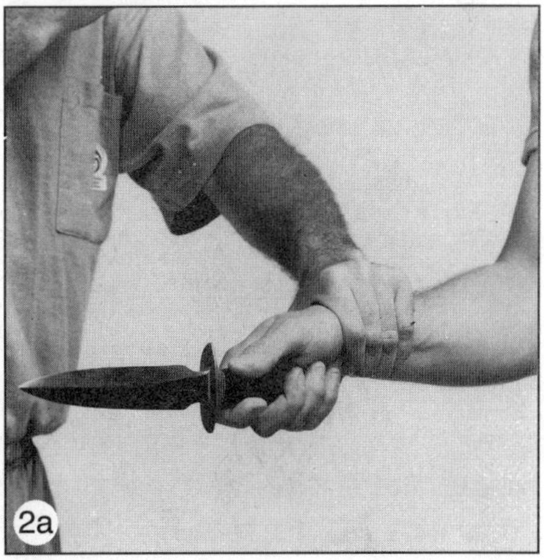

Fotografía 2 de cerca: Asiendo la muñeca del atacante mientras la desvías a un lado.

(Si decides no alejarte, una posible acción por realizar podría ser asir la mano del atacante con ambas manos según se muestra, y hacer un ligero movimiento hacia atrás, colocándote en una mejor posición para asestar una fuerte patada.

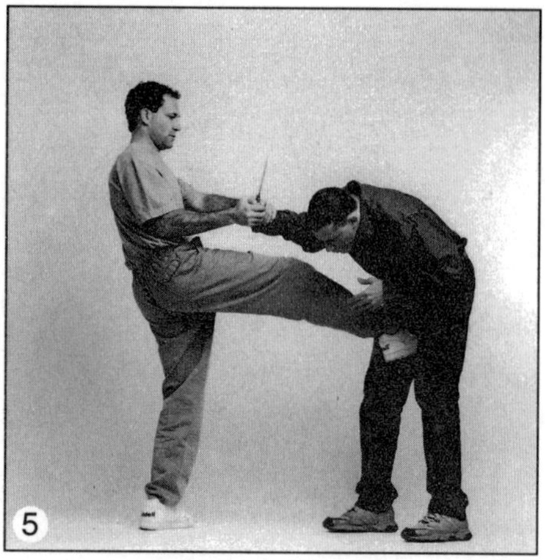

Patea al atacante en la ingle.

Desarma a tu adversario según se describe en la técnica: ***Cuchillada, Agarre Oriental. Defensa Diagonal con Antebrazo****. (Ver capítulo anterior).*

Esta técnica está basada en la que se usó para **Amenaza desde el Frente, a una Distancia**. (Ver Cap. 4: **Neutralización de una Amenaza con Pistola**), pero aquí sujetas al atacante por la muñeca. La mayoría de las técnicas de neutralización para una variedad de amenazas con cuchillo desde el frente, a corta distancia, se basan en los mismos principios de está técnica en particular. Éstas consisten de una defensa manual (desviar y asir la muñeca del adversario), una defensa corporal (girar y moverse diagonalmente al frente), para lograr el control de la mano que empuña el cuchillo (asiéndola y presionándola diagonalmente hacia abajo), atacar al agresor, desarmarlo (opcional), y dejar rápidamente el lugar peligroso.

Nota: En algunas situaciones de amenaza a corta distancia, si el atacante no te está asiendo, todavía es posible aplicar la primera técnica: desviar la amenaza, patear a tu adversario, y dejar rápidamente el sitio.

Amenaza a la Garganta, desde el Frente

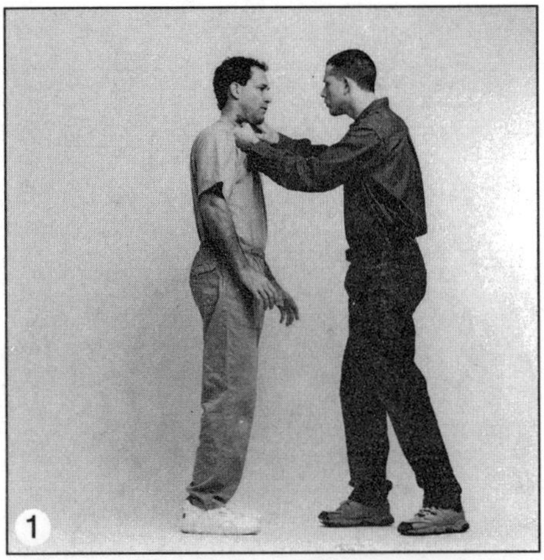

El atacante coloca un cuchillo en el lado derecho de tu garganta. No pudiste evitar esta situación mientras se desarrollaba. También te sujeta de tus ropas, con el fin de controlarte mejor.

De igual forma que en la técnica previa, con la mano apropiada (en este caso la izquierda) dirige el cuchillo lejos de tu garganta, desviando y sujetando la muñeca del atacante, moviéndote de manera tan rápida y prudente como sea posible. Al mismo tiempo, ejecuta una defensa corporal (con un giro) y transfiere tu peso en diagonal hacia el frente, creando por consiguiente una distancia segura entre tu garganta y el cuchillo.

Avanza con el pie del mismo lado que la mano que empuña el cuchillo (izquierda), y atácalo con un puñetazo recto mientras presionas diagonalmente hacia abajo la mano que sostiene el cuchillo.

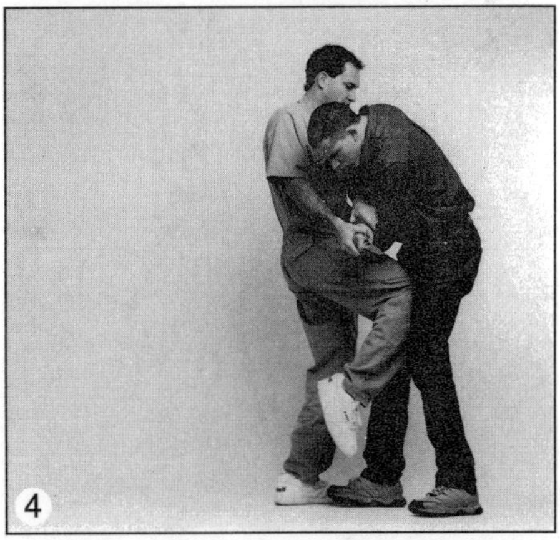

También, con tu otra mano, sujeta la mano que empuña el cuchillo, con el fin de lograr un mejor control sobre la mano del atacante y atácalo nuevamente con un rodillazo en la ingle. Continúa según se describió previamente para desarmarlo, o empuja al atacante hacia atrás y deja la escena rápidamente.

Como se mostró en la técnica previa, desvía la mano del atacante y sujétala. Procede con un giro del cuerpo y avanza diagonalmente hacia adelante.

Contraataca en forma rápida y fuerte. La presión sobre la mano que empuña el cuchillo debe dirigirse diagonalmente hacia un lado y abajo, en dirección al cuerpo del atacante.

El cuchillo puede colocarse a la derecha o a la izquierda de tu garganta. Para una situación donde el cuchillo se coloca en el lado izquierdo, ve la técnica siguiente.

Amenaza a la Garganta, Cuchillo hacia Adentro

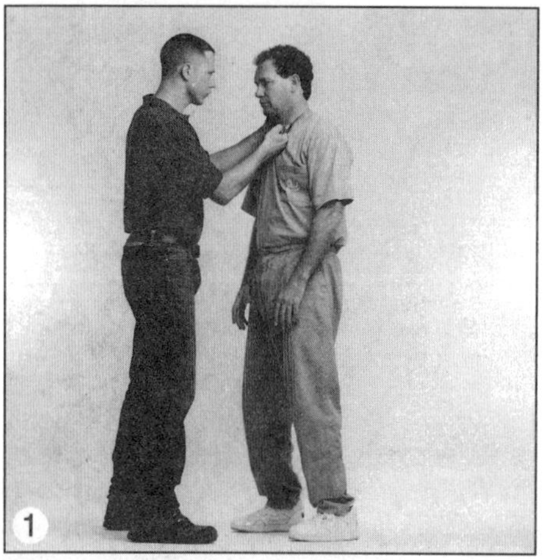

El atacante te sujeta para un mejor control (desde su punto de vista) y coloca el cuchillo en tu garganta. Ésta se asemeja a la técnica previa, excepto que el cuchillo tiene el filo dirigido hacia adentro.

Implementa la técnica básica usando tu ***mano derecha****. Agarra y desvía la muñeca del atacante mientras que al mismo tiempo ejecutas un giro del cuerpo para alejar tu garganta del cuchillo. Mientras te mueves diagonalmente hacia el frente con tu pierna derecha, patea al atacante en la ingle y endereza el codo de la mano que desvía el ataque (tu mano derecha).*

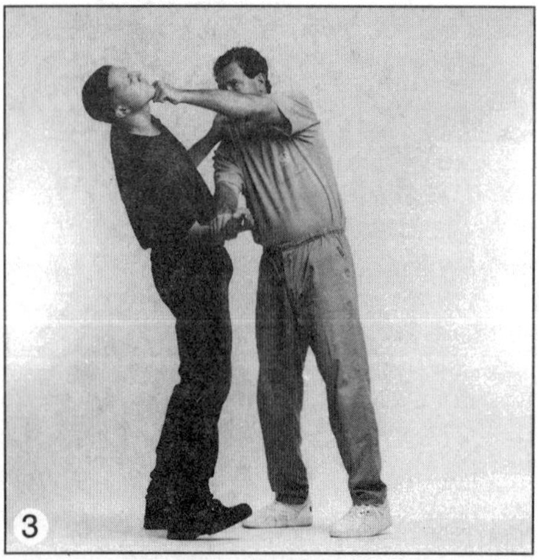

Continúa acercándote al atacante y golpéalo. Concluye con contraataques adicionales, empuja al oponente y aléjate de él o desármalo.

Es evidente que un desvío hacia adentro con la mano izquierda, similar a la técnica previa, causaría que te cortara la garganta. Por consiguiente, la técnica de defensa básica se ejecutará con la **mano derecha**. Desvía el cuchillo mientras sujetas la muñeca del atacante con tu mano derecha. Protege tu cuerpo alejándolo del cuchillo, cambia tu peso moviéndote diagonalmente hacia el frente y llevando a cabo un ataque con tu rodilla.

Si es necesario, es posible contraatacar primero con un puñetazo recto mientras avanzas diagonalmente hacia el frente con tu pierna derecha, y entonces asestar un golpe con la rodilla en la ingle del atacante, usando tu pierna trasera (izquierda).

Variaciones:

- *Desvía y sujeta la muñeca del atacante con tu mano derecha, alejándote del cuchillo, asiéndola rápidamente también con tu mano izquierda, afianza tu agarre al tomar con ambas manos la mano con el cuchillo. Esto es mucho más seguro y, al mismo tiempo, puedes ejecutar una serie de contraataques con tu rodilla. Esto se asemeja a la técnica usada en contra de una amenaza con pistola.* ***Amenaza Diagonal desde el Frente, desde una Distancia. Movimiento en el Lado "Vivo"****. (Capítulo 4:* ***Neutralización de una Amenaza con Pistola****).*
- *En algunos casos también es posible una defensa exterior ejecutada con tu mano izquierda. Contraataca simultáneamente con un puñetazo, con la ejecución de la misma defensa corporal (moviéndote diagonalmente hacia adelante con tu pierna derecha), y desvía la muñeca del atacante (con tu mano izquierda). En esta variación la sujeción (el control) se lleva a cabo relativamente después que en la técnica demostrada.*

Amenaza Por Detrás. Sujetado por los Hombros

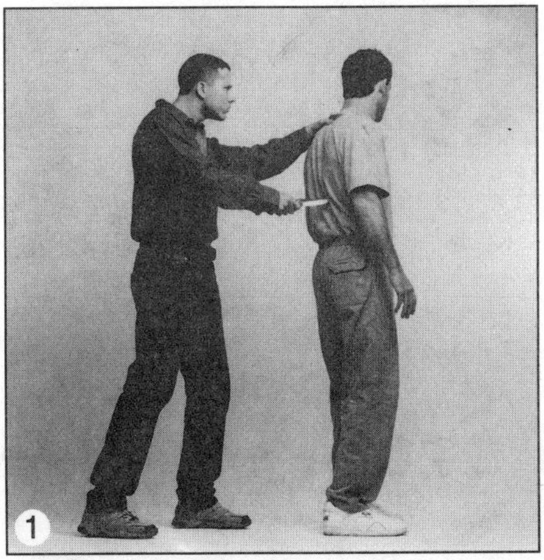

A una distancia media el atacante te agarra de tus ropas, cerca de tu hombro, y coloca un cuchillo en tu espalda. Su intención puede ser únicamente amenazarte, o quizá llevarte a otro lugar.

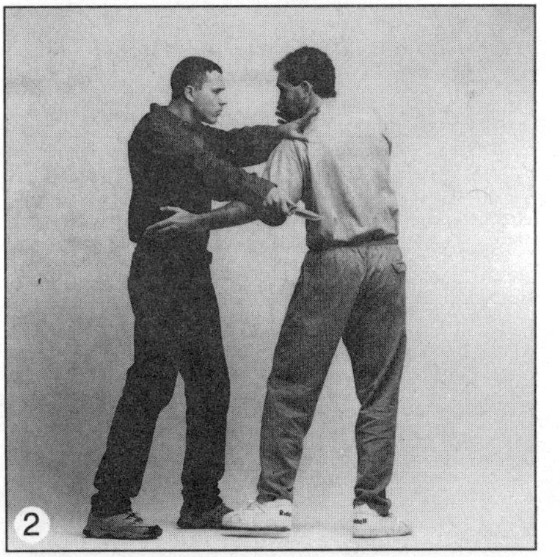

Como en la técnica básica para neutralizar una amenaza con pistola por detrás, desvía la mano que empuña el arma, y al mismo tiempo ejecuta un giro del cuerpo y avanza con fuerza hacia tu oponente. (Ver las técnicas de defensa en contra de pistolas, por ejemplo: ***Amenaza por Detrás, a una Distancia Corta****).*

Esta técnica es casi idéntica a la usada para neutralizar una amenaza con pistola por detrás; sugerimos que revises esa sección del libro en este momento.

La mano que desvía el ataque "lleva" el cuerpo en un giro, seguido por un avance con fuerza hacia el atacante. Si el agresor te empuja con su mano (la misma mano que está asiendo tu ropa), o si sientes que la ubicación de la mano que empuja o el cuchillo te dificultan ejecutar un giro del cuerpo en la dirección que aquí se muestra (izquierda), entonces lleva a cabo una técnica a la inversa: gira a la derecha mientras desvías y sujetas el antebrazo del atacante con tu mano derecha.

Tras desviar la mano del atacante, tu mano se mueve diagonalmente hacia adelante. Entonces, en un movimiento de barrido, atrapa su antebrazo (el de la mano que empuña el cuchillo) cerca del codo. Al mismo tiempo, ejecuta un golpe con el codo a la mandíbula o a la garganta del atacante. Observa que el golpe de tu codo se mueve horizontalmente hacia adentro y hacia el frente, como si quisiera penetrar en su blanco.

Aquí también, con la técnica previa, los principios son los mismos: defensa manual y corporal, controlando la mano que sostiene el arma, atacando al agresor con fuerza y desarmándolo o abandonando el lugar peligroso.

Variación: *Si el atacante no te sujeta, en la mayoría de los casos puedes desviar su mano golpeándola con tu antebrazo, dando simultáneamente un paso rápido, inclinándote hacia el frente y asestando una patada defensiva hacia atrás, aplicando los principios usados en la primera técnica mostrada en este capítulo.*

Una Historia de la Vida Real

Avi, un instructor israelí de Krav Maga, paseaba por la playa de Copa Cabana en Río de Janeiro, cuando se le acercaron tres hombres que intentaban asaltarlo. El que estaba a su izquierda le puso un cuchillo en su garganta, el segundo comenzó a hurgar en su bolsillo buscando objetos de valor y el tercero se mantuvo parado a pocos metros de distancia. Avi desvió la mano que empuñaba el cuchillo, como se ejemplificó en las técnicas respectivas en este capítulo. Como resultado de esta acción, el cuchillo cortó la cara del segundo atacante. Al mismo tiempo, el primer atacante que sostenía el cuchillo fue enviado al suelo por dos puñetazos. El segundo atacante, como resultado de su herida, resbaló y escapó (agarrándose el rostro) y el tercero corrió. La "víctima" en este intento de asalto se alejó rápidamente en la dirección opuesta.

Amenaza por Detrás a una Distancia Corta

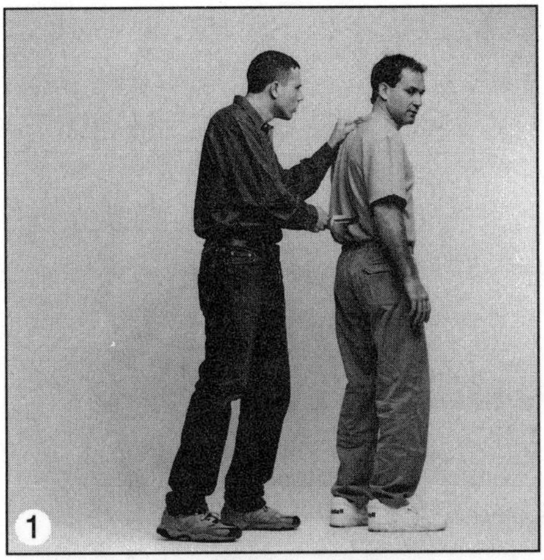

El atacante se te acerca por detrás, a una distancia muy corta, asiendo tu hombro y colocando un cuchillo en tu espalda. No puedes voltear y dar un paso a tu izquierda ***debido a la presión que aplica en tu hombro izquierdo.***

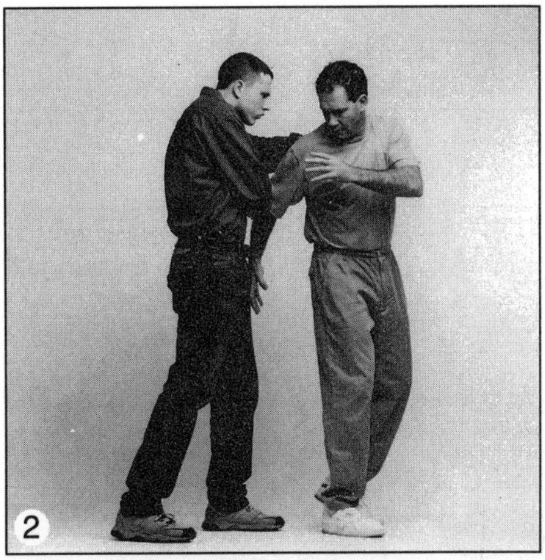

Como en la técnica previa, desvía la mano del atacante y procede con un giro rápido de cuerpo hacia afuera, mientras te aproximas a tu adversario. El atacante ahora está muy cerca de ti, haciendo difícil asir su antebrazo con tu brazo defensivo. Por consiguiente, sujeta y sostén firmemente su codo o la parte superior de su brazo con tu otra mano, y párate sobre tu pierna derecha avanzando hacia el atacante.

Sujeta al atacante poniendo tu brazo derecho a su alrededor (ya que has volteado a la derecha). Con tu mano izquierda agárralo cerca del codo y empuja el codo hacia adentro. Avanza rápidamente con tu pierna izquierda, colócate a un lado del agresor, y mientras lo empujas hacia atrás, asesta una serie de rodillazos a su ingle con tu pierna derecha.

Esta técnica es muy similar a la anterior, comienza desviando la mano que sostiene el arma. La desviación es seguida inmediatamente por un giro del cuerpo y un avance con el pie del mismo lado del brazo que desvía.

Debido a la distancia tan cercana al principio, que te lleva a un lado o detrás del atacante, es muy difícil ejecutar la técnica básica de asir su antebrazo con el brazo que desvía el ataque. La solución es acercarse bastante al atacante y "abrazarlo".

De manera simultánea neutraliza la mano que sostiene el cuchillo asiendo la parte superior del brazo cerca del codo, inmoviliza al atacante mientras lo empujas hacia atrás.

Completa esta técnica empujándolo lejos y abandonado el lugar, o con tu mano izquierda sujeta el antebrazo o muñeca de la mano que empuña el cuchillo y desarma al atacante de la manera demostrada previamente.

Variación*: En algunos casos (como se muestra en la siguiente técnica), puedes asir el antebrazo del atacante* ***con tu mano izquierda****, en lugar de la parte superior de su brazo.*

Amenaza desde un Costado a una Distancia Corta

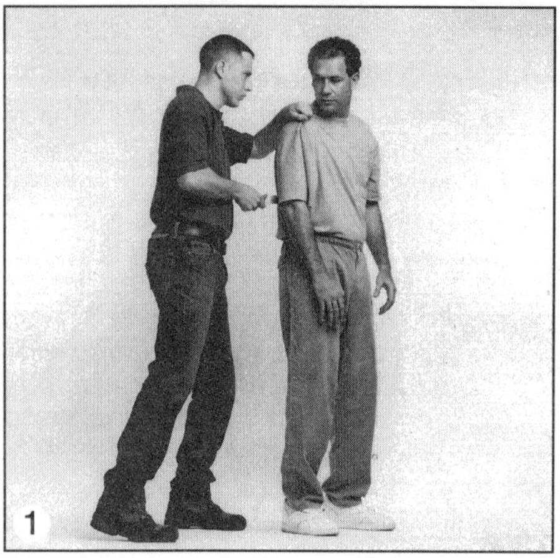

El atacante, el cual se acercó por un costado, te sujeta cerca del hombro y pone el cuchillo en tus costillas, detrás de tu brazo. Su objetivo es muy probablemente asaltarte, así que restringirá tu movimiento y te amenazará con el cuchillo, manteniéndolo de cierta manera que no pueda ser detectado por los transeúntes.

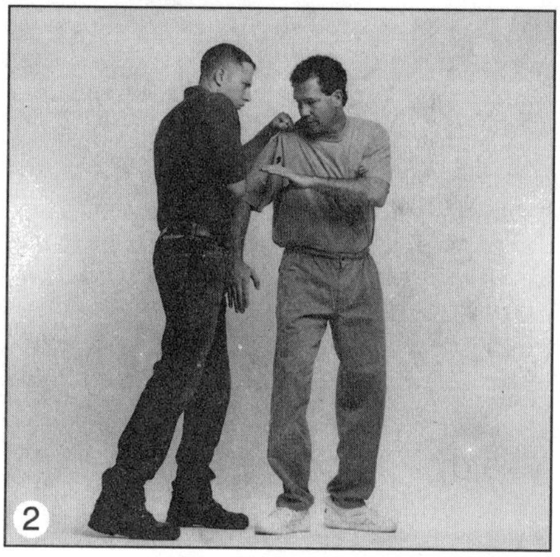

En un movimiento repentino, con tu brazo recto, desvía la mano que empuña el cuchillo, enviándola hacia el estómago del atacante mientras ejecutas un giro del cuerpo. Tu otra mano está lista para asir el antebrazo del agresor mientras avanzas hacia él (si es necesario).

Como en la técnica básica para neutralizar una amenaza con pistola desde atrás o por un costado, aquí también desvía la amenaza del cuchillo, ejecuta un giro del cuerpo con el propósito de crear una defensa corporal y arremete contra el atacante. Sin embargo, en esta situación debido a la distancia y el ángulo implicado, es difícil ejecutar un agarre "ordinario" del antebrazo con tu brazo que desvía el ataque. Por lo tanto, debes asir el antebrazo del atacante (el de la mano que empuña el arma) con tu otra mano (la izquierda), con el fin de controlar sus movimientos e impedir que retire su mano. Ataca tan rápido como sea posible, dificultando que tu oponente use su arma. Termina por desarmar al atacante o alejándote de él.

Sujeta el antebrazo del atacante, aplica presión con tu brazo que desvía el ataque. Contraataca tan pronto sea posible, por ejemplo, asesta un fuerte golpe con tu cabeza a un punto vulnerable de la cabeza o cara del atacante.

Con tu otra mano (la que desvía el ataque), sujeta la mano del atacante que sostiene el cuchillo y dale un rodillazo en la ingle. Después aléjate de la zona de peligro o desarma al atacante.

Amenaza por Detrás, Cuchillo en la Garganta

El atacante está detrás de ti, te mantiene sujetado y sostiene el cuchillo en tu garganta.

Eleva tus manos y, formando un gancho, sujeta el área de la muñeca del atacante y jala el cuchillo lejos de tu garganta mientras la retiras en la dirección opuesta.

El objetivo del atacante en este caso es amenazar a la víctima para privarla de su habilidad de resistir, ya sea que su principal intención sea robarla o tomarla de rehén. La defensa está basada en la técnica fundamental del Krav Maga de liberarse uno mismo de un candado en la cabeza (llave estranguladora con el brazo) por detrás.

Con un cabezazo golpea al atacante en el rostro y aleja más el cuchillo jalándolo hacia abajo de su muñeca. Eleva ligeramente tu hombro derecho. Todo este tiempo mantén presionando fuertemente contra tu pecho la mano con el cuchillo. Si es necesario, es posible golpear la ingle del atacante durante esta etapa o la previa.

*Continúa con un giro del cuerpo (con tu cabeza dirigida en la dirección de la abertura que has creado) mientras tienes mucho cuidado de que **el cuchillo no se aproxime a tu cuello**, saca tu cabeza a través de la abertura.*

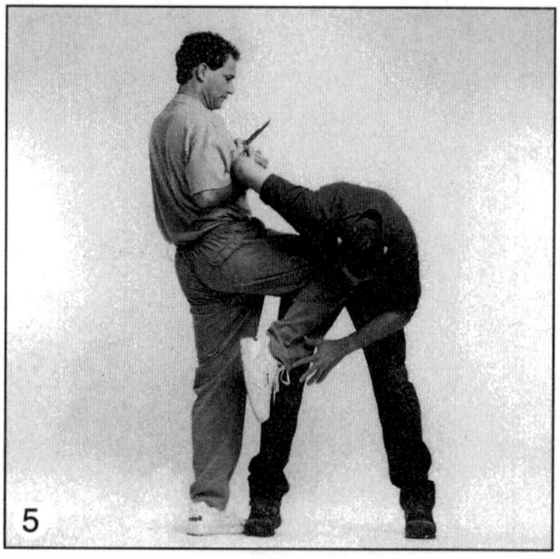

Ataca de nuevo mientras la mano del atacante todavía sigue mantenida con firmeza contra tu pecho.

El atacante no puede ver tus manos subiendo para sujetar su muñeca y cuando las ve, ya es demasiado tarde para él. La primera etapa de esta técnica consiste en dar un fuerte tirón a la mano que empuña el cuchillo, mientras alejas tu cabeza hacia atrás y descargas un cabezazo a la cara del atacante. Esto es seguido de inmediato por un fuerte giro hacia adentro mientras doblas tu cuerpo con el fin de liberarte de la sujeción. La abertura en el agarre del atacante se crea por el fuerte jalón en su muñeca y el rápido movimiento de tu cuerpo. Tu hombro izquierdo debe bajarse para facilitar el escape, así como elevar tu hombro derecho te ayuda a controlar y limitar la capacidad del atacante para aproximarte el cuchillo.

Nota: En general, ésta es considerada relativamente una **técnica de alto riesgo** y, por lo tanto, debe ejecutarse **¡únicamente como último recurso**! Algunas veces podría ser más útil esperar a que tu situación mejore de alguna forma.

Defendiéndose contra un atacante armado con un palo 3

Cuando se usa un palo como arma, por lo general el atacante sostendrá el palo por un extremo, ya sea con una o ambas manos. Los posibles ataques con el palo incluyen **golpe sobre la cabeza, golpe al frente, golpe tipo cuchillada, golpe horizontal por un costado,** o **golpe diagonal desde arriba**, ejecutados a diferentes alturas. También hay otros ataques utilizados, aunque menos comunes, como un golpe de abajo hacia arriba, ya sea vertical o diagonal.

Un combatiente altamente adiestrado, dependiendo de la longitud y peso del palo, podría sostenerlo en ambos extremos y usar una diversidad de técnicas de ataque. Durante el ataque, también podría variar la forma de asir el palo, por ejemplo, pasarlo de una mano a la otra o sostenerlo de un extremo de manera que la parte más corta que sobresale por abajo también pueda usarse para atacar.

Nota: Las defensas en contra de un ataque con un palo también se pueden usar eficazmente contra objetos similares a un palo, como una barra de fierro, un hacha, un bastón, un bate de beisbol, un azadón o un rifle con o sin bayoneta.

Debemos recordar que **la parte más rápida y peligrosa del palo es su extremo más largo**, el extremo que está dirigido hacia ti. Mientras nos movemos más cerca del extremo trasero del palo hacia las manos del atacante, menos fuerte (y por consiguiente menos peligroso) será el golpe. Esta es una característica básica de los ataques con palo.

Las defensas en contra de ataques con palo incluyen dos tipos de acciones que por lo general se incorporan en las técnicas de defensa: **defensas manuales y defensas corporales (de evasión)**. Las defensas corporales se basan en arremeter al frente (a

veces en línea diagonal) y avanzar muy cerca del atacante. Estos tipos de defensas se dirigen principalmente contra los golpes en los que el atacante envía el palo verticalmente, diagonalmente o bien horizontalmente, como uno podría pegarle a una pelota con un bate de beisbol. (Ver dibujos a, e y d).

Con un ataque sobre la cabeza, las defensas con las manos se basan en una **defensa deslizante** que cambia la dirección del palo o del antebrazo del agresor. (dibujos a, b y e). Contra un ataque horizontal, (dibujo d), el principio de la defensa con la mano, después de arremeter al frente, es **absorber el ímpetu** de la parte menos peligrosa y más lenta del palo o el brazo del agresor. Una defensa de mano interna es un movimiento que desvía y redirige un ataque desde el frente o en forma de cuchillada (dibujos b y c).

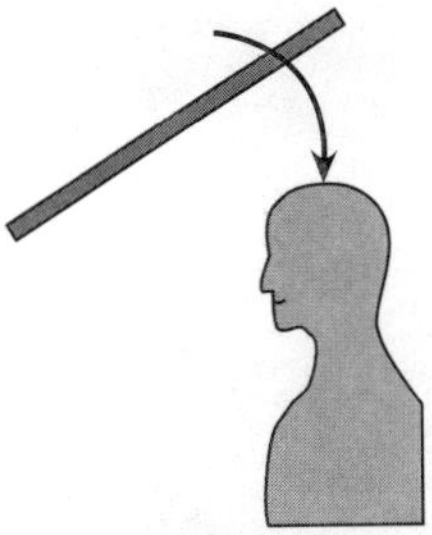

a. *Golpe desde arriba sobre la cabeza*

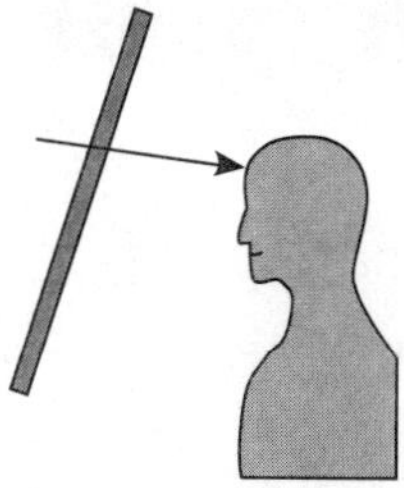

b. *Golpe al frente*

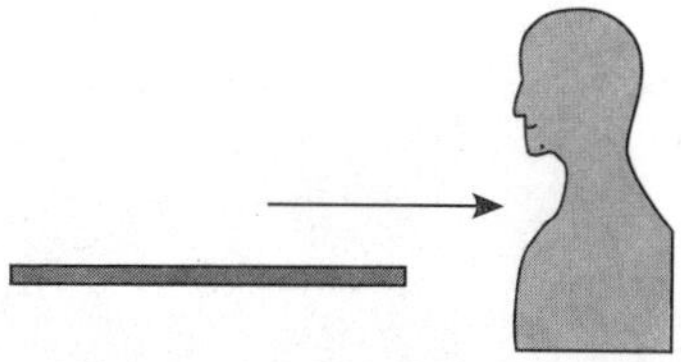

c. *Golpe tipo cuchillada a diferentes alturas*

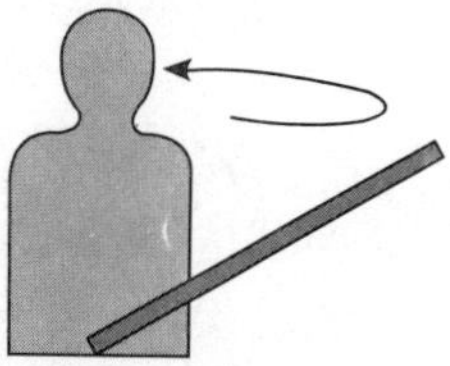

d. *Golpe horizontal por un lado, a diferentes alturas*

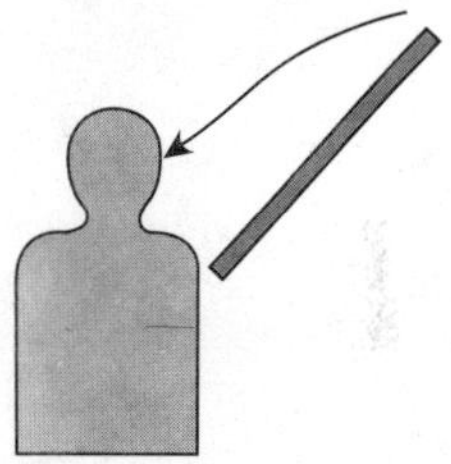

e. *Golpe diagonal desde arriba, a diferentes alturas y ángulos*

Golpe Sobre la cabeza. Defensa de Cuchillada al Interior del Ataque.

Posición inicial, por ejemplo, posición neutral.

2: *El atacante eleva su palo y avanza mientras ataca. Comienza subiendo verticalmente tu mano en una "defensa para cuchillada", ejecutada mientras te inclinas y arremetes contra el atacante. El dorso de la mano defensiva está dirigido hacia un lado. Tu otra mano se eleva, lista para atacar, mientras tu cabeza se baja entre los hombros.*

Arremete con una defensa de cuchillo, desliza tu antebrazo en contra del interior del antebrazo del agresor. Tan pronto como sea posible, contraataca en la garganta o el mentón del agresor. De frente al oponente, tu cuerpo está inclinado en diagonal hacia el frente, de manera que se puede trazar una línea imaginaria desde tu mano al frente hasta tu talón trasero.

Concluye la acción, por ejemplo, asiendo al atacante y dándole un rodillazo en la ingle.

Situación mostrada en la fotografía 3, vista por detrás. El ataque se desliza por un lado de tu brazo y cuerpo. Tu cabeza se mantiene abajo entre tus hombros, la parte superior de tu brazo toca la parte posterior de tu oído. Puedes avanzar en cualquier pie, dependiendo de la situación, según se explica más adelante.

Inicia con una defensa manual (técnica de cuchillada) dirigida al interior del antebrazo del agresor. Si el ataque te ha tomado por sorpresa, dependiendo del tiempo y la manera de ataque, la defensa puede efectuarse en contra del mismo palo. En cualquier caso, el palo o el brazo del atacante, una vez desviado, se deslizará a lo largo de la parte exterior, carnosa, de tu brazo y será redirigida al exterior de tu cuerpo. La acción de la mano defensiva conduce ("lleva") tu cuerpo a la arremetida.

En la defensa tipo cuchillada, al elevar tu brazo, el codo del brazo defensivo está dirigido hacia abajo y el brazo mismo (tu bíceps) se lleva cerca de tu cabeza, la cual está agachada entre tus hombros. Esta maniobra también puede ser efectiva si el atacante está asiendo el palo con **ambas manos**, pero en este caso debes ejecutar la defensa de cuchillada hacia **el lado exterior** del antebrazo. (Ver la técnica siguiente).

*a. Inclinándose hacia adelante: La **postura correcta**, que lleva tu cabeza más cerca del atacante y a una zona menos peligrosa.*

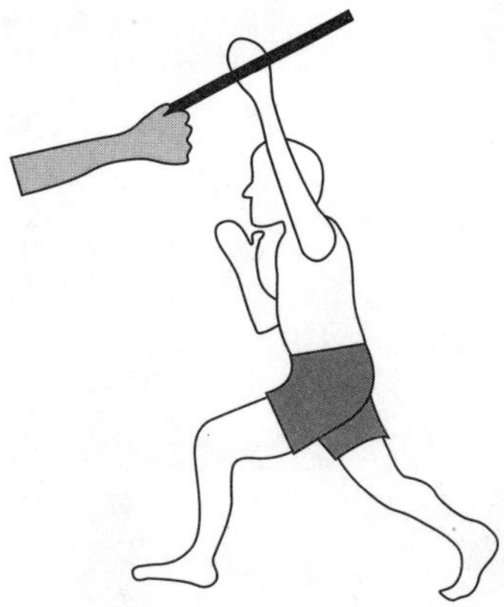

*b. Parándose en forma recta: La **postura incorrecta**, en la cual tu cabeza está demasiado lejos del atacante.*

La defensa corporal se basa en arremeter al frente en el instante en que el atacante eleva su mano para atacar. Puedes usar **ambos pies** en tu avance al frente. Embestir con el pie izquierdo refuerza la defensa manual. Cuando arremetes con tu pie derecho, tu cuerpo evade la línea de ataque más eficazmente.

c. Defendiéndose contra un ataque repentino.

Si puedes ver el ataque desarrollándose claramente, y resulta ser relativamente lento, tendrás tiempo para poner más énfasis en la embestida la cual, por naturaleza, precederá a la defensa manual. Recuerda que la técnica de defensa y la arremetida al frente se efectuará **en el mismo instante que el adversario eleva su mano**, cuando está dentro de una distancia en que constituye un peligro para ti.

Recuerda: Al defenderte contra un ataque repentino, adelantar todo tu cuerpo con una arremetida al frente toma demasiado tiempo; el énfasis estará naturalmente en inclinar la parte superior de tu cuerpo hacia adelante (y también en la defensa con la mano). Esto reduce la distancia al agresor y mueve el objetivo (por ejemplo, tu cabeza) más cerca a una zona de menor peligro con el palo, como se ilustra posteriormente.

Si el ataque viene del frente (ver dibujo b en la introducción de este capítulo), es evidente que las técnicas de defensa serán aplicadas contra el palo, más que contra el antebrazo del atacante. Mantén tu cabeza inclinada abajo y al frente; tu cuchillada defensiva con la mano al frente se dirigirá más allá de lo que se muestra en las fotografías 2 y 3. (Ver los dibujos adyacentes).

Defensa de Cuchillada contra un Golpe Sobre la Cabeza. Parado en un Sitio (Etapa de Aprendizaje)

Ejecuta una "cuchillada" para el lado exterior (o interior) del ataque. Aunque esta es básicamente una etapa de aprendizaje que ilustra la eficacia de la defensa, esta técnica es muy útil cuando eres tomado completamente por sorpresa. Tu defensa es seguida por una embestida y contraataque.

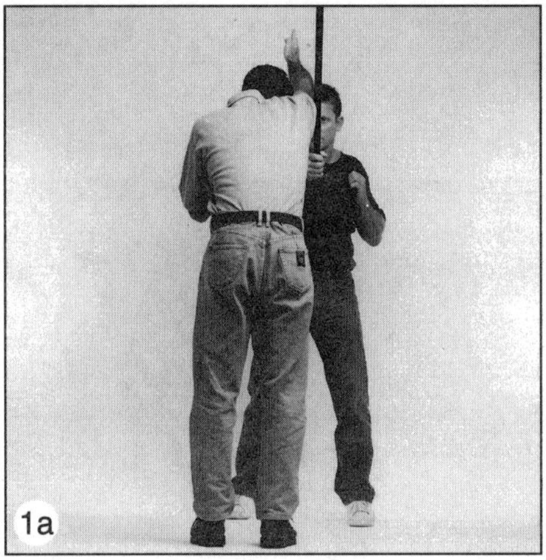

La misma situación que se muestra en la fotografía 1, vista por detrás, haciendo más evidente el camino deslizante del ataque a lo largo del brazo y el cuerpo del defensor. La parte exterior y carnosa de tu antebrazo recibe el ataque en un ángulo agudo.

En esta etapa de aprendizaje, que ilustra la eficacia de esta técnica, aislamos la defensa de cuchillada usada en contra de la parte del palo que está más cerca de la mano agresora del atacante. Como método de entrenamiento, esta técnica sirve para fortalecer las defensas manuales en el estudiante, usando ataques de fuerza baja y media con un palo regular, o contra un ataque más poderoso con un palo acojinado. Esto también es un ejemplo de una rápida defensa de mano refleja en contra de un ataque repentino sobre la cabeza con un palo, cuando no puedes moverte antes hacia adelante o lo suficientemente rápido.

La dirección o el ángulo del ataque dictamina si se usa una defensa que se dirige al interior o al exterior del ataque. Otro factor importante a considerarse es la presencia de **atacantes adicionales** y su posición en relación con la tuya, por ejemplo, el lado desde el cual se te aproximan, etc.

Golpe Sobre la Cabeza. Defensa de Cuchillada al Exterior del Ataque

Situación básica al inicio: El defensor está parado ligeramente en diagonal al atacante, o enfrente de él.

En el instante en que el atacante eleva su mano y avanza a atacar, ejecuta una defensa para cuchillada (con tu mano derecha), mientras arremetes al frente. Tu avance se realiza con el pie opuesto a la mano defensiva.

Conclusión de la primera etapa de defensa: Ejecuta una defensa para cuchillada con tu brazo, deslizándote por el exterior del antebrazo del atacante, mientras tu codo está hacia abajo. Tu cuerpo está inclinado diagonalmente al frente, y tu cabeza agachada, entre tus hombros. El bíceps del brazo que "acuchilla" está cerca de tu oído (el dorso de la mano está hacia afuera) y la otra mano está cerca de tu rostro.

Al mismo tiempo que giras el cuerpo, sigue y sujeta la mano agresora con ambas manos. Tu pierna trasera se ha salido del trayecto del palo descendiendo.

Jala fuertemente la mano del atacante hacia abajo y cambia la mano que sujeta (izquierda). La sujeción es muy fácil si el atacante usa una camisa de manga larga.

Continúa tu ataque con tu mano trasera (derecha), usando un puñetazo recto o un puñetazo que en parte es un golpe de giro y un gancho, de acuerdo con el ángulo existente entre el agresor y tú.

Desarma al atacante: Sostén la muñeca del atacante con una mano y el palo con la otra. Usa una acción de palanca en contra del pulgar del atacante, rota el palo hacia abajo y desármalo. Si el desarme resulta ser difícil, golpea la muñeca de atacante y el dorso de su mano con tu rodilla, mientras rotas el palo hacia abajo.

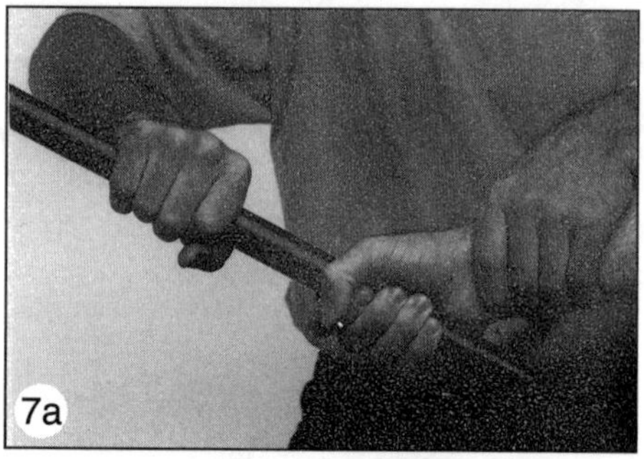

Fotografía 7 de cerca: Sujetando la muñeca y el palo para desarmar al atacante.

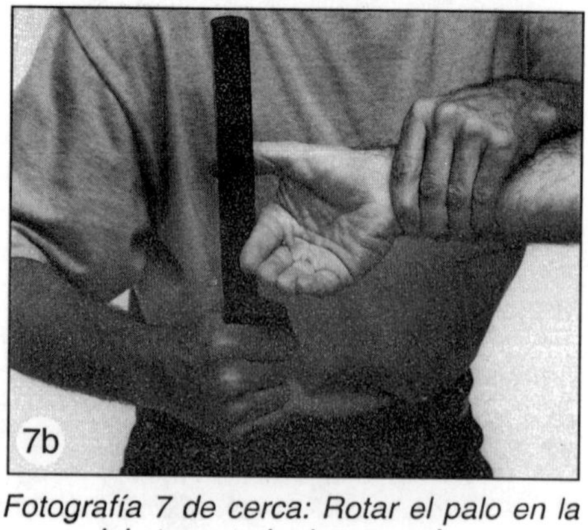

Fotografía 7 de cerca: Rotar el palo en la mano del atacante lo desarmará.

En lugar de la etapa 4 donde se juntan ambas manos y siguen la mano atacante, aquí usarás sólo una mano (la derecha). Entonces, mientras ejecutas un rápido giro del cuerpo, enviarás tu otra mano (la izquierda) a atacar. Como resultado del giro el cuerpo y la defensa manual, tu pierna izquierda se movió fuera del camino del palo cayendo.

Agarra el brazo atacando (o la manga larga del agresor) para impedir que vuelva a usar el palo, y simultáneamente contraataca con un puñetazo recto. Si el golpe se dirige hacia abajo en un movimiento continuo, todavía puedes asir el brazo agresor, pero sólo cuando está cerca del cuerpo del atacante y no antes.

Concluye con otro contraataque, como una patada en la ingle.

Cuando un atacante eleva su mano para golpear con el palo tu cabeza, por lo general es preferible arremeter al frente y ejecutar una defensa al **interior** del ataque, como se muestra arriba en la primera técnica en este capítulo.

La técnica demostrada aquí puede aplicarse cuando estás parado en posición opuesta a la mano agresora o bien, alternativamente, opuesto al agresor, cuando la situación requiera una defensa de cuchillada que se deslizará a lo largo del **exterior** del antebrazo del atacante, con el fin de desviarlo. En este último caso, es necesario arremeter diagonalmente. Aquí, el avance se efectúa con el pie opuesto a la mano defensora para una defensa corporal más rápida y eficaz, ya que la dirección del palo agresor, en especial si el palo es sostenido con una mano, es hacia abajo en forma diagonal.

Los siguientes dibujos ilustran las diferentes posibilidades para aplicar este procedimiento (defenderse por el exterior del brazo del atacante) si eres atacado desde el frente, justo ligeramente desde el centro, o desde un lado.

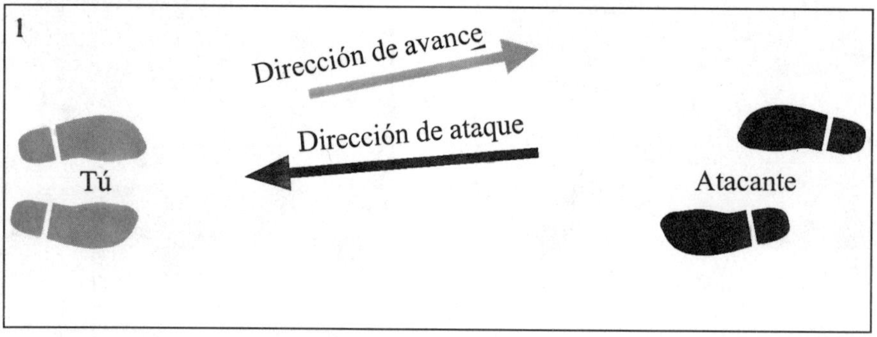

***Dibujo 1**: Parado en posición opuesta al agresor, avanza diagonalmente hacia afuera para ejecutar la defensa de cuchillada por el exterior del ataque. En esta situación, cuando el palo se sostiene en una mano (a menos que se requiera de otra forma), por lo general es preferible aplicar la primera técnica: **Golpe Sobre la Cabeza. Defensa de Cuchillada al Interior del Ataque**.*

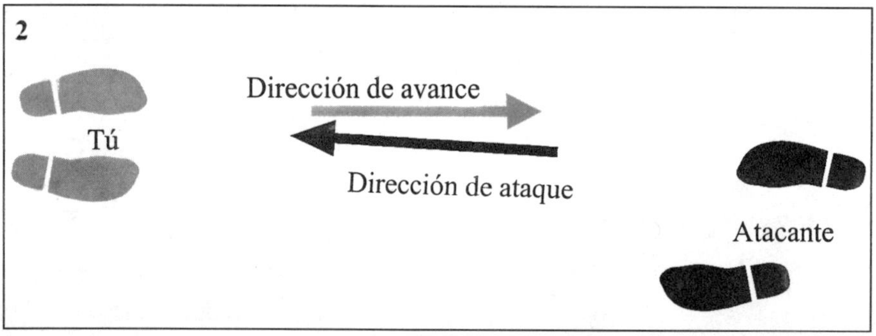

Dibujo 2: La aplicación de esta defensa es más natural en esta posición, cuando estás parado frente a la mano agresora. El avance debe ser directo al frente, como se muestra en la fotografía 3.

En la defensa exterior al ataque, como se muestra aquí, pueden presentarse situaciones en que la misma mano y el mismo pie deben estar al frente. Esto puede ser necesario, por ejemplo, en contra de un agresor atacando desde un lado, o cuando tienes que moverte lo más cerca posible detrás del agresor por razones tácticas. En esta situación, **el cuerpo del agresor puede servir realmente como escudo** en contra de una amenaza adicional, como un segundo atacante llegando por detrás del defensor. (Para mayores detalles, ver la técnica **Golpe sobre la Cabeza. Defensa de Cuchillada al Exterior del Ataque, Avanzando con Dos Pasos**).

Golpe Sobre la Cabeza con Dos Manos. Defensa de Cuchillada

El atacante inicia la acción. Comienza con una defensa manual "acuchillando" con la mano y arremetiendo al frente.

La defensa, similar a la técnica previa, se lleva a cabo en contra del antebrazo del atacante o su palo.

Ejecuta un giro del cuerpo mientras mueves tu pierna izquierda hacia atrás y lejos de la dirección del palo bajando, sujeta la mano del atacante y aplica presión hacia abajo en ella.

Tu primer contraataque.

La arremetida al frente y la técnica de defensa se ejecutan de manera similar a la técnica previa. Mientras las manos del atacante continúan moviéndose hacia abajo, debes ejecutar un giro corporal, sujetar su brazo y dirigirlo hacia abajo con tu otra mano. Debes iniciar tu contraataque inicial tan pronto te sea posible.

***Variación**: En lugar de ejecutar el giro del cuerpo descrito en la etapa 3, simplemente puedes continuar dándole un rodillazo al atacante en la ingle con tu pierna trasera.*

Atacante a tu Lado, Agrediendo con un Golpe Sobre la Cabeza

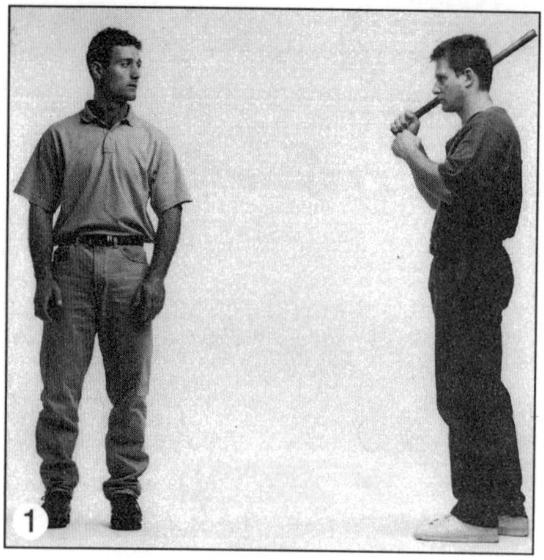

El atacante viene por un lado.

El atacante agrede con un golpe sobre la cabeza. Ejecuta simultáneamente una "cuchillada" con la mano y un giro del cuerpo, lo que te llevará enfrente del atacante, y arremete contra él.

Ejecuta la defensa manual y el contraataque inicial. Estas acciones, similares a las que siguen a continuación, se ejecutan como se muestra en la primera técnica de este capítulo. Es importante que tu cabeza esté protegida bajo tu brazo.

Defendiéndose de un ataque con un hacha usando la técnica básica en contra de un ataque con un palo. Esta es otra aplicación de la técnica ***Golpe Sobre la cabeza. Defensa de Cuchillada al Interior del Ataque,*** *en contra de un ataque con hacha.*

Nota: En esta técnica, es importante ejecutar la defensa de cuchillada simultáneamente con un giro del cuerpo hacia el atacante (no debes permanecer situado a los lados del atacante) con el fin de que el palo, cuando se deslice a lo largo de tu antebrazo y brazo, **no golpee tu cabeza**.

Golpe sobre la Cabeza. Defensa de Cuchillada al Exterior del Ataque, Avanzando con Dos Pasos

Posición inicial, por ejemplo, en una posición neutral.

Mientras arremetes al frente, ejecuta una defensa de cuchillada al exterior del antebrazo del atacante. La dirección del avance rápido es diagonalmente hacia adelante, sobre el pie correspondiente a la mano defensora (defensa de cuchillada, es decir pie derecho, mano derecha), y cruzando una línea imaginaria entre el agresor y tú.

Finalización de la defensa de cuchillo del defensor y su primer paso al frente. Mientras se ejecuta la "cuchillada" defensiva, tu codo está hacia abajo, tu brazo derecho y el dorso de tu mano está hacia afuera. (Si es necesario, puedes contraatacar desde esta posición, sin realizar ningún otro paso).

Fotografía 4: Continúa con un paso adicional sobre el pie opuesto (izquierdo) a la mano defensiva (de la "cuchillada"), para llegar casi detrás del atacante. El propósito de este movimiento es reducir la distancia y servir como una medida preventiva en contra de cualquier amenaza adicional que pueda surgir por el lado derecho o por detrás. Usando una o ambas manos mientras avanzas, jala hacia abajo la mano agresora, controlando la habilidad del atacante para agredirte de nuevo.

Sujeta y mantén control de la mano agarrando el palo; asesta simultáneamente un contraataque de acuerdo con tu posición (a un lado del atacante o detrás de él).

En esta técnica, avanzas con dos pasos. La técnica puede aplicarse en diferentes situaciones como se muestra a continuación:

Situación 1: Hay dos atacantes y la defensa regular puede ocasionar que des la espalda o te acerques al segundo agresor. El paso extra se necesita para evitar este problema. Para una explicación mayor, ver el Capítulo 10: **Defensa en Contra de Dos Atacantes Armados**.

Los dibujos 1a al 1c ilustran qué hacer en tal situación.

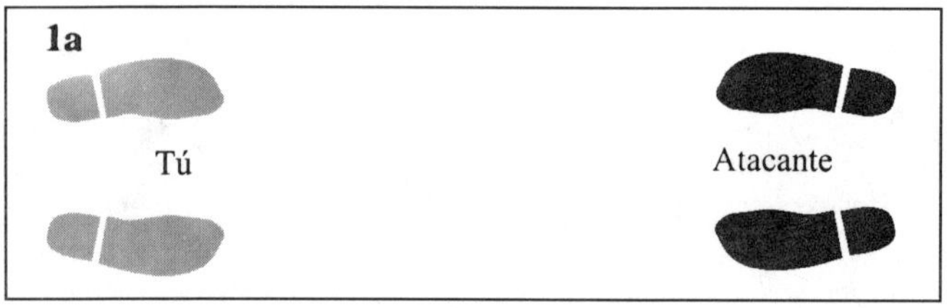

***Dibujo 1:** Situación en la que avanzas detrás del agresor.*

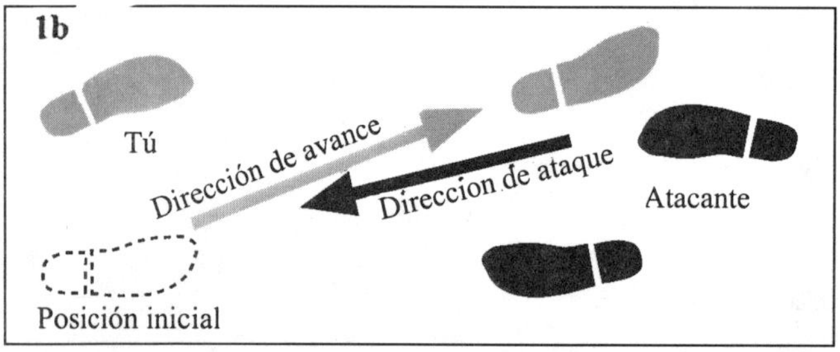

***Dibujo 1b:** Arremete dando un paso, al mismo tiempo que realizas tu defensa manual (como se muestra en la fotografía 3).*

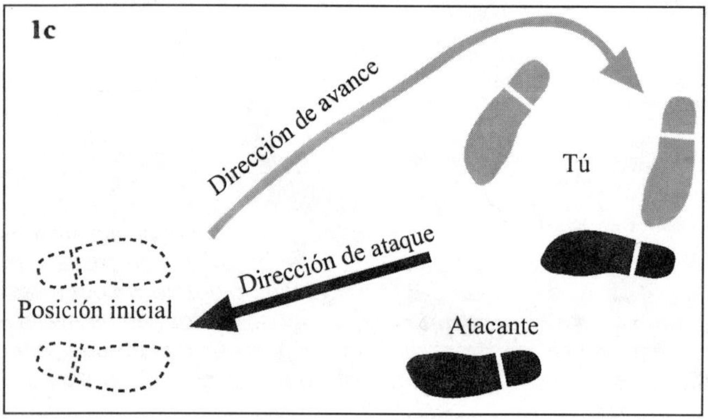

***Dibujo 1c**: Con tu segundo paso, ve detrás del agresor (como se muestra en la fotografía 4). De hecho, el agresor se convierte en un escudo entre la amenaza adicional y tú.*

Situación 2: El agresor viene por un lado (o en diagonal por un lado) e intenta darte un golpe en la cabeza con el palo. Al mismo tiempo que ejecutas la defensa de cuchillada, avanza hacia el atacante (en el mismo pie que la mano defensiva), gira tu cuerpo para estar frente a él y proteger tu cabeza eficazmente con tu brazo. Esto mantendrá el palo lejos de tu cabeza. Los dibujos 2a y 2b demuestran cómo aplicar esta técnica.

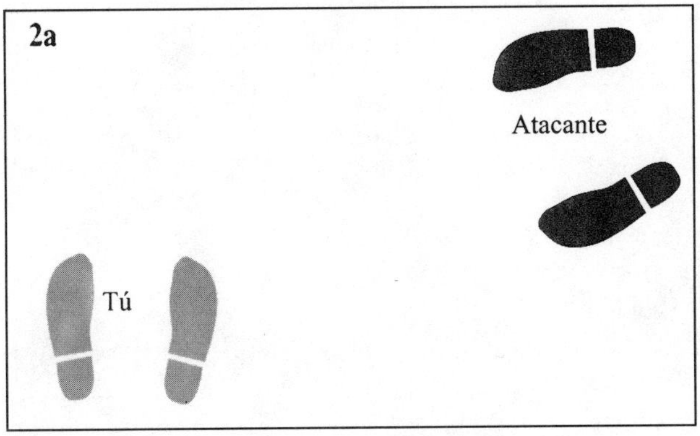

***Dibujo 2a**: Eres atacado con un golpe sobre la cabeza. El agresor está colocado diagonalmente hacia tu derecha.*

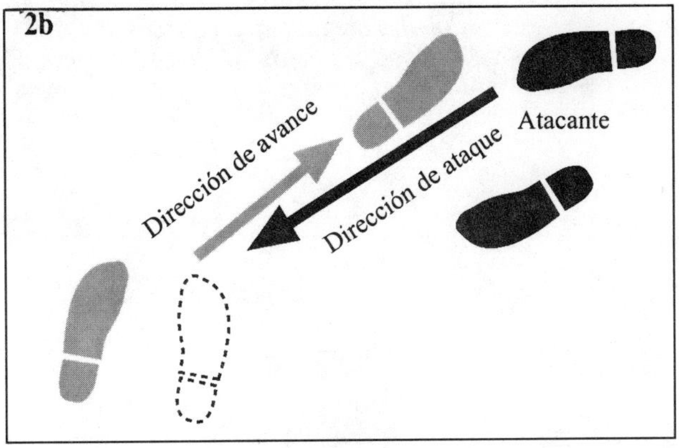

***Dibujo 2b**: Ejecuta una defensa manual con tu mano derecha mientras efectúas un giro del cuerpo y avanzas con tu pie derecho.*

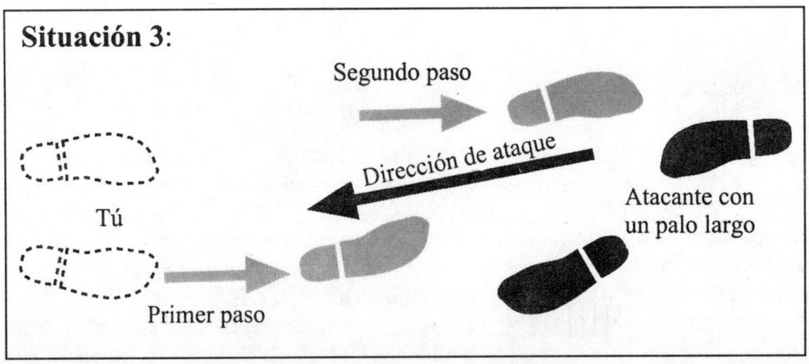

***Situación 3**: En contra de un palo más largo o cuando la distancia inicial es mayor, usarás **dos pasos**, ya que en estas condiciones no será suficiente avanzar con un solo paso.*

Golpe Horizontal desde un Lado (Movimiento de un bate de beisbol). Arremetida al Frente

Posición inicial: Por ejemplo, posición neutral.

El atacante avanza mientras envía su palo en forma horizontal. Ejecuta un giro del cuerpo y arremete al frente, adelanta tu hombro y la pierna del lado que está siendo atacado (el lado izquierdo). Mientras arremetes al frente, tu mano frontal deberá señalar hacia abajo y tu mano trasera hacia arriba, con el fin de proteger tu cabeza.

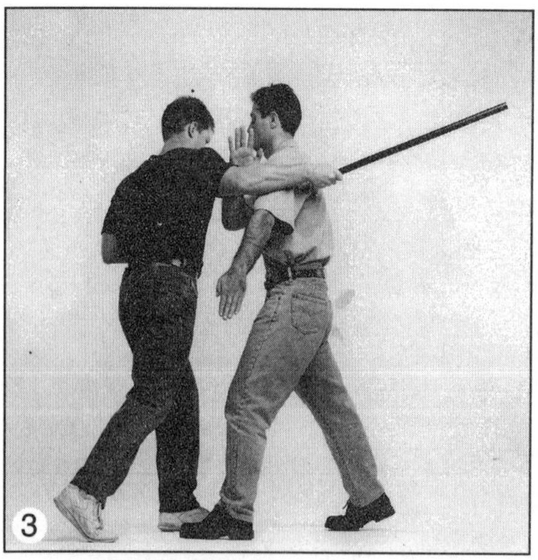

Al momento de la colisión con el agresor: Tu hombro y tu brazo se aproximan al hombro del atacante. El dorso de tu mano en la posición inferior y la palma de la otra se dirigen hacia afuera.

Atrapa y asegura la mano que empuña el palo, mientras ejecutas un contraataque de acuerdo con la distancia implicada (por ejemplo, un golpe horizontal con el codo a la cabeza del atacante).

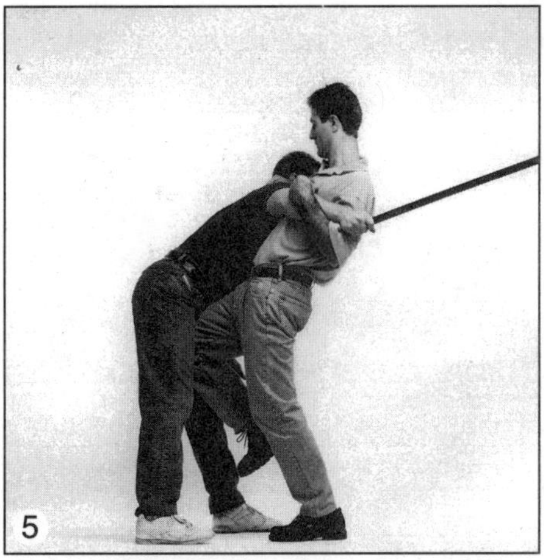

Otro contraataque puede ser un rodillazo a la ingle del atacante.

La misma técnica se ejecuta contra un atacante que golpea sosteniendo el palo con ambas manos.

Esta defensa se basa exclusivamente en reducir la distancia entre el atacante y tú. Para lograr este objetivo, gira hacia adentro y arremete directo al frente, llega tan cerca como sea posible del agresor, dirigiendo tu hombro para alcanzar el del atacante.

Nota: El defensor avanza hacia el hombro del brazo del agresor que blande el palo.

Se deben efectuar los mismos pasos si el agresor golpea mientras sostiene el palo con ambas manos (conocido comúnmente como "golpe de bate", excepto que en este caso colisionarás con la parte superior de su brazo (tríceps) o su antebrazo.

Inicia con una defensa corporal que te "impulse" a arremeter de frente. Eleva tu mano trasera rápidamente a la mejilla opuesta, mientras que tu mano al frente señala hacia abajo, con la parte exterior y carnosa hacia afuera. (Ver fotografía 3.1)

Si el palo te golpea, será con su parte menos peligrosa, cerca de donde está agarrado, impactando una área grande de tu brazo y los músculos de atrás, de manera que no sufrirás un daño grave.

Posible variación: *Arremete al frente, pero en dos pasos. El primer paso se efectúa según se demostró previamente. El segundo, ejecutado con el pie trasero (derecho) en la dirección del movimiento continuo del palo, realiza un movimiento unido del atacante y tuyo, en un movimiento rotatorio. Este movimiento reduce el impacto con el atacante. Sin embargo, el propósito de la rotación durante la arremetida también puede ser para colocar al atacante entre otro agresor y tú (si existe tal agresor detrás de ti o a tu izquierda), o cuando necesites cubrir una distancia mayor con el fin de acercarte más al atacante.*

Golpe de Cuchillada con un Palo. Defensa hacia Adentro desde el Exterior (Defendiéndose desde el lado "Muerto")

Posición inicial: por ejemplo, posición neutral. El agresor se prepara para "acuchillarte" con su palo.

El atacante avanza, envía el palo hacia adelante en un movimiento punzante tipo cuchillada. Comienza ejecutando una defensa manual hacia adentro, mientras tu cuerpo sigue con una inclinación al frente y un giro, cambia su peso diagonalmente al frente y afuera (a la derecha).

Ejecuta una defensa hacia adentro con tu mano abierta y la palma estirada. Inclínate ligeramente al frente para mayor alcance, gira tu cuerpo en una acción evasiva y arremete diagonalmente al frente. Tu otra mano (izquierda) se lleva a la mejilla opuesta.

Cambia de manos mientras arremetes diagonalmente. Tu mano trasera sujeta el palo y tu pie trasero se prepara para patear. En el momento que tu pierna delantera toca el suelo, tu cuerpo está en posición de asestar una patada.

Contra una "cuchillada" o golpe punzante con un palo (u objeto similar como una vara puntiaguda, un trinche o un rifle con bayoneta), ejecuta una defensa manual hacia adentro con tu mano abierta y estirada. Para una defensa mayor, estira tu palma de manera que tu dedo meñique esté para abajo y tu pulgar hacia arriba. Tu cuerpo

Sujeta el palo y patea al atacante en la ingle; sujetar el palo es muy recomendable en esta situación, aunque no es obligatorio.

Mayor contraataque, por ejemplo, dándole un puñetazo al atacante con tu mano libre.

debe inclinarse al frente y girar para lograr un movimiento evasivo y un alcance mayor, que te permita desviar el palo al comienzo del ataque.

Nota: Si el arma realmente es una lanza, un trinche o un rifle con bayoneta, debes asegurarte que tu mano **no tenga contacto con la parte filosa del arma**. Cuando desvíes el arma, protege tu otra mano moviéndola hacia el hombro opuesto, fuera de la línea de peligro.

En algunas situaciones que implican un ataque con un arma relativamente larga, mientras desvías el arma también puedes jalarla ligeramente con la mano defensiva con el fin de facilitar tu avance hacia adelante. Tu otra mano reemplaza la mano que desvía, agarrándola y empujándola (enderezando el codo) para sobreponer el retroceso, y al mismo tiempo patear al atacante en la ingle.

Nota: Si el atacante avanza rápida y fuertemente, un contraataque con una patada no será adecuado, ya que requiere una mayor distancia. En este caso, primero atacas con un puñetazo, golpe con el codo, rodillazo, etc.

Al integrar tus movimientos, debes ejecutar tu patada en el tiempo apropiado. Esto se podrá llevar a cabo con el pie que patea (pie izquierdo, ver fotografía 4), comenzando su acción una fracción de segundo antes que el pie que avanza (pie derecho) toque el piso. Por consiguiente, el avance en este caso es un tipo de salto o pisotón, ejecutado en diagonal hacia el frente. Cuando el pie que avanza golpee el suelo, sus dedos deben apuntar ligeramente hacia afuera, dando a la pierna que patea un inicio anterior y una mayor distancia.

***Variación**: Desvía el arma mientras haces una finta ligera y giras tu cuerpo. Entonces rápidamente voltea tu cuerpo, sujeta el arma y asesta una patada regular a la ingle del atacante.*

Cuchillada con un Palo. Defensa Interior desde Adentro (Defendiéndose desde el Lado "Vivo")

Posición inicial: por ejemplo, posición neutral. esta versión de la técnica originalmente se intentó para enfrentarse a un atacante con un rifle con bayoneta. Cuando el atacante comienza su movimiento, tu comienzas tu defensa.

Ejecuta una defensa manual interna que "jala" la parte superior de tu cuerpo en una inclinación hacia adelante mientras efectúas un giro del cuerpo, cambia tu peso y arremete diagonalmente hacia el frente. La palma defensora está abierta y estirada con el fin de extender su rango defensivo.

Arremete diagonalmente hacia el frente, dobla tus rodillas e inclínate ligeramente hacia el arma. Para evitar que el atacante vuelva a utilizar el arma, asestando "cuchilladas" o bien golpeando con la parte posterior ("mango") del palo, extiende ambos antebrazos al frente y tus codos hacia abajo para formar un escudo, manteniendo tus codos abajo y las palmas de tus manos hacia el agresor.

Con tus manos en forma de gancho, agarra el palo con un movimiento de barrido, levantándolo ligeramente, y con tu pierna izquierda ejecuta una patada regular a la ingle del atacante. Como opción, puedes patearlo con tu pierna delantera después de avanzar con un paso rápido.

Cuando no haya una posibilidad que el atacante te golpee con el mango del arma, contraataca de la misma manera que se demostró en la técnica previa, cambiando las manos para sujetar el palo y descargando una patada regular con tu pie más atrasado.

El Gran Maestro Imi demuestra una defensa en contra de un golpe sobre la cabeza.

Esta técnica se ejecuta en especial si el atacante usa un arma con una parte protuberante en el mango, un palo más largo o un rifle con bayoneta con una culata larga.

Efectúa una defensa interior mientras avanzas hacia el lado "vivo" del agresor. La defensa manual y corporal son las mismas que en la técnica anterior, pero una vez que la "cuchillada" se desvía, el atacante podría usar el mango o culata del arma para golpearte.

Por consiguiente, mientras avanzas, baja tu postura y envía ambos brazos al frente, mientras que la parte interior (carnosa) del antebrazo, cerca de tu mano, se baja sobre el arma. Entonces, sujeta el arma y levántala para abrir un espacio para una patada. Jalar el arma también ayuda a controlar al agresor y acercarlo a la patada.

Se puede usar eficazmente un duplicado de la técnica anterior, **Defendiéndose desde el Lado "Muerto"**, para el lado vivo, si el atacante no tiene posibilidad de atacarte, por ejemplo, con el mango del arma, cuando está sosteniéndola muy al extremo y ninguna parte importante del arma sale de su mano.

Neutralización de una amenaza con pistola 4

Cuando uno se enfrenta a un atacante armado con una pistola, **es necesario neutralizar tanto la amenaza como al pistolero**, usando una técnica rápida y simple, la cual es segura y está basada en reconocidos principios y patrones de movimiento. Esta acción comprende cuatro componentes. (1) Acción defensiva: Cambiar de dirección el ataque (defensa manual) y evitar (defensa corporal) la línea de fuego. (2) Controlar el arma. (3) Neutralizar al pistolero atacándolo eficazmente. (4) Desarmar al pistolero.

Principios Básicos al Defenderse contra un Atacante que Amenaza con una Pistola

Ten en mente que la persona sujetándote con una pistola probablemente **quiere algo de ti**. Esto podría ser dinero, objetos de valor o información, a quizá intenta tomarte como rehén. En cualquier caso, **por lo común matarte no es su intención principal o inmediata**. Sin embargo, desde el momento en que existe la amenaza, poniéndote a ti y a aquellos a tu alrededor en peligro, ¡tienes que actuar en forma rápida y sin titubeos! Por otro lado, tratar de vencer a un individuo armado con pistola sin haber adquirido la destreza adecuada en estas técnica, siempre es **peligroso** y podría resultar en lesiones graves (o incluso la muerte) del defensor, así como de aquellos en su cercanía. Este equilibrio delicado entre atacar al pistolero y refrenarte de actuar debe considerarse cuidadosamente por cualquiera que se ve envuelto en un incidente de esta naturaleza, valorando los riesgos relativos propios de cada opción.

Sugerencia: El momento más oportuno para actuar es cuando la atención y la concentración del agresor están ligeramente distraídas, como el momento en que está dando órdenes o tiene que responder a una pregunta que se le hace.

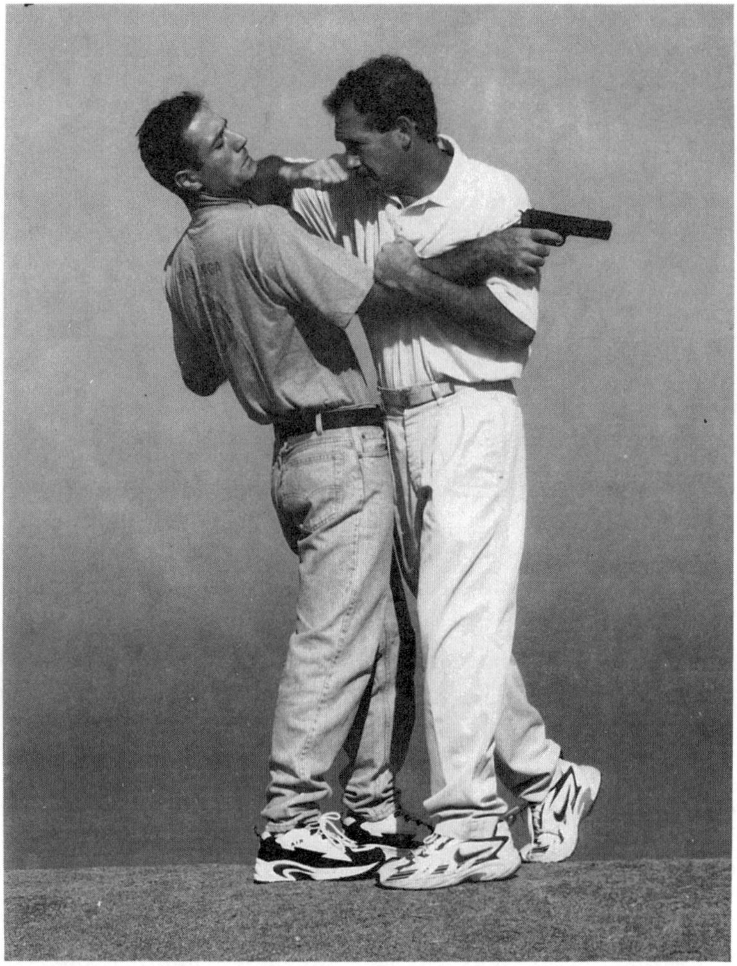

La dirección en que la pistola es apuntada se denomina "**línea de fuego**" y es la línea más peligrosa para ti y para otras personas a tu alrededor. Por lo tanto, la primera etapa debe ser **dirigir la línea de fuego en otra dirección** desviando la pistola y entonces manteniendo el control de ella. Tan pronto como sea posible, salte de la línea de peligro y aproxímate al agresor desde otro ángulo, dificultándole poder usar su pistola.

Una vez que ya no corres peligro inmediato con la pistola, es decir, si estás fuera de la línea de fuego, **el pistolero se convierte en el riesgo principal**. Así que debe ser incapacitado para usar la pistola o atacarte de cualquier otra manera. Por consiguiente, ahora tienes que atacarlo con determinación, ¡porque él (y no el arma) ahora son la amenaza inmediata! Después de atacar agresivamente al pistolero, desármalo y finaliza el incidente alejándote con la pistola en la mano.

Recuerda: El agresor podría ser un combatiente entrenado y por lo tanto **no debe ser subestimado**. No fijes tu vista en la pistola o "telegrafíes" tu intención de actuar en contra del agresor. Evidentemente, sería insensato, así como un error fundamental, pensar en contar con cualquier clase de "cooperación" por parte del atacante.

Actúa con determinación en contra del atacante. ¡Recuerda que el pistolero, una vez atacado, también peleará por su vida!

Debes lograr el control de la pistola durante el cambio de dirección inicial de la línea de fuego. Ese control **debe mantenerse** hasta que el arma sea removida de la mano del pistolero. Con una mano, sujeta la pistola (o la mano sosteniéndola) con un apretón firme, presionando con fuerza para restringir el movimiento. Si no puede hacer esto, entonces agarra la pistola con ambas manos y patea fuertemente al atacante.

Nota: Mientras desarmas al atacante, rota la pistola en su palma y dirige el cañón (la línea de fuego) a un ángulo superior o inferior, en el caso de que haya personas alrededor. **Asegúrate por todos los medios posibles de no redirigir la línea de fuego de nuevo hacia ti**. Este principio es válido para todos los tipos de desarmes: En contra de una amenaza con pistola, rifle, escopeta o metralleta.

Precaución: Debido a los riesgos obvios implicados en las acciones de defensa en contra de una amenaza con pistola, estas acciones no deben ejecutarse únicamente con base en un conocimiento teórico, ¡**sino sólo después de una práctica extensa y repetida, bajo la supervisión de un instructor autorizado**!

Una vez que has aprendido las técnicas básicas y comprendido los principios subyacentes de la acción, practica las defensas en diferentes distancias y ángulos y en situaciones diversas. **Ejemplos**: neutralizar una amenaza cuando el agresor está detrás de una barrera, neutralizar una amenaza mientras se está sentado en un auto, neutralizar una amenaza cuando se es empujado por detrás o por el frente, neutralizar una amenaza a corta distancia, o cuando estás acostado, etcétera.

Sugerencia: Es importante ejecutar las técnicas mientras se está bajo una tensión impuesta intencionalmente, tratando de simular el peligro en condiciones "realistas".

Después de desarmar al agresor, aléjate y procede según se requiera; por ejemplo, mantenlo a cierta distancia y en la línea de fuego hasta que llegue ayuda. Un agente de la policía debe mantener en su poder la pistola del atacante, **pero también debe sacar su propia arma**, si hay tiempo para hacerlo. Recuerda, poco se sabe sobre el estado del arma del atacante. ¿Funciona? ¿Está cargada? ¿Es fácil de operar?

Algunas veces, como en el caso de combatientes en unidades antiterroristas, uno tendrá que disparar y lesionar al adversario de inmediato, si constituye una amenaza genuina, en especial en una situación donde el combate continúa y los rehenes todavía están en peligro.

Existen situaciones en las que será difícil aplicar las técnicas en contra de una pistola o un rifle. En estos casos, **no hagas nada a menos que no tengas más oportunidad de continuar vivo**, y la única posibilidad de sobrevivir es actuar. Teóricamente, ya que puedes darte por muerto (si un terrorista o un criminal está a punto de matarte), cualquier acción, incluso una que implique un riesgo considerable, puede incrementar tus posibilidades de supervivencia.

Clases de Pistolas. Explicación Breve

En primer lugar, existen dos tipos de pistolas: el **revólver** y la **pistola semiautomática**. Cuando desvías y sujetas una pistola, recuerda que **cualquier presión en el gatillo podría causar que la pistola se dispare**.

Con una **pistola semiautomática** la carretilla o corredera (cuya función es cargar cada nuevo tiro) no se puede mover hacia atrás si está firmemente sostenida por la mano del defensor. Por lo tanto, si el agresor jala el gatillo y la pistola está lista para disparar, muy probablemente sólo será disparado un tiro, pero el casquillo vacío no será expulsado. Para que la pistola pueda dispararse de nuevo, debe ser recargada manualmente (jalando hacia atrás la carretilla y soltándola).

En el caso de un **revólver**, si se sujeta el cilindro de la pistola esto evita que gire, y si el arma no está amartillada, no se podrá disparar el tiro. Pero si está amartillada, al jalar el gatillo disparará una sola bala. En cualquier caso, no se podrá disparar un segundo tiro en tanto el cilindro no pueda rotar para colocar una bala nueva enfrente del martillo.

Recuerda: Ya sea en entrenamiento o en una situación real, la pistola (incluso un pistola de juguete) debe ser considerada como **¡un arma cargada, amartillada, que puede disparar más de una sola bala**! Mientras entrenas, debes descargar y luego verificar dos veces que cualquier arma de fuego esté vacía (a menos que sea una ficticia).

Una pistola semiautomática: Jericó 941

La fotografía de la pistola Jericó fue impresa por cortesía de Industrias Militares de Israel.

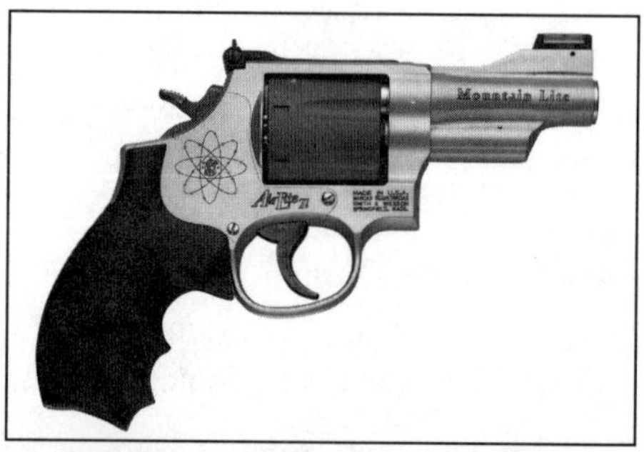

Un revólver: .44 S&W Special Mountain Lite, de 5 disparos, con cilindro de titanio y armazón con aleación de aluminio. Cortesía de Smith & Wesson, Springfield, Massachusetts.

Amenaza desde el Frente a Cierta Distancia

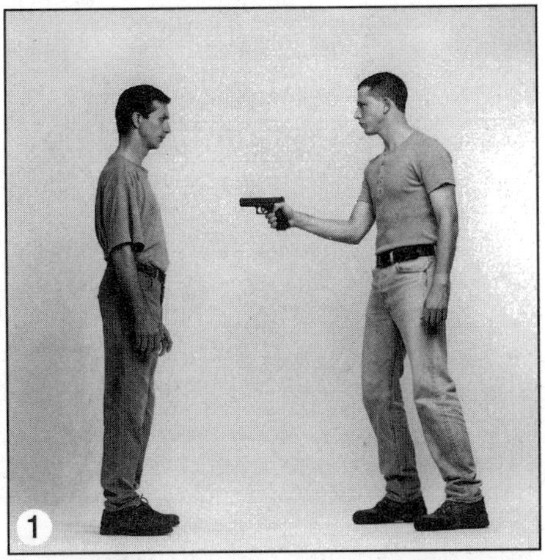

El atacante te amenaza con una pistola, está ubicado a una distancia ligeramente mayor al alcance de tu brazo estirado. (De hecho, esta es la máxima distancia posible en la cual puedes utilizar esta defensa).

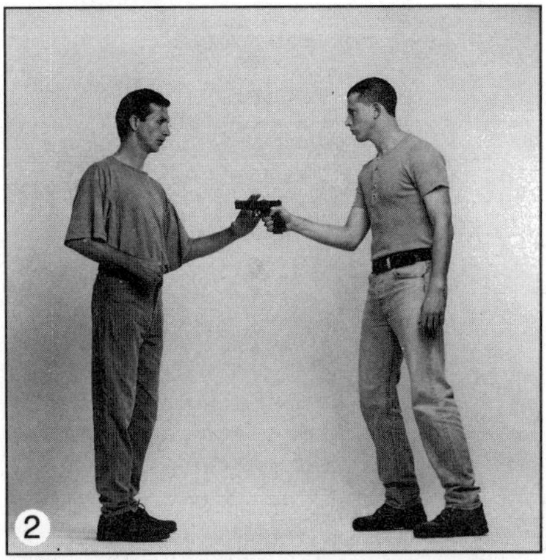

Envía tu mano directamente a un lado de la pistola. El movimiento de la mano "jala" tu cuerpo en un giro, lo que te permite alcanzar el arma y al mismo tiempo brinda una defensa corporal.

***Nota**: Antes de lanzar tu mano para desviar la pistola, **¡ten cuidado de no hacer ningún movimiento que pueda revelar tu intención de actuar**! Tal movimiento delator, podría ser, por ejemplo, cambiar tu peso hacia adelante antes de tiempo, o inclinarte hacia el arma.*

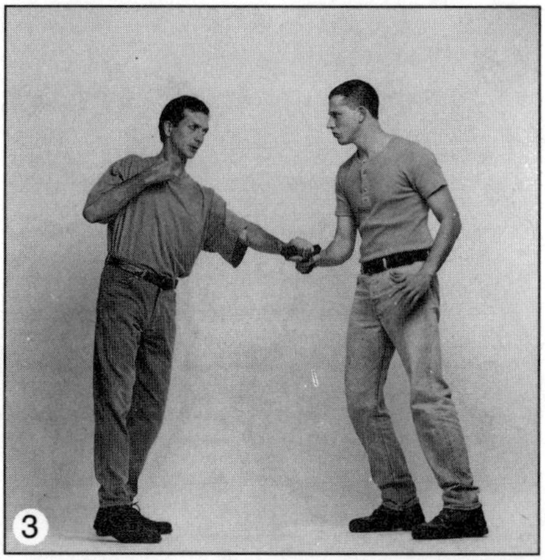

Gira tu palma, desviando la pistola hacia un lado y sujétala, completando el giro del cuerpo mientras cambias tu peso hacia adelante. Agarra la pistola con el pulgar hacia abajo y los dedos hacia arriba, y endereza tu codo. Cambia tu peso diagonalmente hacia el frente, aplicando tu peso a la pistola. Como resultado de la presión, la pistola se desvía y se baja.

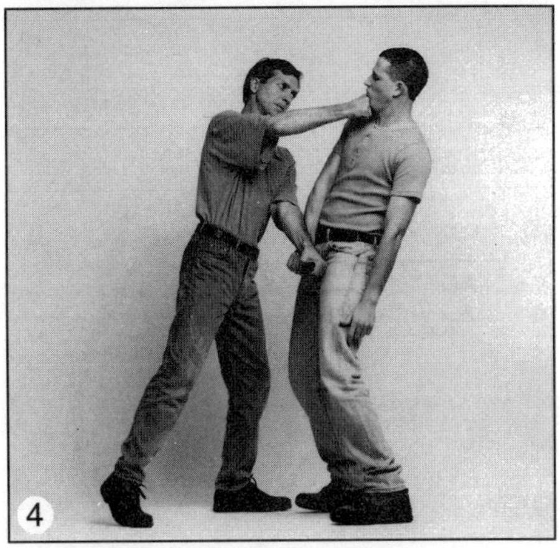

Arremete al frente, dando un paso con tu pie izquierdo, asesta un puñetazo al mentón o la garganta del atacante. El codo del brazo que desvió la pistola está firme y recto. Como resultado, la pistola ahora está abajo y apuntando a un lado.

Mueve tu mano trasera cerca de tu cuerpo de manera que no pase enfrente del cañón de la pistola (la línea de fuego), asiendo la parte posterior, alrededor del martillo.

Rota la pistola horizontalmente en la mano del atacante hasta que se haya movido 90º con relación a su posición original. ***Precaución: ¡No la dirijas hacia tu cuerpo!*** *Esto libera parcialmente la pistola del agarre del atacante y también evita que el dedo en el gatillo interfiera con el desarme.*

Jala la pistola horizontalmente y con fuerza de la mano del atacante y comienza a moverte hacia atrás.

Posible fin del incidente: Después de hacerte para atrás rápidamente, mantén al atacante en la línea de fuego, a una distancia adecuada. Si el atacante te sigue acosando, actúa de manera adecuada.

Fotografía 2 de cerca: La posición de tu palma en el momento inicial cuando desvías la pistola y comienzas a asirla.

El pistolero te amenaza por el frente, sosteniendo la pistola con una o ambas manos. La posición del arma puede estar desde una distancia cero (la pistola tocándote) hasta 20 centímetros del extremo de tu brazo estirado, es decir, una

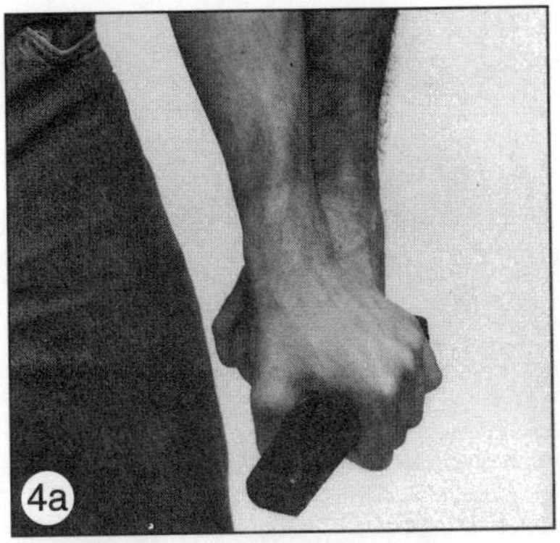

Fotografía 4 de cerca: Presión sobre la pistola, con el codo recto.

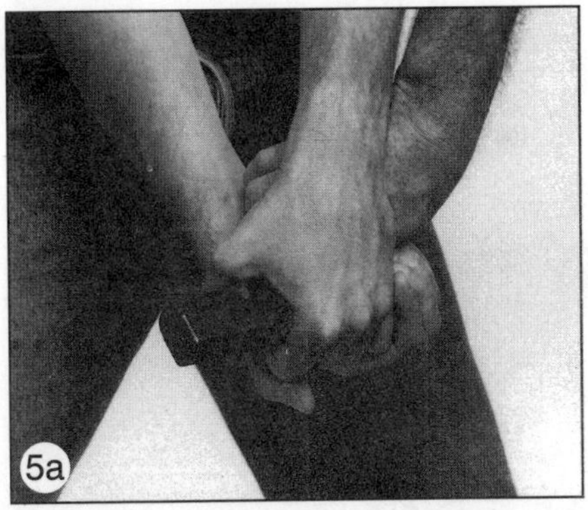

Fotografía 5 de cerca: Asiendo la pistola con ambas manos.

Fotografía 6 de cerca: Girando la pistola en la mano del atacante.

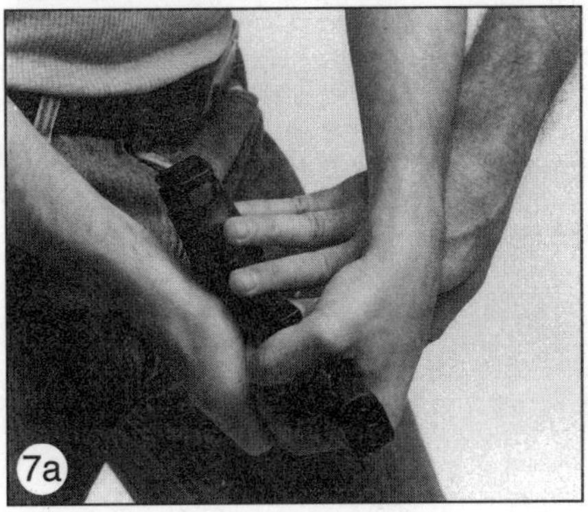

Fotografía 7: Jalando con fuerza la pistola y moviéndose hacia atrás.

distancia general de tu cuerpo de unos 80 centímetros. La pistola puede ser sostenida a diferentes alturas, desde el estómago hasta la cabeza. Se debe enfatizar que **la pistola debe ser desviada en línea recta hacia un lado**, no diagonalmente hacia arriba o hacia abajo. Esto asegura que la pistola sea alejada de tu cuerpo en la línea más corta posible. Cuando sujetas la pistola tu pulgar debe señalar hacia abajo y tus otros dedos hacia arriba.

Al asir la pistola de manera correcta generalmente evitarás que el gatillo pueda ser jalado, pero este es un efecto secundario, no esencial para el éxito de la técnica. Al estar cambiando tu peso hacia adelante y enderezar tu codo, aplica tu peso de tal manera que limite severamente el movimiento de la mano del atacante que empuña la pistola. El arma se lleva cerca del cuerpo del atacante y enfrente de tu pierna trasera, con el cañón apuntado hacia un lado, de manera que fracase cualquier intento del pistolero para jalar la pistola y dirigirla hacia ti.

La técnica usada en variación 3 (V^3) en contra de una amenaza cercana al estómago es básicamente idéntica a tu técnica inicial. Aquí es muy importante la defensa corporal.

Variación: El agresor apunta la pistola a tu cabeza. *Ejecuta básicamente una técnica idéntica. El momento en que comienzas a elevar tu mano para agarrar la pistola, también debes mover tu cabeza hacia un lado, lejos de la línea de fuego.*

Variación: *Ejecuta una técnica idéntica, con el atacante **agarrando la pistola con su mano izquierda** y parado enfrente de ti. En esta situación también puedes ejecutar la técnica invertida como una imagen en el espejo, es decir, desvía y sujeta la pistola con tu mano derecha, arremete al frente sobre tu pierna derecha y contraataca con tu mano izquierda. También puedes usar la variación demostrada en la siguiente técnica.*

Debes tener cuidado de no permitir que la pistola se atore en tus ropas, lo cual restringirá el movimiento defensivo de la mano. Para evitar esto, sume tu estómago ligeramente. Otra defensa efectiva que puede usarse en esta situación se asemeja a la defensa en contra de una pistola: **La Amenaza desde un Lado, enfrente de tu Brazo**. (Ver más adelante en este capítulo). Esa técnica es más apropiada en el caso de que la pistola esté sostenida muy abajo.

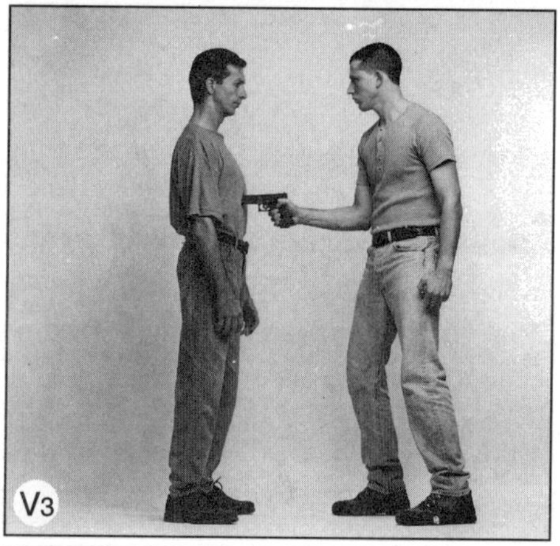

Variación: *Te amenazan de frente con una pistola, **ésta te toca o está muy cerca de ti.** Debes ejecutar una técnica idéntica a la efectuada en contra de una amenaza a una distancia mayor.*

Etapas de Aprendizaje

A. Practica moviendo tu mano rápidamente a la altura de la pistola, sin girar tu cuerpo.

B. Practica la Etapa A, seguida por un giro del cuerpo y una flexión mientras sujetas la pistola. Refrénate de “telegrafiar” tus movimientos.

C. Desde este punto, usa el método manual de aprendizaje. Separa la técnica en etapas y luego combínala en un movimiento continuo.

Amenaza Diagonal desde el Frente a cierta Distancia. Entrada por el Lado "Vivo"

El agresor se para diagonalmente frente a ti. La dirección de la amenaza es similar a la mano sosteniendo la pistola. (El atacante sostiene la pistola en su mano derecha y está parado a tu derecha).

Desvía la pistola en la forma usual, con la mano más cerca del arma. Contrario a la técnica previa, esta acción no traerá la pistola más cerca del cuerpo del atacante.

Si sientes que estás parado en un ángulo que no te permite avanzar a una distancia para golpear y no puedes controlar la pistola eficazmente, entonces debes sujetar el arma con ambas manos, afianzándola, y avanzando con un paso fuerte con tu pierna trasera, de manera que puedas patear al pistolero.

Asesta una patada regular a la ingle del atacante con tu pierna delantera (derecha). Golpea con tu empeine, tu espinilla o tu rodilla, de acuerdo con la distancia entre el pistolero y tú. En esta etapa, puedes comenzar a desarmar al atacante rotando la pistola en su mano.

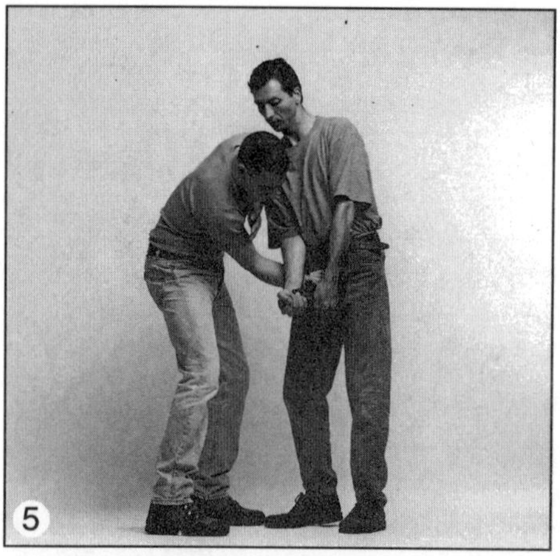

Concluye desarmando al atacante al rotar la pistola. El cañón está dirigido hacia un lado durante todo el tiempo del combate.

Retrocede.

Dependiendo de la situación, en muchos casos puedes efectuar la técnica regular como reflejada en un espejo, y avanzar con tu pie derecho y atacar con tu mano izquierda. Empuja el cañón hacia un lado y endereza tu codo.

En caso de que el pistolero esté parado diagonalmente frente a ti, debes aplicar la técnica básica de acuerdo a los mismos principios usados para neutralizar una amenaza desde el frente. La diferencia es en este caso, cuando cambias tu peso y avanzas hacia el agresor (fotografía 2). Esto no coloca la pistola más cerca de él como ocurre cuando neutralizas la amenaza con la mano opuesta a la del atacante, por ejemplo, usando tu mano izquierda para neutralizar una amenaza con pistola en la mano derecha del atacante. Aunque el desvío moverá la pistola lejos del cuerpo del atacante en lugar de acercarla, después de arremeter por lo general lograrás una distancia adecuada para el ataque manual. (Ver fotografía 3.1). Sin embargo, ya que podrías encontrarte más allá de la distancia apropiada para pegar, debes sujetar la pistola con las dos manos según se describe, avanzar y atacar al agresor pateándolo en la ingle. Esto finalmente resolverá el problema de la distancia.

En muchos casos, podrás mejorar tu posición y lograr una situación en la que estés frente a frente con la amenaza, permitiendo la ejecución "regular" de la técnica. Esto evidentemente requiere tiempo, así como la posibilidad para tal acción.

Nota: Si el atacante sujeta su arma con ambas manos, en esencia aplicas la misma técnica usada contra un agarre con una sola mano. Sin embargo, tal situación podría requerir ajustes menores por parte del defensor, como incrementar tu agarre con ambas manos y patear al pistolero en la ingle en lugar de asestar un puñetazo a su cabeza.

¿Cuándo Aplicas la Técnica Usando Tu "Otra" Mano?

- Si hay otra persona ubicada a tu derecha, puedes desviar el arma hacia tu lado izquierdo, usando tu mano derecha, **a manera de no colocar a esta persona en la línea de fuego**. De otra forma, podría recibir un disparo como resultado de que se accione el gatillo.
- Cómo se mostró arriba en la técnica previa (fotografía 1), puede surgir una situación en la que el pistolero está parado a una cierta distancia, ya sea a tu derecha o diagonalmente frente a ti. En tal circunstancia, puedes ser forzado a cambiar tu peso al pie que está más cerca al agresor con el fin de alcanzar la pistola. Esto podría hacer más difícil aplicar la técnica regular, arremetiendo al frente y aplicando tu peso a la pistola. En este punto, agarrar la pistola con ambas manos sería una opción efectiva para lograr un mejor control de la misma. Entonces, ejecutar una patada servirá en este caso como el contraataque inicial.
- Cuando la pistola está frente a ti, sostenida a la izquierda del centro de tu cuerpo, usa tu mano derecha para desviar la amenaza de manera que la pistola se mueva del blanco, cubriendo la distancia más corta posible.
- En caso de que el movimiento de tu mano izquierda esté restringido, por ejemplo, el atacante sujeta tu mano izquierda o tu brazo y por lo tanto impide que efectúes la defensa, o bien tu mano izquierda fue lesionada.

Una Historia de la Vida Real

Samuel Lichtenfeld, el padre del Gran Maestro Imi Sed-Or (Lichtenfeld), fue Jefe de Detectives del departamento de policía en Bratislava, Eslovaquia. Debido a sus actividades ocasionalmente ocultaba su arma personal, un revólver, en uno de los armarios de la casa.

Un día, el hermano mayor de Imi encontró la pistola y comenzó a jugar con ella. Totalmente inconsciente del peligro, apuntó la pistola a la cabeza de Imi a una distancia cercana y jaló el gatillo. Imi, quien sólo tenía 13 años en ese entonces, instintivamente golpeó la pistola y la desvió. Como resultado, la bala se incrustó en la pared e Imi ni siquiera tuvo un rasguño.

Amenaza por Detrás a Corta Distancia

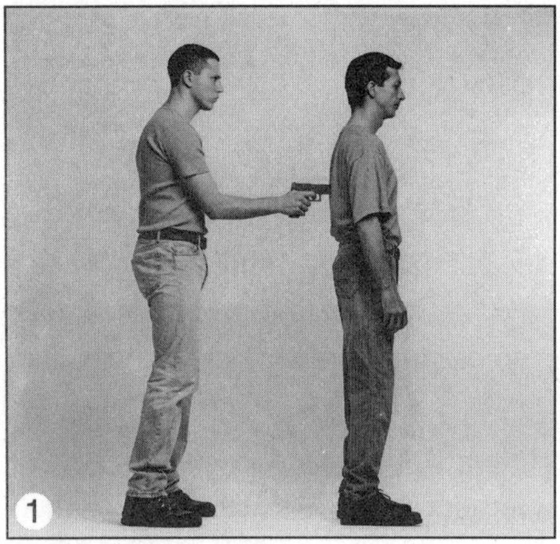

El agresor te amenaza por detrás con una pistola a tus espaldas.

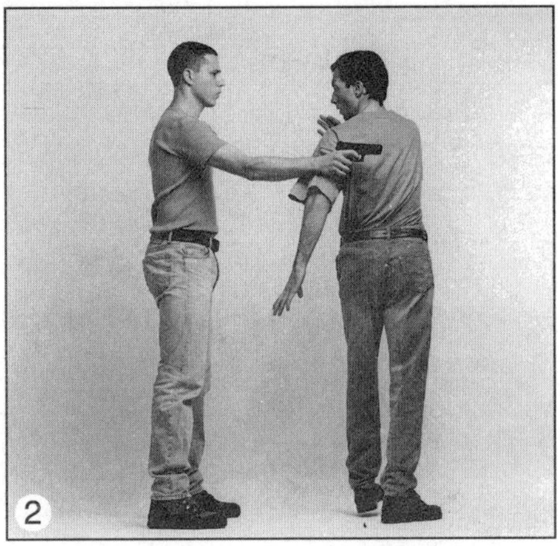

Mira detrás de ti para ver qué sucede; por ejemplo, qué mano sujeta la pistola y dónde está la otra mano. El movimiento es una reacción completamente natural hacia alguien que ha establecido contacto físico o verbal por detrás. Desvía el antebrazo del atacante o su pistola. Esto te lleva a un giro del cuerpo y a arremeter de frente contra el adversario.

Después de desviar la pistola, mueve tu mano que la desvió, diagonalmente hacia el frente y afuera, deslizándola por el lado interior del brazo del atacante. Arremete hacia el agresor. Tu pierna delantera está en el mismo lado que la mano defensiva.

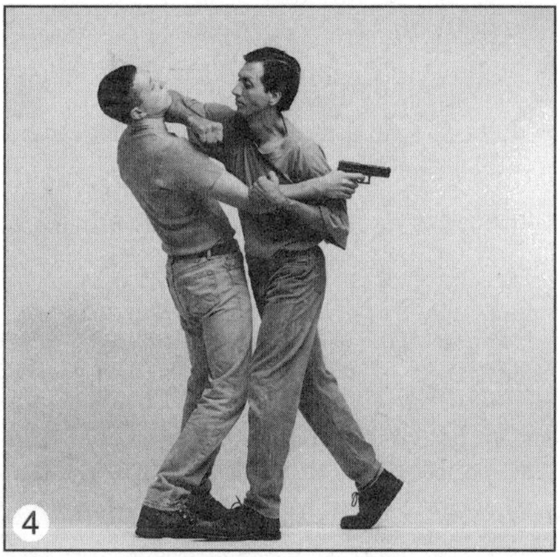

Atrapa con fuerza y firmemente el antebrazo del atacante entre la parte superior de tu brazo, antebrazo, mano y pecho, y al mismo tiempo golpea su mandíbula o su garganta con un golpe horizontal con el codo hacia el frente y adentro.

En esta técnica observamos los siguientes cuatro componentes básicos: (1) Neutralizar la amenaza de una pistola cambiando la dirección de la línea de fuego lejos de tu cuerpo. Esto, combinado con una defensa corporal, crea a tiempo una defensa completa. (2) Asir la mano sosteniendo la pistola para eliminar cualquier uso posterior de la misma. (3) Atacar y vencer al pistolero. (4) Desarmar al atacante.

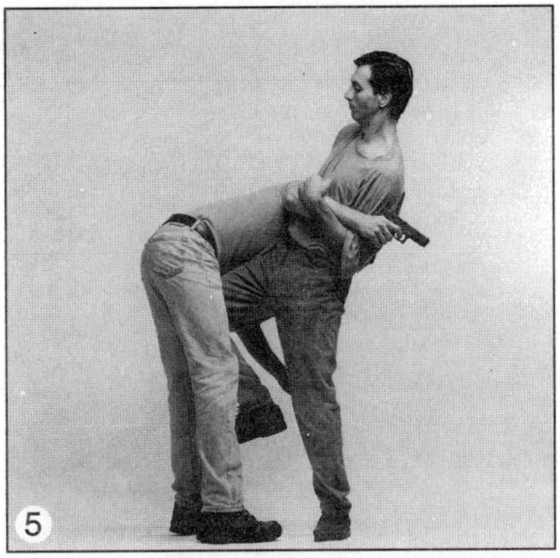

Toma el hombro del pistolero y asesta un rodillazo a su ingle. La pistola puede caer de la mano del agresor en esta etapa o puede haber caído en una previa.

Si la pistola todavía está en la mano del atacante, ejecuta un fuerte giro del cuerpo para confirmar si está ahí y agárrala rápidamente. Debes asir la pistola con la palma de tu mano dirigida abajo (pulgar dirigido hacia ti).

Rota la pistola 90º en relación con su posición previa. ***Precaución:*** *¡Nunca dirijas el cañón en dirección a tu cuerpo!*

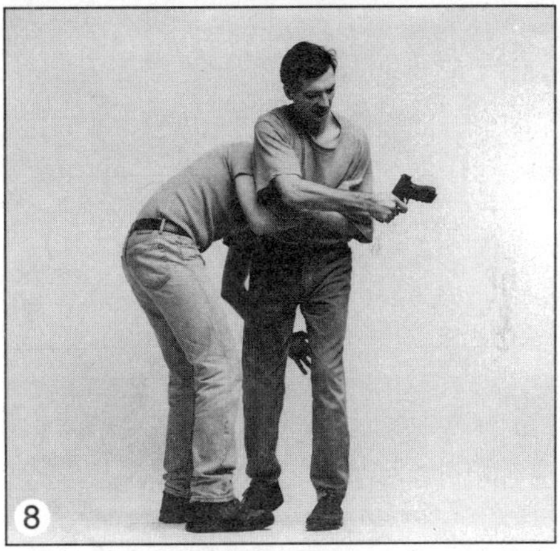

Empuja la pistola lejos de la mano del atacante en la dirección de su dedo índice. (Ver fotografías de cerca 6a, 6b, 7a y 8a).

Es extremadamente importante que observes muy bien antes de emprender cualquier acción defensiva. Necesitarás ver si la posición de la pistola está demasiado lejos o demasiado cerca, o si la otra mano del atacante (la que no sostiene la pistola) es lo que te toca y no la pistola. Después de desviar la pistola, muévete hacia el atacante, deslizando tu brazo defensivo paralelo al brazo del pistolero y afianzando su antebrazo. Esto se efectúa con el fin de evitar que el atacante jale la pistola y la vuelva a dirigir hacia ti.

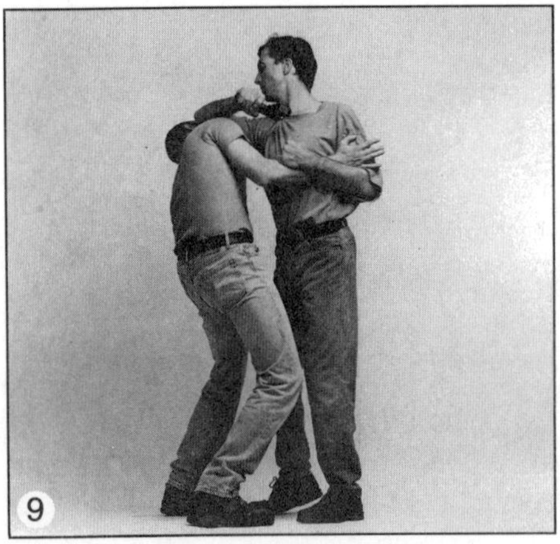

Mientras te mueves lejos del agresor, puedes lanzar otro ataque, por ejemplo, golpéalo con el cañón de la pistola o asesta un codazo horizontal.

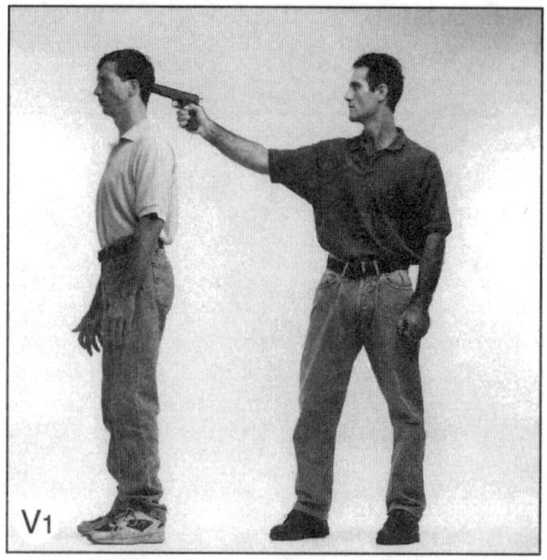

La técnica para enfrentarse con esta amenaza (pistola apuntada a tu cabeza por detrás) es casi idéntica a la anterior, en caso de que la amenaza esté a tu espalda.

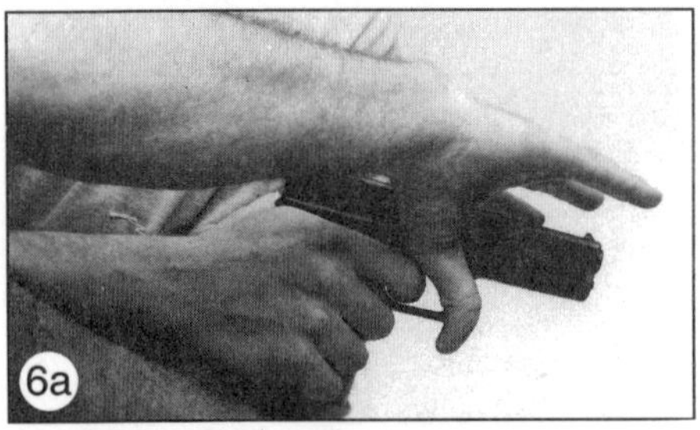

Fotografía 6 de cerca: Giro del cuerpo, alcanzando la pistola.

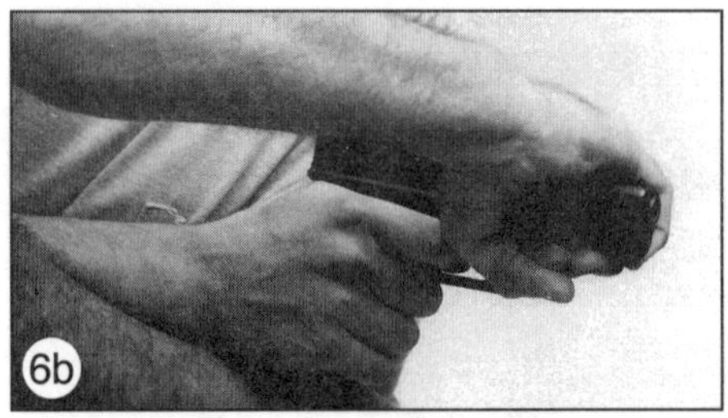

Fotografía 6 de cerca: Asiendo la pistola.

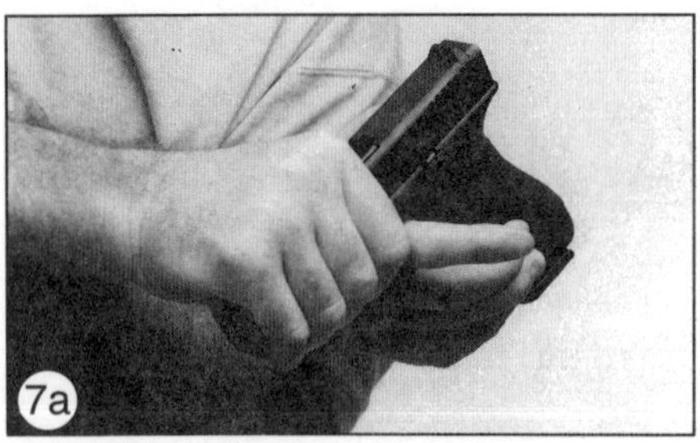

Fotografía 7 de cerca: Rotación de la pistola 90º en relación con la mano del atacante.

Fotografía 8 de cerca: Retiro final de la pistola, jalándola lejos de la mano del pistolero.

El primer contraataque que puedes ejecutar es un codazo horizontal hacia adentro, acompañado por un movimiento hacia adelante (determinado por la distancia entre el adversario y tú). Si el pistolero está demasiado lejos de ti y no puedes alcanzarlo con un golpe del codo, en lugar de esto se debe asestar un puñetazo directo. Entonces puedes continuar acortando la distancia entre el atacante y tú, mientras asestas codazos según se necesiten.

Puedes llevar a cabo el desvío del arma y el giro del cuerpo ya sea a la derecha o la izquierda, según te sientas más cómodo, pero dependiendo de las circunstancias específicas. Desde luego, la técnica es idéntica si giras a tu derecha o a tu izquierda. (Ver sección al final de la técnica anterior: **¿Cuándo Aplicas la Técnica Uso de Tu "Otra" Mano?**).

La técnica será básicamente la misma en el caso de que se sostenga la pistola por detrás de tu cabeza (como se muestra en la fotografía V[1]). Sin embargo, en este caso es esencial que muevas la cabeza tan pronto sea posible hacia la cabeza del pistolero, con un rápido giro de la cabeza acompañado por un giro del cuerpo, mientras arremetes hacia el pistolero. (Ver la técnica: **Amenaza a la Cabeza por un Lado. Giro**). La diferencia principal es que aquí tú mueves el blanco (por ejemplo, tu cabeza) **antes** de desviar la mano con la pistola.

Amenaza por un Lado, Detrás de tu Brazo

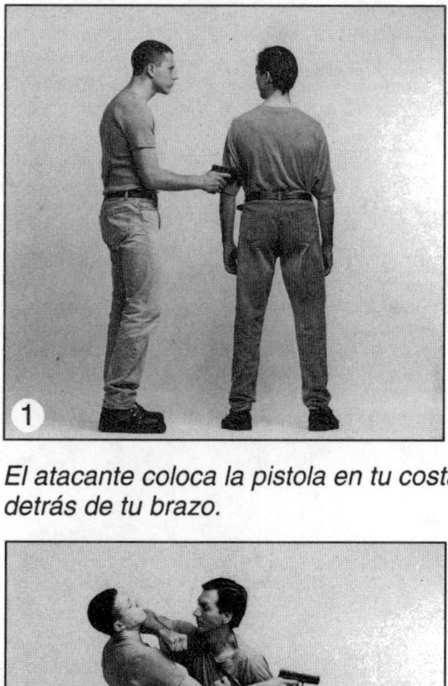

El atacante coloca la pistola en tu costado, detrás de tu brazo.

Desvía la pistola con tu brazo y deslízala a lo largo del brazo del atacante. Al mismo tiempo, gira tu cuerpo hacia el agresor y avanza arremetiendo rápidamente hacia donde se encuentra.

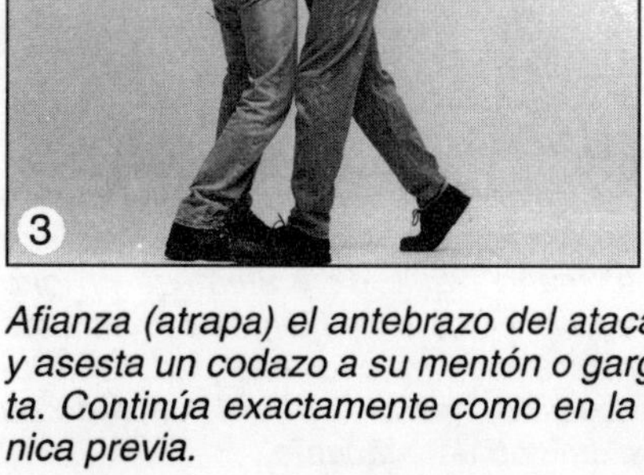

Afianza (atrapa) el antebrazo del atacante y asesta un codazo a su mentón o garganta. Continúa exactamente como en la técnica previa.

Ejecuta el giro hacia el pistolero **de la forma más rápida y corta que sea posible**. En la situación que se muestra, gira hacia la izquierda (a la inversa de las manecillas del reloj). Por su efecto, ésta es casi idéntica a la técnica de neutralizar una amenaza por detrás a corta distancia, excepto por la posición relativa del atacante y el defensor.

Obviamente, en esta técnica necesitas un giro del cuerpo más reducido con el fin de encarar al atacante.

Amenaza desde un Lado, Frente a Tu Brazo

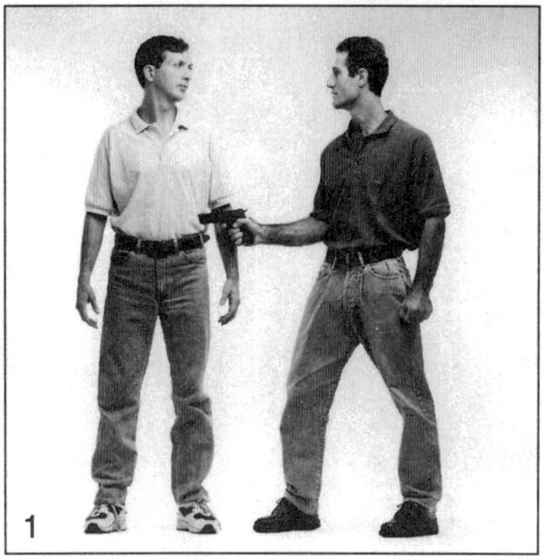

El pistolero coloca la pistola en tu costado, enfrente de tu brazo.

Desvía y sujeta la muñeca del atacante y el dorso de su mano, mientras efectúas un paso en diagonal, hacia atrás y hacia él. Esto sirve como una defensa corporal. Al mismo tiempo, eleva tu otra mano (manteniéndola fuera de la línea de fuego), de manera que esté paralela a la pistola y lista para agarrarla. Esto también evitará que el agresor gire y te apunte con el arma.

Tan pronto sea posible, sujeta firmemente el cañón de la pistola con tu mano derecha y comienza a deshacer el agarre del agresor sobre la pistola.

Empuja la pistola hacia el atacante con tu mano derecha, mientras jalas su muñeca con tu mano izquierda y efectúas un giro del cuerpo. Estos movimientos combinados harán tu acción mucho más poderosa. Si es necesario, ahora es posible retirarte de la proximidad del atacante.

Continúa con un rodillazo a la ingle del agresor. Aquí también puedes agregar más contraataques. De inmediato, aléjate del atacante desarmado, camina hacia atrás con tu pie derecho, continua con pasos con el pie izquierdo y luego de nuevo con el pie derecho.

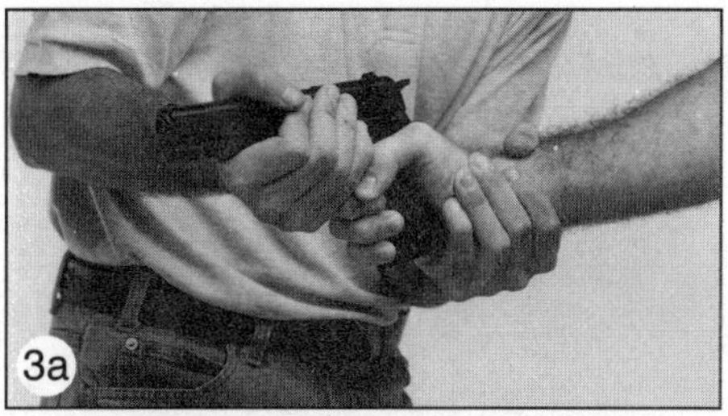

Fotografía 3 de cerca: Asiendo la pistola y la mano que la sostiene.

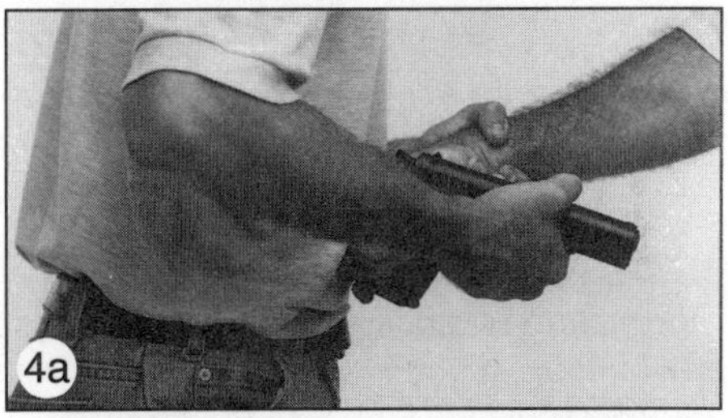

Fotografía 4 de cerca: Rotando la pistola con fuerza hacia adentro de la mano que la sostiene, para desarmar al atacante. El cañón debe estar paralelo al área inferior del antebrazo del pistolero y rotado horizontalmente.

Al momento que desvías la pistola, sume tu estómago y muévete diagonalmente hacia atrás en dirección del pistolero, moviendo tu cuerpo fuera del peligro. Desvía la mano amenazadora cerca de la muñeca y el dorso de la mano, con el fin de estabilizar y evitar que la muñeca se doble durante la defensa.

Precaución: Si el atacante dobla la muñeca puede ocasionar que la línea de fuego se dirija de nuevo hacia ti.

Mientras desvías la pistola con una mano, lleva tu otra mano junto a la pistola tan rápidamente como sea posible, pero **sin moverla frente al cañón**. Ambas manos ejecutan el mismo movimiento simultáneamente: La mano que desvía mueve la pistola hacia adelante mientras la otra mano, en un movimiento casi idéntico, se pone junto a la pistola. Coloca tus codos prácticamente enfrente de tus costillas.

Una vez que desarmaste al pistolero, puedes alejarte o bien, proceder con varios contraataques poderosos según se requiera (un puñetazo, un golpe con el arma o una patada), y sólo entonces alejarse a una distancia segura.

Si el agresor está en tu otro lado (por ejemplo, amenazándote con la mano derecha desde el lado derecho), el procedimiento se hará hacia su lado vivo. (Ver la técnica siguiente).

Amenaza desde un Lado Frente a tu Brazo. Moviéndose hacia el Lado "Vivo" del Pistolero

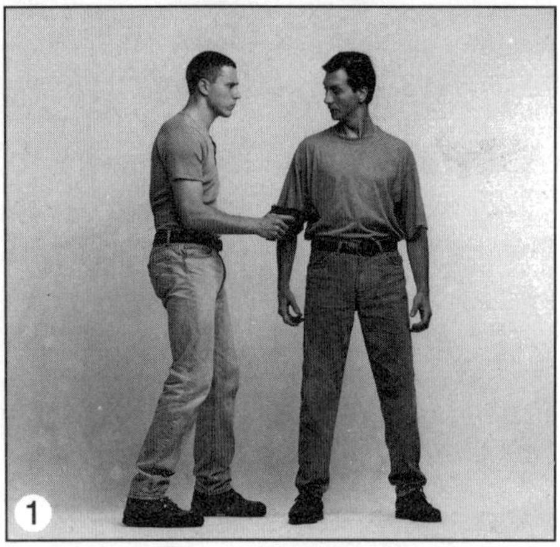

El pistolero te amenaza desde un costado mientras el arma está frente a tu brazo. Muévete hacia el lado vivo del agresor.

Como en la técnica previa, ***Amenaza desde un Costado, Frente a tu Brazo****, aquí también desvías la pistola (sujeta la muñeca y la palma del pistolero), muévete diagonalmente hacia atrás y hacia el agresor. Simultáneamente y con el mismo movimiento, lleva tu otra mano junto a la pistola con el fin de asirla.*

Sujeta el cañón con tu mano más alejada y comienza a aplicar una palanca a la pistola.

Deshaz el agarre del atacante sobre la pistola aplicando una palanca. Rota la pistola 90º con relación a su posición previa, mientras todo tu cuerpo gira sobre su eje para ayudar con el movimiento.

En principio, está técnica es idéntica a **Amenaza desde un Costado Frente a tu Brazo**, excepto que esta vez te moverás hacia el lado vivo del atacante. El desarme también es diferente. Necesitas desarmar al pistolero en dos etapas como se muestra a continuación: Primero, gira el cañón de la pistola en la dirección del dorso de la mano, asiéndola y entonces jala el arma fuera de su mano.

Jala la pistola de la mano del atacante mientras avanzas con tu pierna trasera, con el propósito de asestar un rodillazo a su ingle. Contraataca y entonces aléjate a una distancia segura. También puedes ejecutar ataques adicionales antes o mientras te alejas.

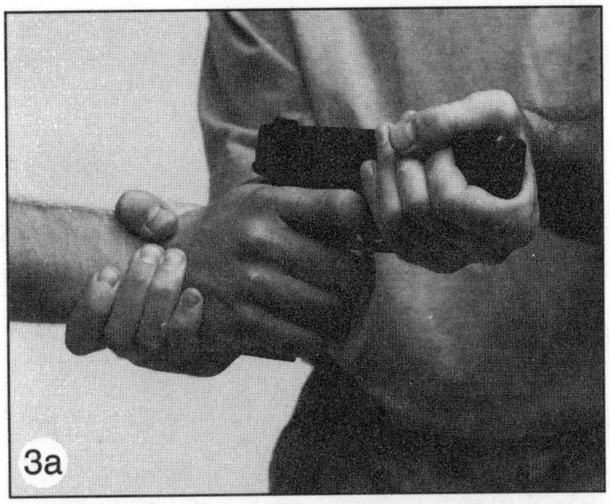

Fotografía 3 de cerca: Asiendo la pistola y la mano o muñeca del atacante.

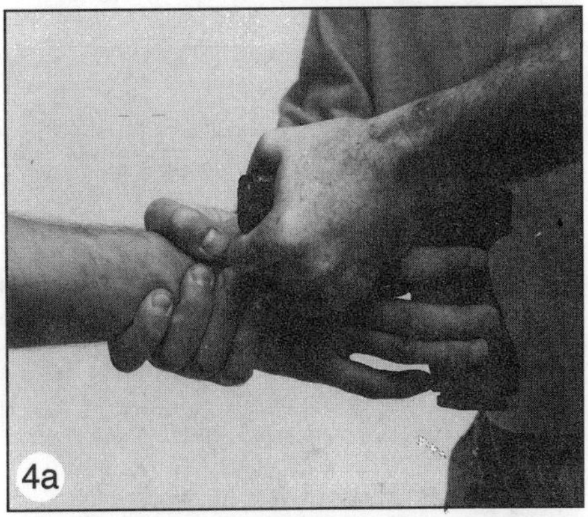

Fotografía 4 de cerca: Deshaciendo el agarre y rotando la pistola con una fuerte acción de palanca.

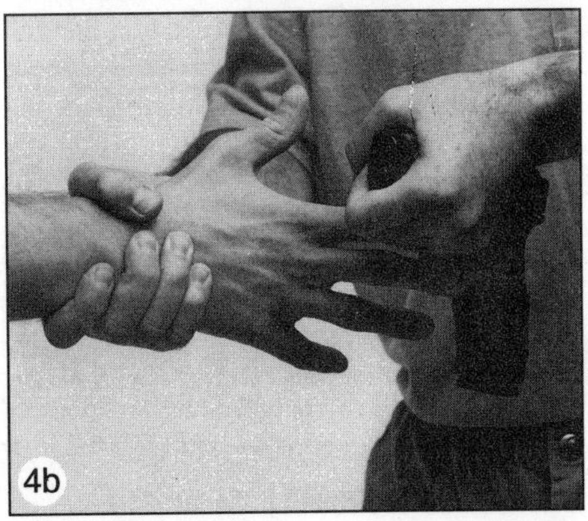

Fotografía 4 de cerca: Desarmando al pistolero al jalar la pistola.

Recuerda: Aunque has desarmado exitosamente a tu oponente, debes **contraatacar de inmediato**, antes que el pistolero tenga tiempo de recuperarse. Si no te mueves lo suficiente rápido y mientras permanezcas cerca de él en su lado vivo, estarás haciendo más fácil que te ataque primero.

Tu primer contraataque se ejecuta con una patada, ya que tienes ocupadas ambas manos. Basado en la distancia y el ángulo, puedes golpear con cualquiera de las piernas.

Variación: *Lleva a cabo la misma técnica pero desde el lado opuesto, por ejemplo, con el pistolero a tu izquierda, desviando la pistola en su mano izquierda.*

Es extremadamente importante practicar para neutralizar las amenazas desde ángulos diferentes y en situaciones diversas. ¡Es obvio que no te deberías acostumbrar a aplicar esta técnica sólo en la situación que te sea más cómoda!

Amenaza a la Cabeza desde un Lado. Girando

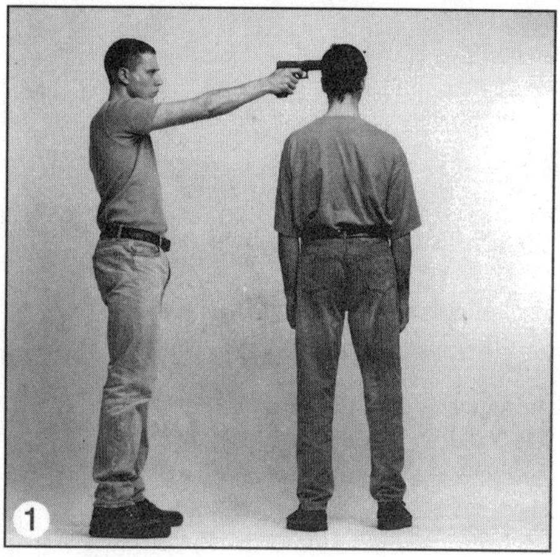

El atacante coloca la pistola a un lado o detrás de tu cabeza, al nivel de tu oído. (Ver diagrama abajo).

Gira tu cabeza y tu cuerpo simultáneamente hacia el pistolero y avanza rápidamente hacia él. Esto te saca de la "línea de fuego" a un área detrás de la pistola. Al mismo tiempo, eleva tu mano en forma de gancho, alrededor del antebrazo del atacante, y jálalo un poco hacia un lado.

Jala hacia abajo el antebrazo del atacante, sujetándolo, y contraataca. No permitas que su brazo se atore encima de tu hombro, sino que debes bajarlo al nivel de tu pecho. Esto te proporcionará una mayor distancia entre la pistola, la cual todavía puede ser disparada, y tu cabeza (u oído). Procede como en la técnica: ***Amenaza por Detrás a Corta Distancia****.*

Esta técnica está basada en **Amenaza por Detrás a Corta Distancia**. Aquí, el énfasis de la técnica, y específicamente su movimiento de avance, deben hacerse en el giro simultáneo y repentino de tu cabeza y tu cuerpo hacia el agresor, y luego avanzar rápidamente hacia él. Esto te sacará del peligro. Lo mismo debe hacerse en caso de que se apunte una pistola detrás de tu cabeza. La función de la mano más próxima es atrapar con facilidad el antebrazo y controlar la mano que empuña la pistola, para desviarla y bajarla a la altura del pecho.

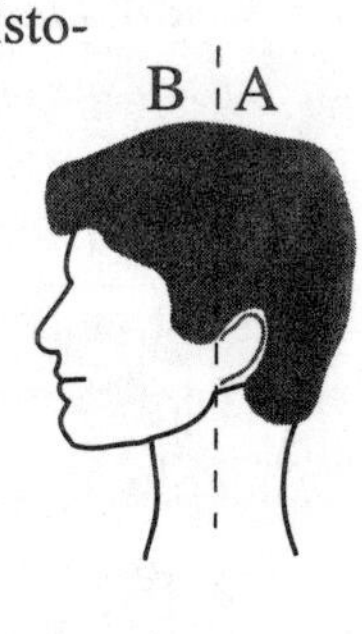

***Dibujo**: Si la pistola está apuntada al área B (la "mitad" frontal), entonces se debe preferir la técnica siguiente.*

Los contraataques y el desarme son los mismos que se describen en la técnica **Amenaza por Detrás a una Distancia Cercana**. La distancia para contraatacar por lo general es la adecuada para asestar un codazo, pero si la distancia es mayor, puede ser necesario usar un puñetazo recto como ataque inicial.

Amenaza a la Cabeza por un Lado. Desviando y Sujetando la Pistola

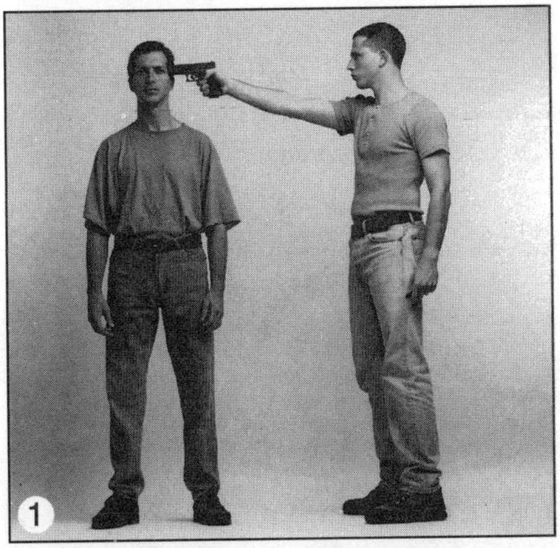

*El pistolero coloca la pistola encima o muy cerca de un lado de la cabeza (desde el oído y hacia adelante, por ejemplo, la "**mitad frontal**).*

Mueve tu cabeza hacia atrás y hacia el pistolero, para sacarla de la línea de fuego. Al mismo tiempo que haces el movimiento de la cabeza, eleva tu mano rápidamente y llévala a un lado de la pistola con el fin de desviarla y sujetarla. Simultáneamente, avanza hacia el atacante con un paso diagonal hacia un lado y ligeramente hacia atrás.

*Sujeta la pistola, envíala hacia abajo en la dirección del atacante y contraataca. Todo esto se realiza de la misma manera como se describe en la primera técnica: **Amenaza desde el Frente a una Distancia**.*

Etapa 2, vista desde el lado del defensor.

Esta técnica es básicamente idéntica a la usada en **Amenaza desde el Frente a una Distancia**. Dos acciones, un movimiento de cabeza y un movimiento de mano, se ejecutan simultáneamente con el fin de crear la defensa lo más pronto posible. Cuando la pistola se presiona contra tu cabeza, debes voltear la cabeza un poco (defensa corporal) en la dirección opuesta, lejos del pistolero, para hacer que el arma se desvíe hacia otro lado. Respecto al tiempo, tu cabeza se mueve fuera del peligro incluso antes que tu mano alcance la pistola.

Esta técnica, una vez aprendida, puede aplicarse en las siguiente situaciones: En contra de una amenaza de pistola por un lado de la cabeza; cuando el atacante está opuesto a ti de manera directa o diagonalmente; en una distancia corta o larga; y otras más. A veces esta técnica será preferible, y a veces la anterior será mejor, dependiendo del **ángulo en el cual el agresor está parado y la ubicación exacta de la pistola en tu cabeza**. Por ejemplo, esta técnica es preferible si la pistola está dirigida a tu sien, y la anterior será mejor si la pistola está detrás o encima de tu oído.

Amenaza por Detrás a una Cierta Distancia

El atacante amenaza por detrás, con la pistola en diagonal o directamente, a cierta distancia. Para ejecutar esta técnica, la distancia más adecuada entre la pistola y tu espalda será entre 40 y 65 centímetros. Voltea a mirar de manera casual para evaluar la distancia a la pistola, pero sin demorarte mucho en ello. La defensa debe ejecutarse de inmediato después de este vistazo preliminar.

Desvía y sujeta la pistola o la mano sosteniéndola. Este movimiento de desvío de tu mano lleva al resto de tus acciones: Un giro del cuerpo que te alejará de la línea de fuego y un paso hacia el adversario, arremetiendo. Cambia tu peso hacia la pistola y presiónala hacia abajo y hacia el agresor.

Esta técnica requiere considerable práctica, ya que implica un **riesgo mayor** que las técnicas previas descritas en este capítulo. El problema en este caso es que cuando

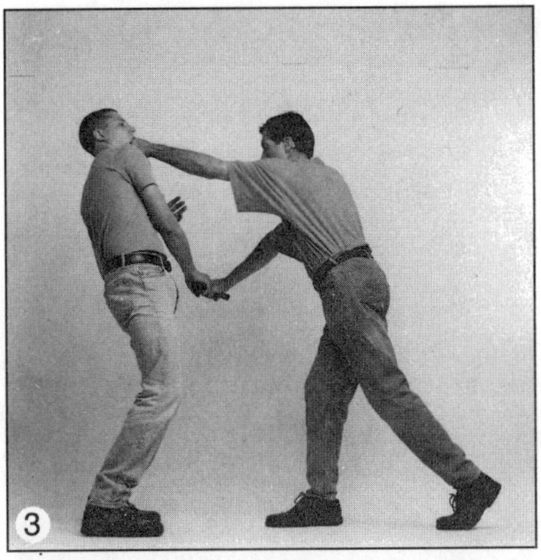

Arremete contra el pistolero apoyado en tu pierna derecha (del mismo lado que la mano que desvía), y contraataca con decisión con un puñetazo recto.

*Con el cañón de la pistola **apuntado hacia los lados**, usa tu otra mano para asir la muñeca del atacante, y contraataca de nuevo dándole una patada o un rodillazo en la ingle. Usa la pierna que te sea más conveniente (en la fotografía el defensor avanza con la pierna trasera y patea con la delantera), luego desarma al atacante, rotando la pistola en su mano.*

miras detrás de ti, puedes ver la pistola con un solo ojo. Ya que esto no permite una visión tridimensional, ¡no se puede evaluar adecuadamente la distancia! Por consiguiente, esta técnica debe aplicarse **únicamente en caso de que no haya otra alternativa**, por ejemplo, sólo en situaciones de vida o muerte. En el entrenamiento, el énfasis se pone en calcular la distancia correctamente, desviar la pistola mientras se mueve el cuerpo fuera de la línea de fuego y ejercer presión mientras se sujeta la pistola.

Nota: Si el atacante está ubicado diagonalmente detrás de ti, neutraliza la amenaza utilizando en esencia la misma técnica. En la mayoría de los casos podrás ver la pistola con ambos ojos y calcular la distancia correctamente.

Los principios en esta técnica son los que se usan para neutralizar una **Amenaza desde el Frente a Cierta Distancia**. Comienza con un movimiento de mano que "impulsará" el cuerpo a una defensa corporal (para salirte de la línea de fuego), sujeta la pistola mientras avanzas y cambias tu peso hacia el atacante y bajas el arma. Efectúa ataques con la mano o las piernas de acuerdo con la distancia a la que te acercaste. Por último, desarma al pistolero.

Amenaza y Empujón por Detrás a una Distancia Mayor

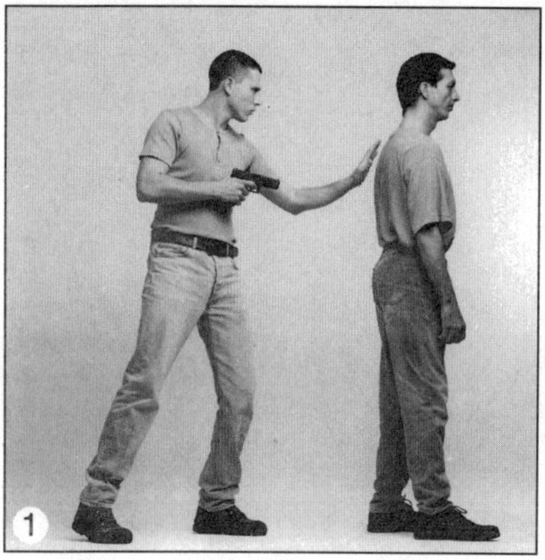

La técnica que se presenta aquí es apropiada en una situación donde la mano libre del pistolero está extendida al frente y la pistola está lejos de tu espalda. El pistolero puede estar parado en una posición fija, te puede empujar aplicando una presión constante o, como se muestra, te puede estar dando varios empujones, forzándote a avanzar. El atacante te empuja y te apunta con su arma. Ya te las arreglaste para mirar atrás y evaluar la situación.

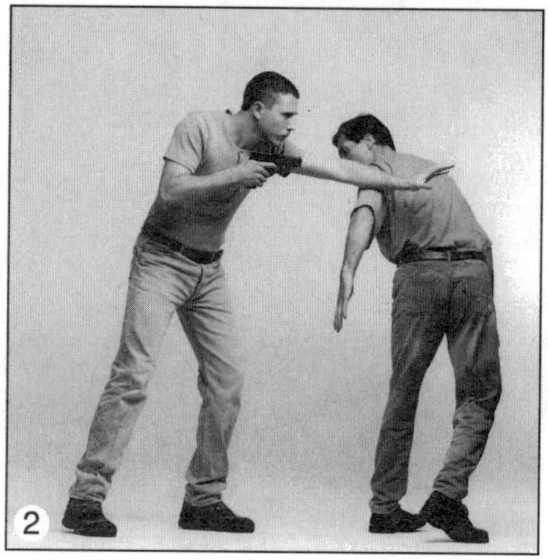

Evade el empujón moviéndote a un lado y girando sobre un pie con el fin de salirte de la línea de peligro. El giro es ***hacia afuera de la mano empujando*** *(no la mano que empuña la pistola). En esta etapa la pierna que sirve de eje para girar es la del frente.*

El atacante continuará moviéndose al frente mientras tú te acercas a él por un lado. El pie avanzando por un lado (izquierdo) debe ser el trasero, y el cuerpo debe girar en esa dirección, por ejemplo, a la izquierda, como se muestra en la fotografía.

Gira sobre tu pierna del frente (izquierda) y sujeta la ingle y el estómago del atacante, doblando tus rodillas, con tu espalda derecha y tu estómago y pecho presionados contra él. También puedes agarrar el antebrazo de la mano que empuña la pistola.

Levanta al atacante con tu antebrazo en su ingle, empújalo con tu mano inferior y presiona la parte superior de su cuerpo con el tuyo.

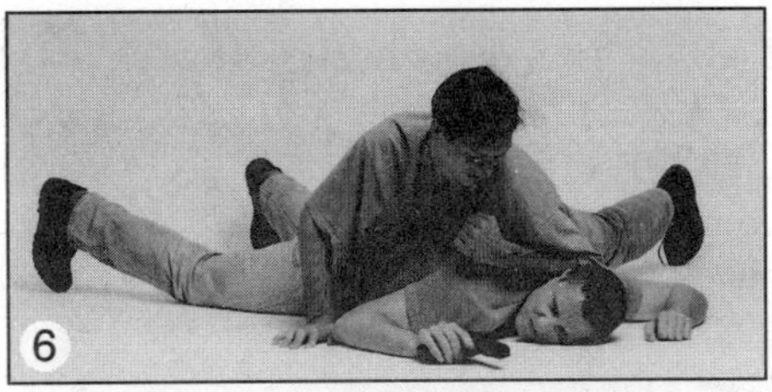

Empuja tus piernas hacia atrás y cae de golpe sobre el atacante, formando una "X", con tu pecho en el centro de la espalda del atacante. Antes de golpear el suelo, mueve tus manos de la parte de abajo del cuerpo del atacante: Contraataca tan pronto sea posible.

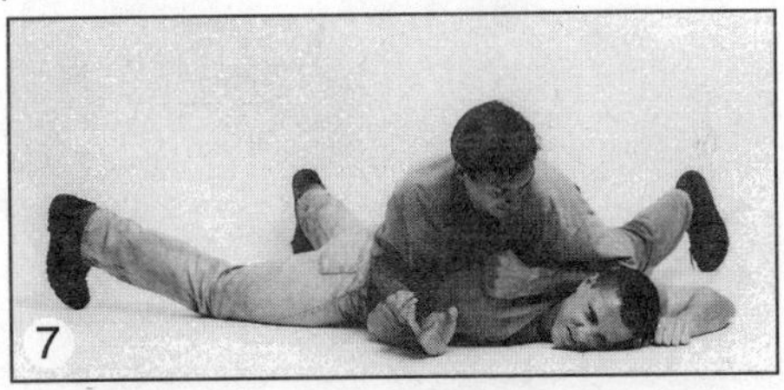

***Posible contraataque**: Un codazo a la parte posterior del cuello o un puñetazo en la sien. De inmediato sujeta la pistola y desarma al atacante.*

Esta técnica es apropiada tanto para una amenaza fija o un empujón con una presión constante, así como para empujones continuos, los cuales son más serios y peligrosos. ¡Esta técnica exige un tiempo de acción preciso y un alto grado de destreza! Llévala a cabo después que hayas establecido la velocidad y el tiempo de los empujones del agresor. Es imperativo que gires **en el preciso momento que el atacante intenta empujarte**, de manera que se encuentre con un espacio vacío, lo que afectará adversamente su equilibrio. ¡No apliques esta técnica después de ser empujado, sino siempre **antes** del primer o subsecuente empujón!

Gira el cuerpo hacia el pie que sirve de eje; comienza el giro cuando este pie esté atrás. Si giras a la izquierda, debes apoyarte en el pie izquierdo (trasero), empujando fuertemente con tu pie derecho (delantero).

Énfasis de la práctica: (1) Evade la línea de amenaza. (2) Con un movimiento directo por detrás, sujeta el cuerpo y la ingle del atacante (eficaz para neutralizarlo). (3) Cae sobre el agresor con gran fuerza, lo suficiente para aturdirlo. En la cuarta etapa, también es opcional asir el antebrazo del atacante (el de la mano que empuña la pistola).

Técnicas alternativas:

- Si las condiciones lo permiten, en especial si la pistola no está muy lejos de ti, también puedes aplicar la técnica previa: **Amenaza por Detrás a Cierta Distancia**.
- Si el atacante te empuja clavando su pistola en tu espalda, aplica la técnica regular: **Amenaza por Detrás a Corta Distancia**.

El Gran Maestro Imi Sde-Or demostrando una defensa en contra de una amenaza con pistola por detrás.

Una Historia de la Vida Real

Joseph había entrenado Krav Maga por varios años. En cierta etapa de su vida trabajaba como vendedor en una armería que vendía armas pequeñas (principalmente pistolas). Un día uno de sus compañeros de trabajo tomó una pistola de la tienda, la ocultó con una revista, la amartilló y luego quitó la revista para mostrarla. Joseph le advirtió que la pistola probablemente estaba cargada, que podría tener todavía una bala. Su amigo insistió que estaba descargada, originándose una discusión durante la cual apuntó al centro del cuerpo de Joseph, e intentó jalar el gatillo probando así que el arma estaba vacía. Joseph ejecutó la técnica que había aprendido en el Krav Maga, desviando la pistola; y cuando ésta se disparó, la bala se impactó en el mostrador de la tienda.

Neutralización de una amenaza con rifle, escopeta o metralleta 5

Existen muchas **similitudes** entre un rifle (así como una metralleta o una escopeta) y una pistola. La similitud más importante, desde el punto de vista del defensor, es la naturaleza de la amenaza. Las principales diferencias entre estas clases de armas son sus longitudes y las formas en que son sostenidas. Si consideramos las técnicas para neutralizar la amenaza de una pistola y para defenderte en contra de una cuchillada con un palo o un rifle con bayoneta, podemos combinar algunos de los principios comunes para crear técnicas efectivas que son apropiadas para enfrentarse con un atacante que representa una amenaza (a corta distancia) con un rifle o una metralleta.

Existe una diferencia fundamental entre la pistola y la metralleta; aparte de la diferencia en tamaño y cómo son sostenidas, también difieren en su operación. Si sujetas el cañón de la metralleta, **el atacante todavía puede disparar todas sus balas,** lo opuesto sucede con una pistola semiautomática, donde sólo se puede efectuar un disparo si alguien sujeta el cañón y la carretilla o corredera. Esto se debe a que se sujeta la parte que se desliza, lo cual impide que la pistola sea amartillada de nuevo y que una nueva bala sea alojada en la cámara. Con un revólver, dependiendo de su modo de operación, en tanto sujetes el cilindro, sólo se puede disparar un tiro a lo más.

Exactamente como se mostró al neutralizar una amenaza con pistola, primero debes neutralizar el peligro de una amenaza inmediata, por ejemplo, **dirige a otro lado la línea de fuego desviando el arma y simultáneamente retirando tu cuerpo de esa línea**. Entonces, debes evitar que el atacante use nuevamente el arma y restringir su libertad de movimiento, en especial el del arma. Al mismo tiempo (o inmediatamente después), debes neutralizar al atacante con un contraataque apropiado. Por último, también debes desarmarlo y alejarte de la zona de peligro.

Nota: Como resultado de la naturaleza letal de las dos armas de fuego que se describen en este capítulo, se requiere un máximo de precaución cuando se utilicen las siguientes técnicas. Esto es obviamente un asunto para expertos que son totalmente eficientes en su dominio. (Ver también la advertencia relacionada en el capítulo previo: **Neutralización de una Amenaza con Pistola**).

Principios de las técnicas presentadas en este capítulo:

- **El mejor momento para la acción neutralizadora es cuando la atención del atacante no está concentrada totalmente en ti o en su arma**. Por ejemplo: Cuando el atacante está detrás de ti, puedes voltear a mirarlo y suplicarle, preguntarle o sólo hablar. Esto te permite evaluar la posibilidad de ejecutar una técnica adecuada mientras distraes la atención del atacante. Es común que durante la comisión de crímenes callejeros, la víctima a menudo tiene una conversación cara a cara con el atacante. Cuando sea posible, aprovecha este hecho.
- **Desvía el cañón de la pistola de la forma más rápida y simple posible**. Con frecuencia, la situación y la forma en que estás parado obligan a que desvíes el cañón de la pistola con tu mano derecha, y otras veces con tu mano izquierda. A veces, incluso podrías encontrarte en una situación donde puedes **escoger** qué mano usar para esta acción.
- Algunas veces podría ser imperativo desviar el arma en la dirección menos conveniente para ti, para **no dirigir la línea de fuego hacia gente inocente** parada en tu cercanía.
- **Desvía la pistola y arremete contra el atacante**, aproximándote a él. Esto hará extremadamente difícil operar el arma en tu contra.
- Las técnicas para neutralizar la amenaza de un atacante sosteniendo un rifle corto o una metralleta **con una mano**, son básicamente similares a las usadas para neutralizar una amenaza con pistola.
- Cuando el atacante está sosteniendo el rifle o la metralleta **con ambas manos**, será mucho más difícil para ti mover el arma, e incluso más difícil mantener control sobre ella una vez que la hayas desviado en una dirección en particular. Por consiguiente, aquí tendrás que confiar en crear una defensa corporal, incluso más que cuando neutralizas una amenaza con pistola, moviéndote hacia adentro, inmediatamente después de tu desvío inicial del arma. **Esto te mantendrá fuera de la línea de fuego**.
- **Golpear al atacante** te permitirá quitarle la pistola de sus manos con mayor libertad. Las acciones basadas más en **rotar** el arma que en **jalarla**, harán más fácil que puedas quitársela al atacante.

Las técnicas siguientes se relacionan con neutralizar la amenaza de un rifle, escopeta o metralleta, cuando el atacante está frente a ti o detrás de ti. Una vez que comprendes totalmente estas técnicas (y aquellas para neutralizar una amenaza con una pistola), debes practicar a neutralizar una amenaza de un rifle o ametralladora desde diferentes direcciones, distancias y ángulos. Entonces, también entrenarás en diversas posiciones y situaciones, por ejemplo, mientras estás parado o sentado, y cuando el atacante te está empujando, jalando o sujetando, etc.

Amenaza desde el Frente. Arma Sostenida con una Mano

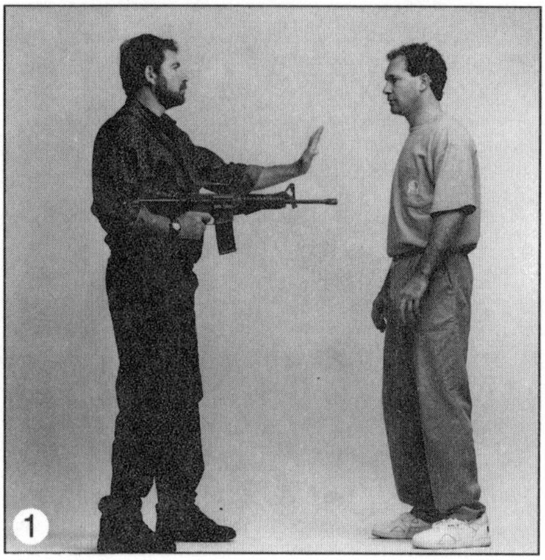

El atacante te amenaza con un rifle de asalto (o con una metralleta), que sostiene con una mano. La distancia entre tu cuerpo y el arma hace posible desviarla y sujetarla.

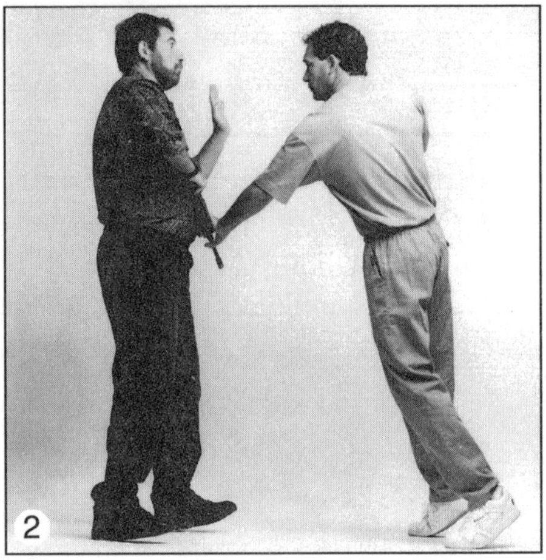

De forma similar a la técnica básica en contra de una amenaza con pistola, comienza con la acción de la mano, agrega el giro del cuerpo y, cambiando el peso diagonalmente hacia el frente, desvía el arma a un lado, sujetándola de donde sea más sencillo, mientras aplicas presión diagonalmente hacia abajo.

Arremete al frente (sobre el mismo pie del lado de la mano que desvía) mientras aplicas presión (hacia un lado y hacia abajo) sobre el arma, y contraataca de inmediato. De acuerdo con la forma en que el atacante sostiene el arma, puedes jalarla un poco (con tu codo recto) con el fin de ayudarte en tu avance al frente.

Sujeta el cañón con ambas manos, elévalo y envíalo hacia la cabeza del atacante.

Esta técnica es en su efecto, idéntica en acción y principio a la técnica básica para neutralizar una amenaza con pistola por el frente. Esta acción puede realizarse en especial cuando el atacante está sujetando el arma con una mano o a una distancia muy próxima, y si es posible se sujeta la parte delantera del arma, si esta no es muy corta o ancha y si la mano delantera del atacante no estorba la acción.

Usando el arma o con tus puños, golpea al atacante en la cabeza.

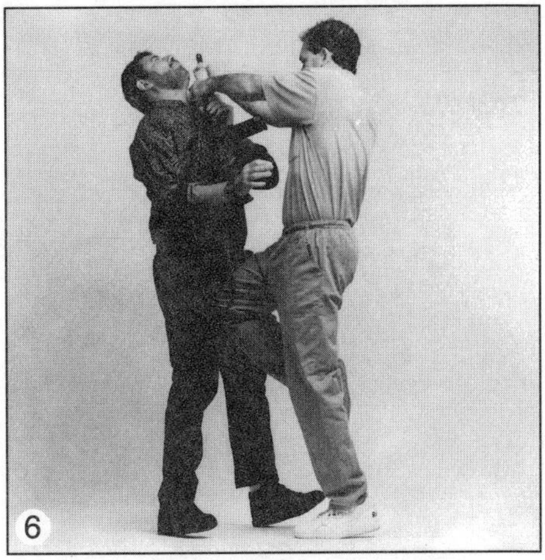

Ataca de nuevo, por ejemplo, con un rodillazo a la ingle del agresor. Con el fin de desarmarlo, mueve una mano (la derecha) para asir la culata del arma. Gira el cañón hacia el atacante mientras jalas la culata, y aléjate de él. (Ver la técnica siguiente).

En la primera etapa de esta técnica debes aplicar presión y peso al arma, en especial a los lados pero también hacia abajo, enviándola hacia el atacante con el fin de evitar que la vuelva a usar.

Amenaza desde el Frente. Moviéndose hacia el Lado "Vivo"

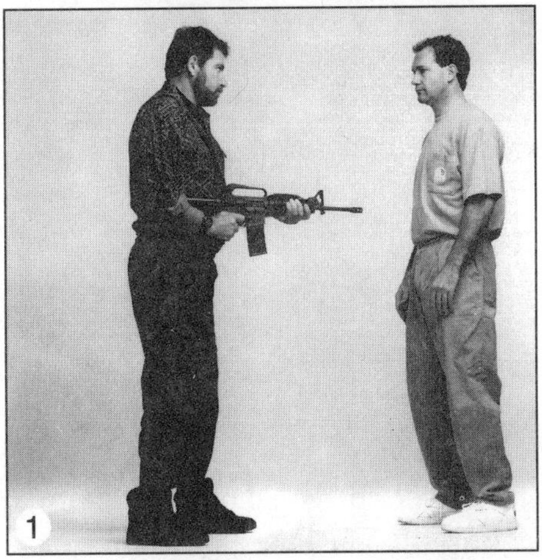

El arma está a una distancia media. El atacante sostiene el rifle o la metralleta con ambas manos, con un agarre fuerte y firme. Decides aplicar la técnica hacia el lado "vivo" del atacante (el lado derecho).

Desvía el cañón de la pistola, golpeándola con tu palma abierta. Esta acción "jala" tu cuerpo hacia una inclinación al frente y a un giro, similar a lo que ocurre cuando desvías una puñalada con un palo o un rifle con bayoneta. Mientras desvías el cañón del arma, arremete al frente en forma diagonal.

Mientras arremetes al frente, tan rápido como sea posible, pon las palmas de ***ambas*** *manos, una después de la otra, sobre el rifle y sujétalo.*

Sujeta el arma y empújala con fuerza hacia el atacante, ligeramente hacia abajo. Al hacer esto, evitas que el atacante dirija el cañón hacia ti después de la desviación inicial. Debes llegar muy cerca de un lado del atacante.

Ataca al agresor con un rodillazo a su ingle; si es necesario, levanta ligeramente el arma.

Sujetando el arma firmemente, rótala de manera que el cañón apunte hacia arriba, en dirección a la cabeza del atacante.

La técnica aplicada al lado "vivo" del atacante te coloca diagonalmente enfrente de él, te permite lograr un buen control de su arma y asumir una buena posición para el contraataque.

Los movimientos defensivos se asemejan a aquellos usados para una defensa en contra de una "cuchillada" con un palo; también incluyen una desviación del arma (la posición de la palma dependiendo de la altura del arma), giro del cuerpo, inclinación y avance diagonal al frente.

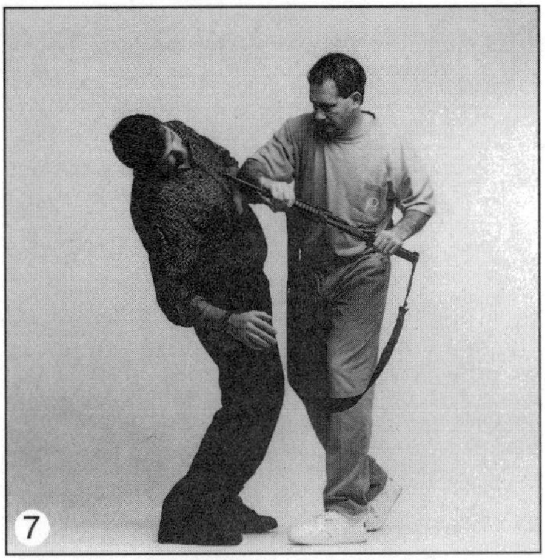

Rota el arma y al mismo tiempo arrebátala con fuerza de las manos del atacante. Esta acción también puede servir como un contraataque adicional, con el cañón del arma dirigido de manera que golpee la cabeza del atacante.

Después de desviar el arma con una mano, tu otra mano (atrás) procede a asir el arma sin dar al atacante tiempo de apuntar de nuevo en tu contra.

Si necesitas atacar golpeando con tu mano o con el codo, debes hacerlo **únicamente después de asegurarte** que el atacante encontrará extremadamente difícil mover la pistola y apuntarte de nuevo.

Esta es una técnica eficaz contra una amenaza a cierta distancia desde el frente, contra una amenaza a corta distancia desde el frente (aunque en este caso la técnica previa también puede ser efectiva), contra una amenaza en diagonal desde un costado, ya sea a corta distancia o no, y contra una amenaza a tu cabeza o pecho.

Amenaza desde el Frente. Moviéndose hacia el Lado "Muerto"

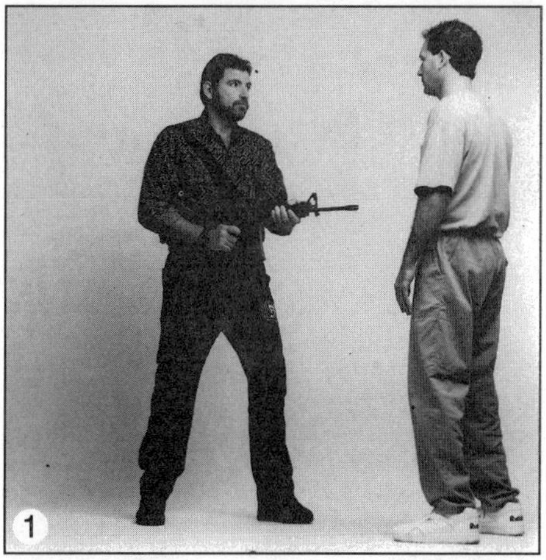

El atacante te amenaza en una situación donde necesitas desviar el arma (con tu mano derecha) y moverte hacia su lado "muerto" (izquierdo).

Desvía el arma con tu mano derecha, utilizando un giro del cuerpo, como en una ***Punzada con un Palo. Defensa hacia Adentro desde el Exterior*** *(Cap. 3), y arremete diagonalmente hacia el frente. Tu mano desviadora ayuda en tu avance con un ligero jalón.*

Cuando sea necesario desviar el arma, (usando tu mano derecha) en la dirección opuesta a la que se muestra en la técnica previa, ejecuta un giro corporal y avanza

Avanza a un lado y ligeramente detrás del atacante.

Sujeta firmemente al atacante y levántalo del suelo, con tu cuerpo presionado contra el suyo, como en la técnica para neutralizar una amenaza con pistola del capítulo anterior. ***Amenaza y Empujón por Detrás a una Distancia Mayor****.*

Arroja al atacante al suelo, la cabeza primero, jalando con tu mano inferior y empujándolo con la parte superior de tu cuerpo.

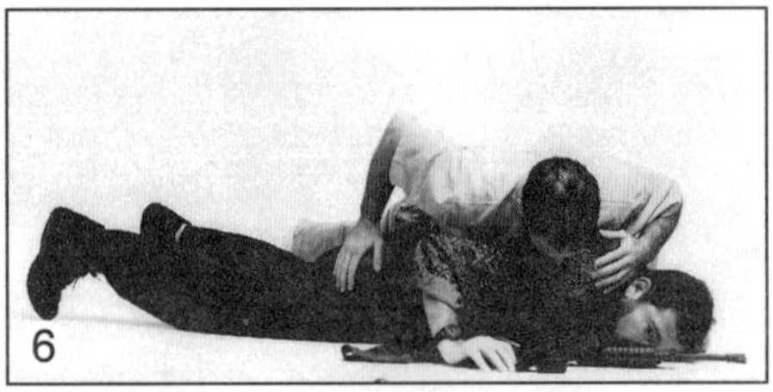

Empujando con tus piernas, cae sobre el atacante con un fuerte impacto.

Tan pronto como sea posible, contraataca con un codazo a la parte posterior del cuello del atacante y sujeta su arma.

según se describe anteriormente. Entonces sujeta al atacante por detrás y aviéntalo usando el mismo aventón que se describe en el Capítulo 4 para neutralizar una amenaza por detrás: **Amenaza y Empujón por Detrás a Distancia Mayor.**

Sugerencia: Es preferible desviar el arma mientras golpeas la muñeca del agresor o el dorso de su mano. Para tener más apoyo mientras arremetes, tu mano desviadora puede añadir un ligero jalón en el punto de desvío.

Técnica Adicional: En la situación que se describe aquí, y **únicamente en contra de una amenaza con un arma larga o un rifle**, puedes llevar a cabo la técnica básica en contra de una amenaza con un arma desde el frente. (Ver capítulo previo).

Amenaza por Detrás a una Distancia Corta

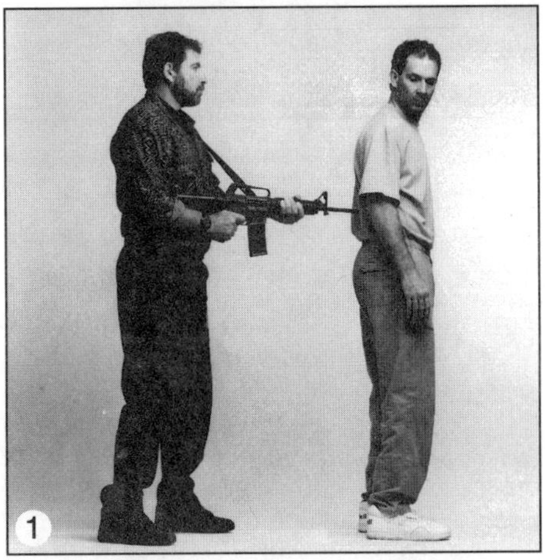

El atacante te amenaza por detrás.

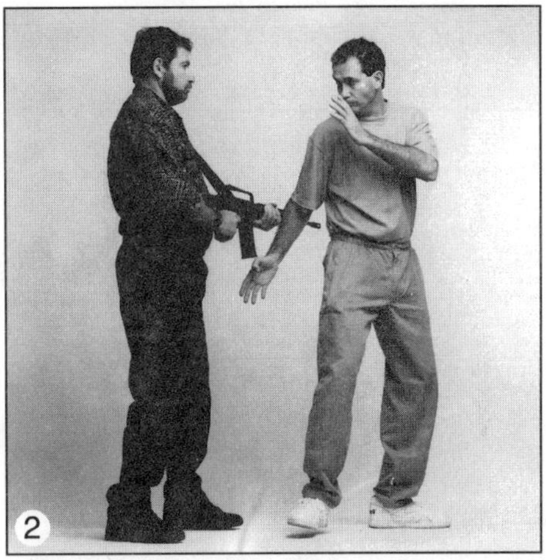

Comienza por desviar el arma con tus brazos. Esta acción te jala a un rápido giro del cuerpo con un ataque hacia el agresor. Por lo tanto, al comienzo del desvío, te acercas al atacante.

Mientras arremetes contra el agresor (sobre la pierna del mismo lado que el brazo defensivo), agarra la pistola entre tu antebrazo, brazo, mano y pecho (costillas). Para incrementar el control, sujeta el arma con tu otra mano.

Tan pronto sea posible, contraataca con un rodillazo (o más), por lo general ejecutado con tu pierna más al frente después de arrastrar tu pierna trasera.

En su inicio, está técnica es básicamente idéntica a la usada para neutralizar una pistola: **Amenaza por Detrás, a Corta Distancia**.

Con la fuerza de tu hombro y la parte superior de tu cuerpo, comienza a rotar el arma, enviando el cañón hacia la cabeza del agresor, con el fin de golpearlo.

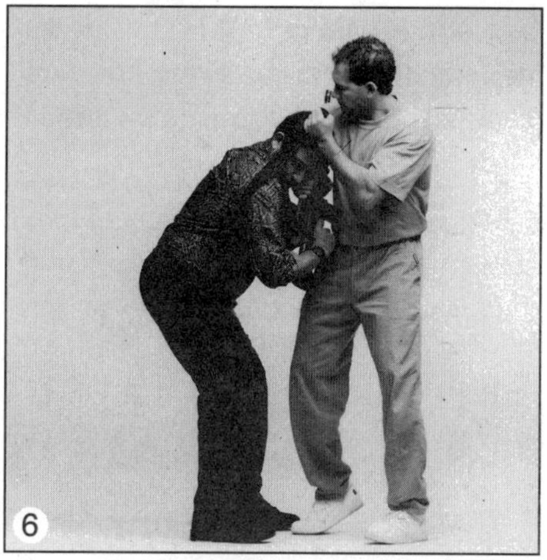

Si el arma tiene una correa añadida (como sucede a menudo), agarra la correa y métela sobre la cabeza del atacante. Entonces sujeta el arma de nuevo con ambas manos.

Continúa con el proceso de desarme.

Cuando hay una amenaza con un arma larga por detrás durante la primera etapa de la técnica, puedes girar hacia la izquierda o la derecha, según se requiera y de acuerdo a lo que sientas que es más natural. Debido a la longitud del arma y la posición del atacante en relación con tu cuerpo, es posible que, después de ejecutar el giro del cuerpo y avanzar hacia el agresor, te encuentres en una distancia adecuada para asestar un codazo o incluso, si es una distancia mayor, un puñetazo recto (como en tu primer contraataque).

Sin embargo, según se demostró, si el atacante está sosteniendo una metralleta corta cerca de tu cuerpo, como alrededor del área de tu cadera, puedes descubrir que desviando el arma, girando y avanzando, puedes colocarte **junto** al agresor (en lugar de estar **frente** a él) debido a la distancia inicial más corta. En este caso, puede ser difícil sujetar el arma entre tu brazo, antebrazo y pecho en un forma segura y efectiva. En tal situación, puedes usar cualquiera de las siguientes variaciones:

A. Esta técnica presenta una situación donde, si tu giro del cuerpo se dirigió hacia el lado "vivo" del agresor (su lado derecho, en la fotografía), puedes sujetar el arma con ambas manos (ya desviada), con una mano (la mano que desvía, como se muestra aquí) por debajo del arma y la otra por encima. Entonces ataca descargando rodillazos a la ingle y desarma al atacante. En este procedimiento también hemos tratado el problema de un atacante utilizando una correa atravesada por el cuerpo.

Nota: Si hay cualquier dificultad para quitar la correa y el arma del hombro del atacante, ocasionando un retraso substancial, continúa golpeando al atacante hasta que ya no sea una amenaza. Recuerda que el pistolero también puede estar **armado con un arma de fuego de respaldo** (como una pistola oculta). Por consiguiente, actúa rápida y agresivamente con el fin de finalizar el encuentro tan pronto como sea posible.

B. Gira hacia el lado "muerto" del agresor (su lado izquierdo, en la fotografía).

Para mayores detalles véase la siguiente técnica.

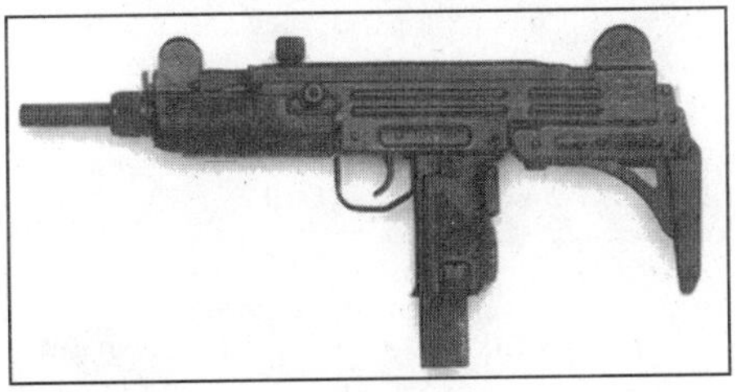

Una metralleta UZI SMG.

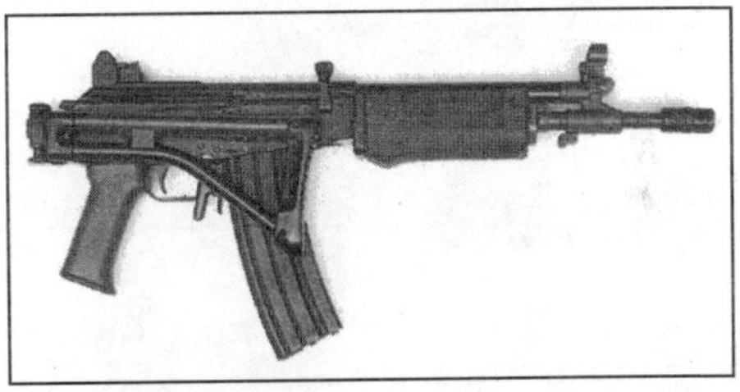

Un rifle semiautomático GALIL SAR.

Las fotografías de la metralleta Uzi SMG y el rifle Galil SAR se imprimieron por cortesía de Industrias Militares de Israel.

Amenaza por Detrás, a una Distancia Corta. Moviéndose hacia el Lado "Muerto"

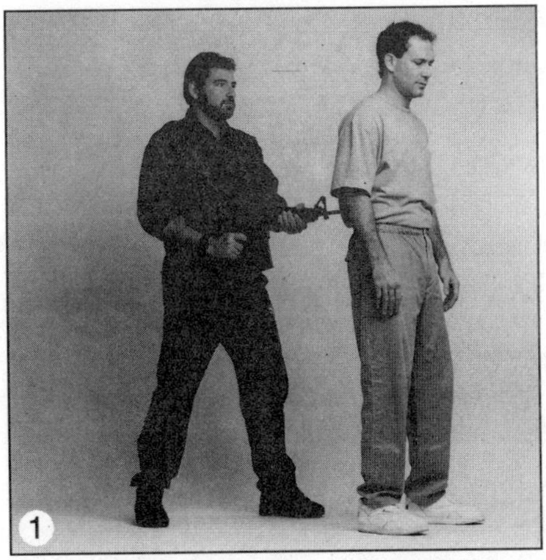

Amenaza con el arma a tu espalda. De acuerdo con la situación, puedes necesitar (o si lo encuentras preferible por alguna razón) girar a tu izquierda, hacia el lado muerto del atacante.

Desvía el arma, girando simultáneamente y avanzando hacia el pistolero. Baja tu cuerpo mientras giras, de manera que no seas empujado por el antebrazo o codo del atacante.

Colócate en el lado muerto del atacante.

Completa el giro sujetando y levantando al atacante. (Otra opción a escoger es sujetar el arma).

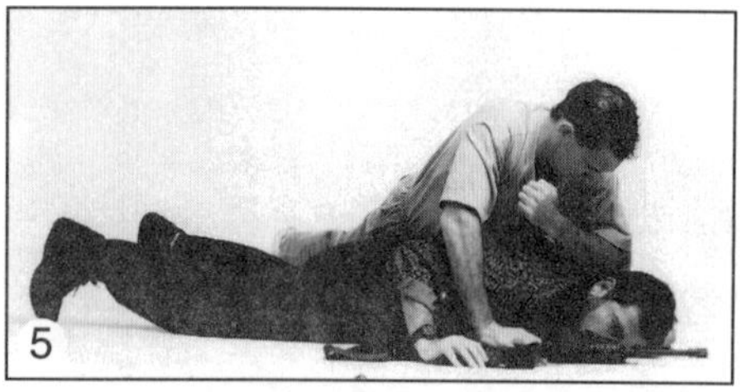

*Arroja al atacante al piso, cayendo sobre él y contraataca como se muestra en **Amenaza desde el Frente. Moviéndose hacia el Lado "Muerto"**.*

Esta técnica es prácticamente idéntica a la que se describe en el Capítulo 4 para neutralizar una amenaza con pistola: **Amenaza y Empujón por Detrás a Corta Distancia**.

Contra un arma larga, incluso puedes utilizar la "técnica regular", por ejemplo, la técnica básica usada contra una amenaza con pistola por la espalda. Desvía el arma y sujétala con una o dos manos y contraataca, primero con un puñetazo, un codazo o un rodillazo a la ingle.

Situaciones con rehenes 6

Neutralización de una Amenaza con una Granada de Mano

Las situaciones que se describen en este capítulo, como las que ocurren en actos terroristas o crímenes violentos, son las más peligrosas. Por lo general implican un alto grado de riesgo a rehenes inocentes, así como al equipo de rescate. Por consiguiente, el material presentado en este capítulo se dirige principalmente para **el estudiante avanzado de Krav Maga o al instructor profesional**, y específicamente para aquellos **cuyos deberes requieren el conocimiento especializado y las destrezas que aquí se exponen.**

Con el fin de comprender las tácticas y las técnicas que siguen a continuación, es importante familiarizarse con los componentes físicos de la granada de mano: (1) La clavija de seguridad. (2) La palanca. (3) El mecanismo explosivo, que incluye una clavija de disparo con un resorte, un detonador, material explosivo y el revestimiento de metal (o plástico). (Ver dibujo).

Los Aspectos Peligrosos de una Granada de Mano

Cuando se quita la clavija de seguridad que sujeta la palanca, la granada de mano se vuelve **extremadamente peligrosa**. Al momento en que la palanca se libera, por fuerza dejará la granada. Una vez que la palanca se quita, no hay nada que pueda impedir que la clavija de disparo golpee el detonador. Cuando esto sucede, la situación es irreversible: **la explosión ocurrirá entre dos y cuatro segundos**, dependiendo del tipo de granada. Si la palanca no es removida de la granada, el detonador no será activado. Se puede reinsertar la clavija original de seguridad (o alguna otra, incluso improvisada), y la granada no explotará.

Cuando una granada de mano explota en el aire, esparce fragmentos en forma esférica. Cuando explota en el suelo, esparce fragmentos en forma hemisférica. Los fragmentos más bajos volarán bajo por encima del piso, elevándose en un pequeño ángulo (ver diagrama).

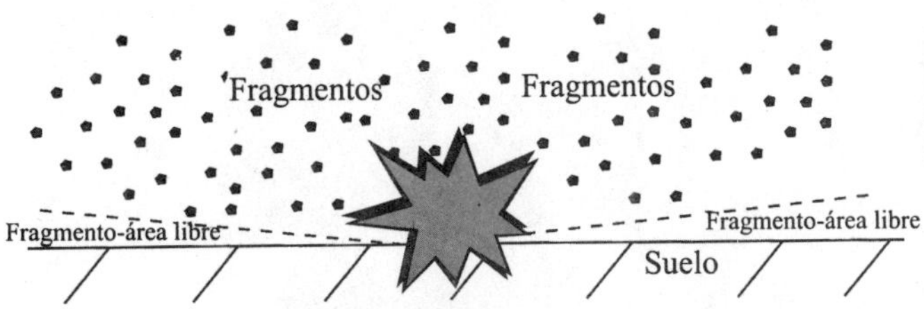

Diagrama: Características de la explosión cuando la granada de mano está en el suelo.

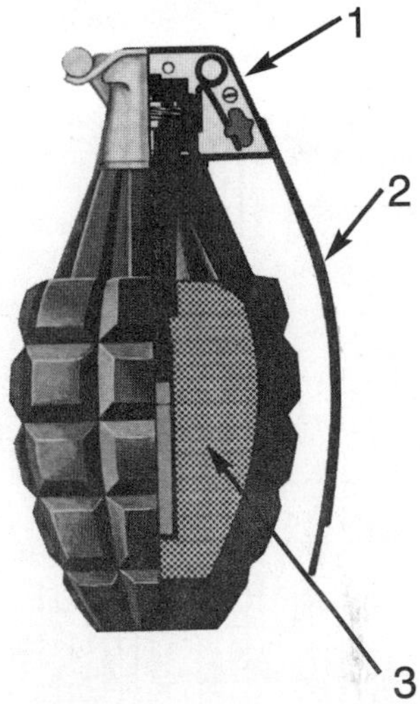

Situaciones Posibles al Neutralizar una Amenaza con Granada de Mano

Una amenaza típica con una granada de mano podría ser, que el atacante sostenga la granada en una mano, con frecuencia con la clavija de seguridad removida. Cómo se sostenga la granada depende de cómo el atacante desea impresionar e instigar miedo en aquellos a su alrededor. A veces, sujetará la granada de lado, y otras se mantendrá al nivel o por encima del hombro.

Las situaciones pueden variar: la amenaza puede neutralizarse por una de las personas amenazadas, quien forma parte del grupo de rehenes, o por un miembro del equipo de rescate que entra a la zona de peligro con este propósito.

En cualquier incidente donde una persona sosteniendo una granada toma el control, si decides actuar, **esto debe hacerse a la máxima velocidad y con el máximo elemento de sorpresa.** Uno también debe tener en mente que además de lo que se puede anticipar del atacante o sus compañeros, los rehenes pueden hacer algo o reaccionar de alguna manera al comienzo de la acción de rescate (si se dan cuenta de ella), revelando por consiguiente en forma involuntaria el intento de ataque contra los "muchachos malos".

Al neutralizar la amenaza, quien entre en la escena también debe tomar en consideración ciertos elementos pertinentes en la vecindad inmediata, como la existencia de **espejos** o las **sombras** que puede proyectar debido a la luz, lo cual puede alertar al atacante de sus acciones o intenciones.

De acuerdo con lo anterior, **la amenaza debe ser neutralizada tan rápido como sea posible, sin "telegrafiar" cualquier movimiento o intención**. Uno debería actuar desde el momento en que se toma la decisión, con determinación y sin titubeos.

Una vez que comprendes completamente las siguientes técnicas y los principios detrás de ellas, practica neutralizando la amenaza de la granada de mano cuando el atacante está en una variedad de posiciones y ángulos en relación contigo.

El Rescatista Viene por Detrás. Moviéndose al Frente

El atacante está de pie con la granada en su mano y tú vienes por detrás de él, moviéndote con impulso. Asume que la clavija de seguridad fue quitada de la granada.

Arremete contra el atacante y al mismo tiempo, con ambas manos, intenta agarrar la mano sosteniendo la granada y sujetar la muñeca y la mano del agresor. Tu pierna delantera (izquierda) debe ser la que está más cerca del oponente.

En el momento en que tu cuerpo alcanza el costado del atacante, ya has sujetado la muñeca y la mano que sostiene la granada. Asegúrate de "envolver" toda la mano que está sosteniendo la granada de manera que ésta esté totalmente segura.

En un movimiento rápido y continuo, da un paso al frente (sobre tu pierna derecha) y gira hacia el oponente. En un movimiento continuo, cambia tus piernas en preparación para una patada y comienza a aplicar una palanca (llamada la llave del "caballero) a la muñeca del adversario.

5

Patea al atacante en la ingle con el fin de debilitar su resistencia.
Nota: La patada debe ser ejecutada en cualquier caso, ya sea que haya resistencia o no.

6

Retrocede ligeramente y aplica una fuerte llave (la misma técnica del "caballero") en la muñeca del atacante, doblándola y rotándola hacia afuera y presionando hacia abajo la mano. Esta acción ocasiona que el adversario pierda su equilibrio y caiga de inmediato al suelo.

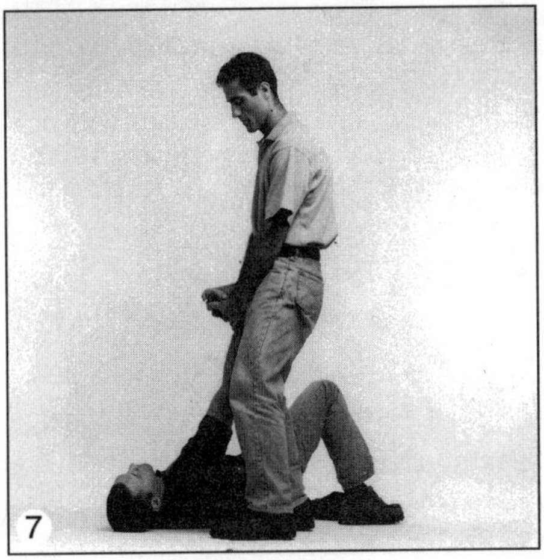

7

El atacante es lanzado contra el piso y tú continúas de pie, manteniendo el control sobre la granada de mano.

8

Sin titubear, ataca de nuevo con una patada o un pisotón alguna parte vulnerable del cuerpo del atacante. (Es recomendable golpear su cabeza). Durante toda la acción no aflojes tu agarre en la muñeca y la mano que sujeta la granada. Entonces procede a quitar la granada de las manos del atacante ahora neutralizado.

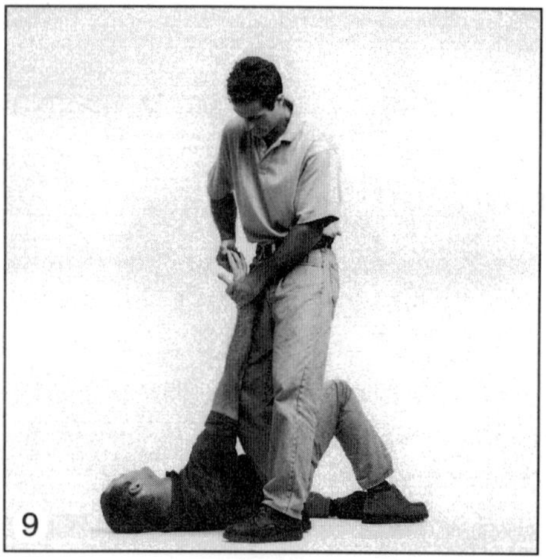

Desarma al atacante como se detalla más adelante.

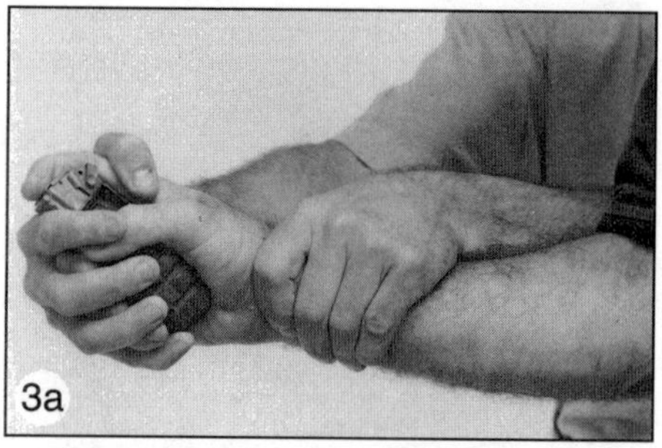

Fotografía 3 de cerca: Técnica para sujetar la mano sosteniendo la granada.

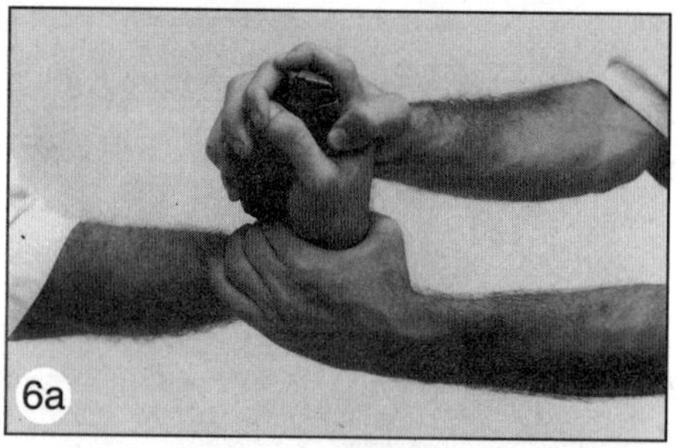

Fotografía 6 de cerca: Llave en la muñeca: sujetando la mano del atacante, agarrando la muñeca, doblándola, rotándola hacia afuera y aplicando presión hacia el suelo.

Con el fin de neutralizar la amenaza y al atacante, **debes tomar por sorpresa al atacante** sujetando la mano sosteniendo la granada y aplicando la técnica rápida y eficientemente. En una situación óptima puedes acercarte al atacante por detrás o por un costado, por la dirección de la mano sosteniendo la granada (en el ejemplo, desde el lado derecho del atacante).

La acción desde otra dirección desde luego que será difícil y más peligrosa debido al ángulo, la distancia de la granada y la habilidad del atacante para detectar tus acciones. En ciertas situaciones de emergencia (y también deberías entrenar para ello), puede ser necesario neutralizar la amenaza desde direcciones diferentes a las recomendadas, **incluyendo desde el frente**.

A través de las etapas iniciales de la defensa y hasta que hayas desarmado al atacante, es crucial mantener un firme agarre de la muñeca, la palma y los dedos de la mano sosteniendo la granada. ¡Esto se hace con el fin de asegurar impedir que el atacante suelte o arroje la granada!

Nota: Aunque la técnica demostrada en las fotografías muestra al rescatador pateando al atacante en la ingle **antes de aplicar la llave del caballero**, una persona bien entrenada puede aplicar la técnica del caballero rápida y fuertemente **aun sin este contraataque inicial (patada)**.

Esta técnica debe ejecutarse de manera continua, sin ninguna interrupción o pausa. Tu movimiento e impulso inicial, junto con la técnica del caballero, sirven para tumbar instantáneamente al atacante al suelo. Los contraataques usados para neutralizar al atacante **deben ser asestados fuertemente y sin titubeos**. El atacante debe ser eliminado eficazmente de la ecuación y entonces la granada se convierte en la única preocupación inmediata.

Variación: Neutralización aplicando la técnica a una distancia corta: *En esta técnica, llevas a cabo las mismas etapas, pero más cerca del atacante. En lugar de una patada regular, usas una patada a su ingle. Esta técnica será aplicada en el caso de que el atacante esté sosteniendo la granada cerca de su cuerpo, si estás en un sitio atestado y la técnica regular no puede ser usada, o si el atacante jala su mano hacia atrás fuertemente tan pronto la sujetas.*

Tomando la Granada de la Mano del Atacante

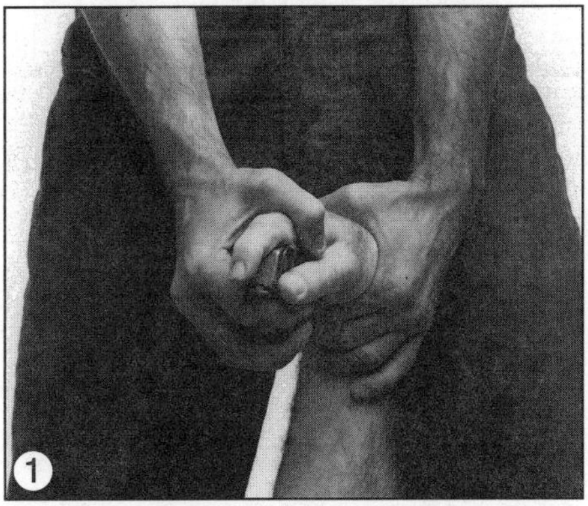

Dobla la mano del atacante que sujeta la granada con el fin de aflojar su agarre.

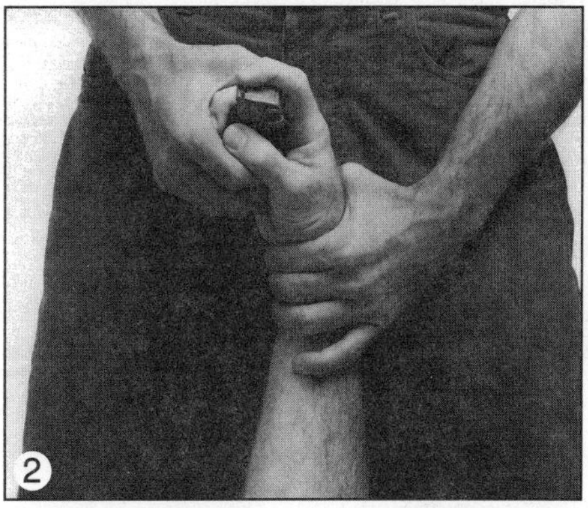

"Clava" tus dedos entre la granada y la palma del atacante.

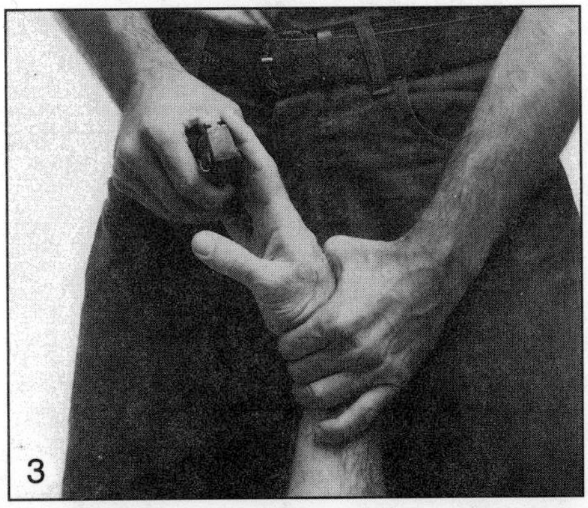

"Excava" en la palma del atacante hasta que alcances la palanca de la granada y sujétala. En toda esta acción, ***no permitas que el atacante abra su mano, y no dejes que la palanca sea separada de la granada. No permitas que la granada caiga al suelo.*** *"Arranca" la granada de la mano del atacante mientras mantienes una presión constante en la palanca.*

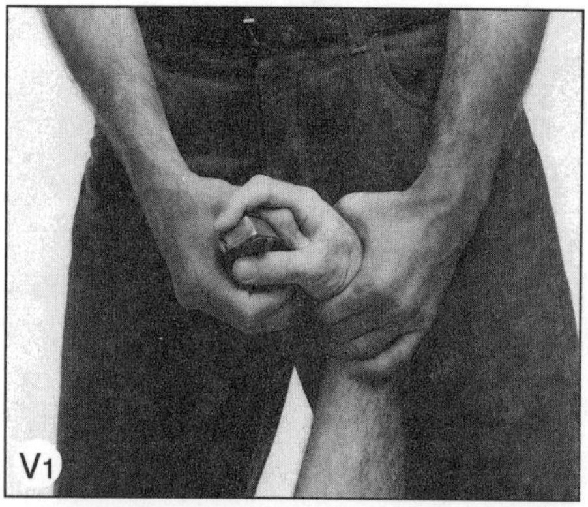

Técnica alternativa *para sacar la granada de la mano del atacante. Clava tu pulgar profundamente entre la palma del atacante y la palanca.*

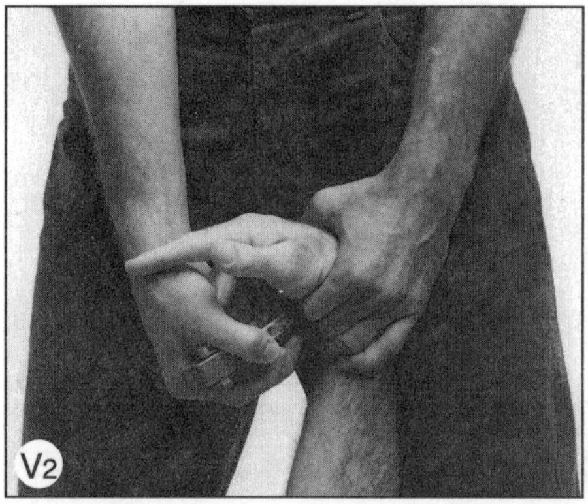

Presionando con la palanca, rota la granada hacia abajo y sácala de la mano del atacante.

Después de que has neutralizado y desarmado eficazmente al atacante, debes poner tu atención en la "bomba" en tus manos. Tienes dos opciones: (1) Arrojarla lejos, a donde no pueda causar daño. (2) Con cuidado unir con cinta la palanca al cuerpo de la granada, o insertar una clavija de seguridad (la original o una improvisada) en el sitio apropiado, para evitar que la granada explote.

El Rescatista Llega y Jala por Detrás

Similar a la técnica previa, embistes por detrás al atacante, intentando sujetar su muñeca y la palma de su mano sosteniendo la granada. Con el fin de hacer tu jalón hacia atrás más efectivo, tu pie derecho debe estar al frente.

Con tu mano izquierda, sujeta con fuerza la muñeca del atacante y al mismo tiempo "envuelve" la palma con tu mano derecha alrededor de la palma del atacante y la granada. ***Tan pronto sea posible****, comienza a jalar hacia atrás.*

Jala con fuerza la palma de la mano del atacante (y la granada) hacia atrás, mientras aplicas una presión hacia abajo, es decir, creando una acción de llave en la muñeca del atacante. Al hacer esto, giras hacia atrás e incluso te regresas con tu pierna trasera (la pierna izquierda en este caso) con el fin de incrementar la fuerza de la acción.

Realiza una fuerte palanca en la muñeca del atacante. Con la fuerza del jalón y la palanca, el atacante cae hacia atrás; la granada pasa muy cerca a un lado de su hombro.

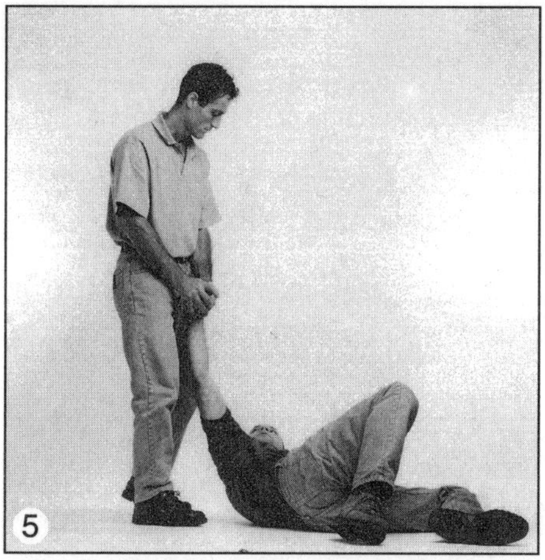

El atacante cae al suelo. Date cuenta que hasta este momento, todavía no ha sido realmente atacado.

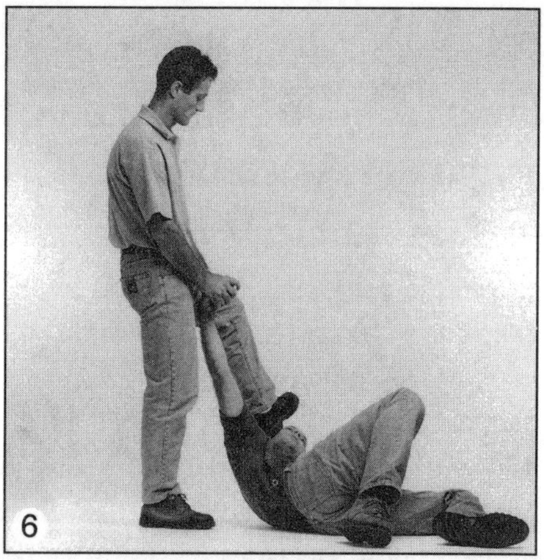

Atácalo instantaneamente con una patada, por ejemplo, un patada de pisotón a la cabeza y procede a desarmarlo según se describe con anterioridad.

Esta técnica por lo general se ejecuta en un lugar y una situación en la que no puedes, en uno o dos pasos, quedar enfrente del atacante, de manera que no puedes ejecutar la técnica previa, por ejemplo, en un autobús repleto, un pasillo de avión, cerca de una pared o en otros espacios confinados.

Debes asir la palma de la mano del atacante, para hacer posible realizar la llave en su muñeca. Practica este agarre bajo diversas condiciones, por ejemplo, cuando la granada es sostenida en alto o muy abajo. El jalón hacia atrás ocasiona que el atacante pierda su equilibrio. Debes ejecutar esta acción **rápidamente**, de manera que el atacante no pueda voltear hacia ti o enderezar su codo, lo que anularía la acción de la llave y evitaría que cayera hacia atrás. Ejecuta el jalón de tal forma que la granada pase cerca de un lado del hombro del atacante.

Si el agresor cae y jala con fuerza su mano hacia su cuerpo, necesitarás ejecutar rodillazos a su cabeza o sus costillas, o golpear su rostro con la granada sujetada con el fin de sobreponerte a su jalón y poder permanecer de pie. Una vez que estás en una posición erguida por encima del atacante, puedes patearlo o pisotearlo en la cabeza. Entonces procede a desarmarlo.

Nota: Este tipo de llave en la muñeca del atacante, con el propósito de hacerle caer hacia atrás, también puede usarse cuando tratas de ejecutar la primera técnica en este capítulo. Cuando tratas de aplicar esta técnica y el atacante, sintiendo que lo sujetas, jala fuertemente su mano hacia atrás (con tus manos) en dirección hacia su cuerpo, **debes moverte con su jalón** y aplicar simultáneamente la llave hacia atrás del atacante y hacia abajo. Tus manos pasarán por el lado de sus hombros, derribándolo de lleno sobre su espalda.

Manejando una Granada que fue Activada o Cayó de la Mano del Atacante

Durante la etapa de neutralización, una vez que la llave fue soltada, la granada puede haber sido activada y el proceso se vuelve irreversible. En este caso, debes **agarrar la granada rápidamente y arrojarla, rodarla, o colocarla en cualquier lugar en que la explosión no cause daño**. Entonces aléjate rápidamente ya sea corriendo o rodando para cubrirte. Si es posible, yace acostado sobre tu estómago, con tus piernas cruzadas, y los talones en dirección de la granada. **También debes advertir a otros** en la cercanía del peligro de la explosión, con un grito fuerte como "¡TODOS AL SUELO!", "¡GRANADA!", o "¡UNA BOMBA!".

Nota: En ocasiones, puede ser aconsejable asegurar la granada que ha caído y que está a punto de explotar, debajo del cuerpo del atacante, pero **únicamente después que éste ha sido completamente neutralizado** por tus contraataques, es decir, una vez que no pueda moverse y ya no constituya una amenaza real.

Neutralización de una Amenaza con Pistola

Amenaza por el Frente

La vida de un rehén es amenazada. Tu posición en relación con el atacante te permite arremeter contra éste, en forma diagonal desde atrás.

Arremete hacia adelante, enviando ambas manos hacia la pistola y la mano del atacante sujetándolas. Tu cuerpo permanece detrás.

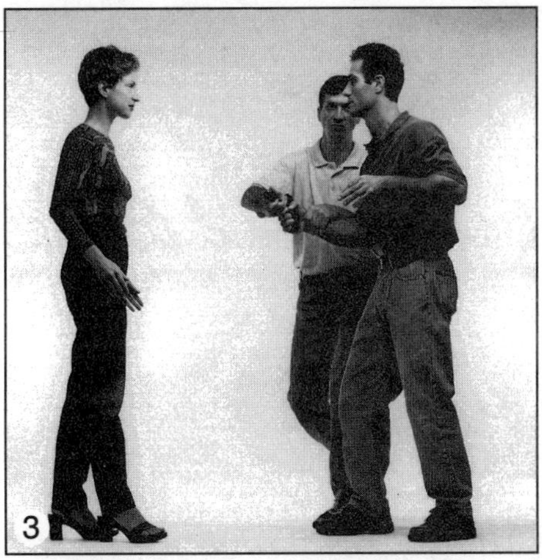

Desvía y dirige hacia otro lado la línea de fuego de la pistola, y sujétala con tu mano al frente (derecha). Al mismo tiempo, con tu mano trasera (izquierda), sujeta y jala ligeramente el antebrazo (cerca de la muñeca) de la mano sosteniendo la pistola. Usando ambas manos, comienza a aplicar una poderosa llave sobre la pistola y sobre la mano del atacante que la sostiene.

Rota de inmediato la pistola hacia el atacante, usando el impulso del giro y la fuerza de todo tu cuerpo. Esto hazlo mientras das un paso con tu pierna trasera (derecha) y giras hacia el atacante. El cañón de la pistola se envía bajo el antebrazo del atacante con el fin de permitir un desarme eficaz.

Termina desarmando al pistolero y contraataca simultáneamente pateándolo o dándole un rodillazo en la ingle. Puedes continuar contraatacando mientras te retiras, luego de la etapa de desarme. Como no se pueden predecir las acciones del rehén, no confíes en él (o ella) para efectuar cualquier acción en particular. En la fotografía la rehén comienza a alejarse.

Fotografía 3 de cerca: Desviando y sujetando la pistola.

La acción de desviar y sujetar la pistola en esta técnica se asemeja a la técnica usada para neutralizar una amenaza con pistola: **Amenaza desde un Lado, enfrente de tu Brazo**, aunque la sujeción de la muñeca del atacante se realiza aquí de manera diferente. El giro del cuerpo permite una poderosa llave en la mano y muñeca del agresor.

La aproximación al atacante y la captura de su arma son similares a las acciones ejecutadas con el fin de neutralizar una amenaza con una granada de mano. Observa que en este caso, **al sujetar la pistola se sigue la desviación de la línea de fuego** (el cañón). Aquí también, el comportamiento del rehén no puede predecirse y por consiguiente, el rescatista debe actuar rápidamente y llevar al rehén a un lugar seguro, de acuerdo con su situación y su posición.

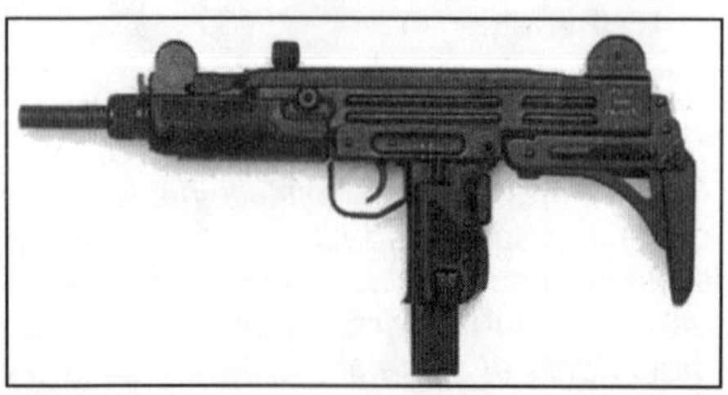

Una metralleta Mini Uzi SMG.

Una pistola semiautomática Uzi Pistol

La fotografía de la Mini Uzi y la Uzi Pistol fueron impresas por cortesía de Industrias Militares de Israel.

Amenaza a la Cabeza. El Atacante está Sujetando al Rehén.

El pistolero está sujetando al rehén, apuntando con su pistola a la cabeza de la víctima. El rescatista se aproxima al atacante en forma diagonal por atrás.

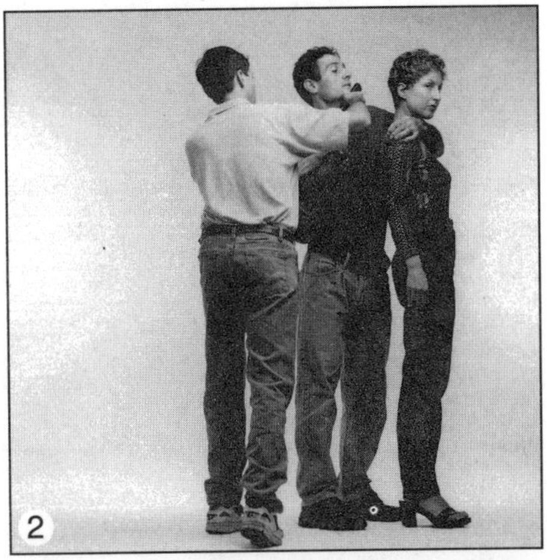

Desvía la pistola y sujétala con una mano (la derecha), mientras tu mano trasera (izquierda) jala y sujeta la muñeca del pistolero. Como en la técnica previa, párate a un lado o enfrente del atacante.

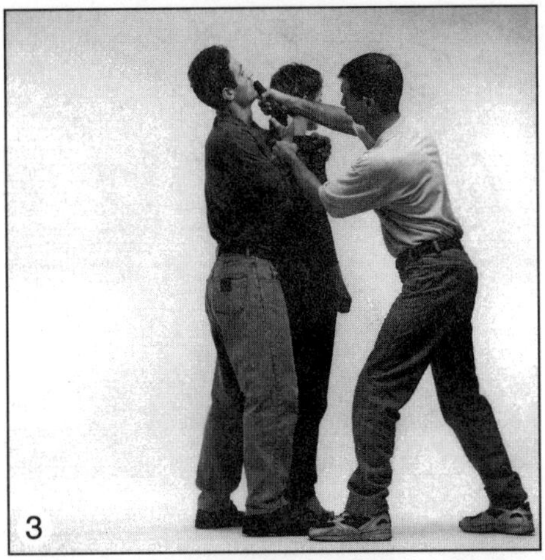

Continúa caminando mientras diriges la pistola hacia la cara del atacante. Golpearlo con el cañón de la pistola es un subproducto de esta acción y no debe tener ningún efecto mayor en el tiempo que toma desarmarlo.

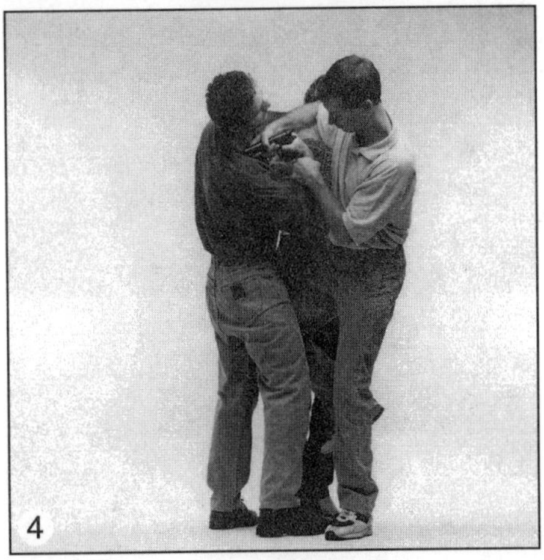

Contraataca con tu rodilla trasera (derecha) mientras continúas rotando la pistola en la mano del atacante, enviándola hacia atrás y hacia abajo.

Nota: Las fotografías de la 3 a la 5 fueron tomadas diagonalmente desde atrás del atacante.

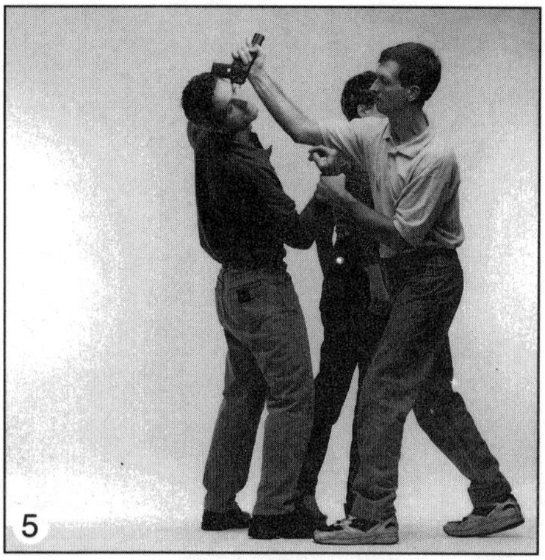

Continúa contraatacando, golpeando posiblemente al atacante con la pistola.

Esta técnica es básicamente idéntica a la anterior, aunque en este caso, la distancia más corta entre el atacante y el rehén hace más difícil para el rescatista desviar la pistola y desarmar al atacante.

Después de los contraataques aleja al rehén del atacante y, si es posible, abandona el lugar, yendo a un sitio más seguro junto con el rehén (si éste aún no se ha alejado).

Uso de objetos cotidianos como armas defensivas 7

En la defensa personal, se le concede gran importancia al uso de los objetos cotidianos que llevas contigo o que estén cerca del lugar del ataque. Selecciona objetos que puedan mejorar tu desempeño ya sea en la defensa o el ataque (o ambos) y, por lo tanto, incrementar la eficacia de tus acciones. Usar tales armas en respuesta a un agresor puede proporcionarte opciones adicionales para la acción. Con la ayuda de un arma improvisada, es más fácil frustrar las acciones peligrosas de un agresor y vencer a más de un atacante. Además, al blandir el arma agresivamente para realizar una exhibición de fuerza impresionante, ¡a veces se puede evitar por completo la confrontación!

Debes pensar en el arma a tu disposición como una **parte integral de tu cuerpo**, y no como un accesorio externo, limitante. Debes ser rápido y decidido en seleccionar un objeto adecuado, y tu elección debe permitir hacer un uso más eficaz de este objeto en contra del peligro específico al que te enfrentas.

Mientras mayor sea la sorpresa lograda por el atacante, menor las oportunidades de encontrar y usar un objeto adecuado. Mientras más esperado sea el ataque y mientras más tiempo le tome al atacante alcanzarte, mejor la oportunidad para localizar y conseguir un arma improvisada. Por lo tanto, si temes un ataque por sorpresa en cierto lugar, por ejemplo, entre tu departamento y el estacionamiento, **debes equiparte con anticipación con los artículos apropiados**, como latas de gas lacrimógeno, un manojo de llaves pesado, etc. Aunque estos artículos pueden ser fácilmente accesibles, a veces la mejor acción será **correr unos cuantos metros hacia donde haya algo que puedas usar**.

Recuerda: Debes familiarizarte con objetos que están a tu alcance a lo largo de las rutas que usas con mayor frecuencia.

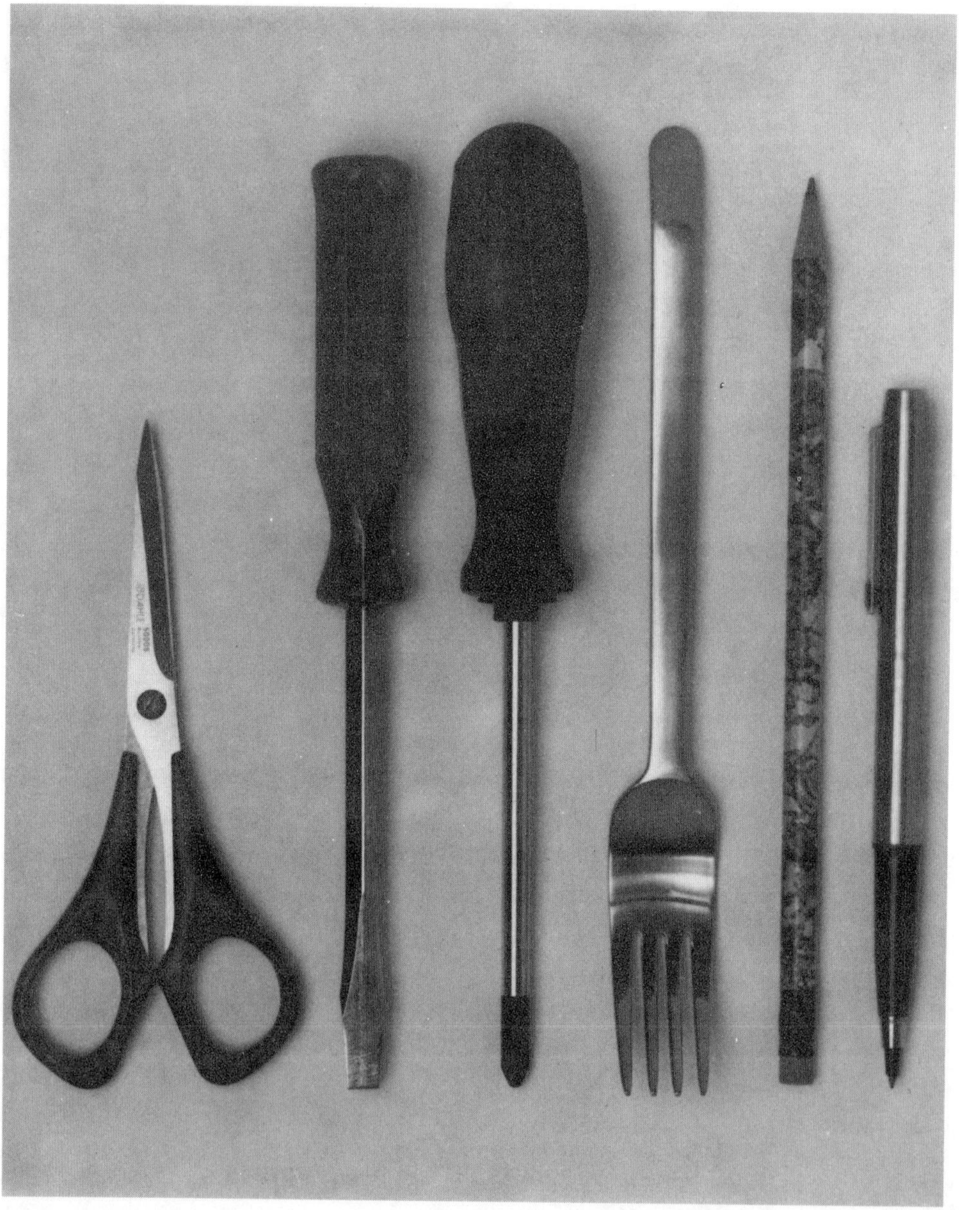

Cuando se espera una confrontación y en especial si el atacante es muy fuerte (o los atacantes), se recomienda que te equipes **por anticipado** con un arma improvisada que te permita la mayor defensa posible (como un palo o una piedra). Debes **sujetar el objeto en tu mano**, listo para usarlo. De otra forma, si el objeto está en tu bolsillo, bolso o portafolios, por ejemplo, tienes poca oportunidad de tomarlo a tiempo, en particular si eres sorprendido.

Nota: Como norma estricta, usa tu arma de tal forma que haya muy poca posibilidad de que caiga en manos del atacante, ¡quien entonces podría usarla en tu contra!

Precaución: En algunos países puede ser **ilegal estar armado por anticipado con ciertas armas,** como se describe anteriormente.

Nota: Utilizar un objeto como arma para propósitos defensivos definitivamente es correcto en situaciones donde tu vida o tu integridad física están en peligro real. Por otro lado, llegar a utilizar una fuerza mayor innecesaria ¡podría tener como consecuencia una demanda civil o penal!

A veces, incluso si tu atacante es un animal, como un perro grande, tu oportunidad de salir con bien será mayor si estás equipado con una roca o un palo como arma, o con una silla u otro objeto grande que pueda servir como escudo.

Los objetos cotidianos se usan de acuerdo con su forma y características. Para nuestros propósitos, los dividimos en las siguientes categorías:

Objetos similares a un palo

Al usar estos objetos, puedes atacar con golpes o "cuchilladas". (Ver comienzo del Capítulo 3: **Defensa en Contra de un Atacante Armado con un Palo**). Dirígete a un punto vulnerable en el cuerpo del agresor y ataca de acuerdo con las circunstancias. Si usas un palo pesado, es preferible que ataques con golpes y garrotazos, pero si tienes un palo delgado, ligero o poco sólido que se rompe con facilidad, las punzadas son más eficaces.

Si sostienes el palo de manera que una pequeña parte de éste (entre 3 y 5 centímetros) sobresalga detrás de tu mano, esta parte puede usarse para atacar a una distancia cercana, por ejemplo, con **golpes de martillo**. El palo también es un excelente medio de defenderte en contra de los ataques del agresor. (Esto será tratado más adelante en la sección sobre objetos usados como escudos).

Objetos similares a un palo: Una sombrilla, un florero largo, un atizador de chimenea, una PR-24 (macana de policía con agarradera perpendicular) y otros objetos similares a garrotes como un bate de beisbol, un rodillo, una rama, un mango de escoba o trapeador, una llave para tuercas, etc.

Objetos similares a una Piedra

Una piedra se puede arrojar a cierta distancia, también puede ser sostenida en tu mano y usada como un arma para dar golpes. **Cualquier objeto pesado, relativamente pequeño, sostenido en tu mano, puede ayudar a incrementar la fuerza del golpe, al aumentar su alcance e impacto**.

El método de atacar asiendo una piedra en tu mano por lo general consiste en usar el **golpe de martillo sobre la cabeza**. Sin embargo, también puedes usar la piedra para acciones que asemejan un **golpe recto,** un **"gancho"** o un **golpe lateral**. Cuando arrojamos la piedra a un blanco, podemos utilizar un impulso de atrás a adelante, similar a la forma en que arrojamos una pelota de beisbol. Completa el lanzamiento al ejecutar un movimiento centrado y girar tu hombro hacia el blanco.

***Objetos similares a piedras**: juguete de plástico pesado, insecticida (puede usarse como un arma de impacto o como material tóxico para lesionar al atacante en la cara o los ojos), una lata con comida, un teléfono celular.*

Recuerda: Si tu ataque o lanzamiento resulta ser ineficaz, ¡el adversario podría usar la piedra en tu contra! Obviamente, la idea es **no** permitir que la piedra o cualquier otro objeto sea usado en tu contra. Por consiguiente, tu lanzamiento debe ejecutarse a una distancia, altura y velocidad que demuestre ser eficaz.

Se puede encontrar en los alrededores, en diversos lugares, una variedad de **objetos similares a piedras**, como un cenicero, un vaso pesado, una estatuilla, una botella (en especial una botella llena de líquido), un platón (que pueda arrojarse como un disco Frisbee), etc.

Objetos pequeños

Se pueden usar objetos pequeños, relativamente ligeros, para distraer la atención del agresor, por lo general sin causarle ningún daño serio. Al arrojar un puñado de monedas, tu reloj de pulso, un pequeño manojo de llaves, etc., al rostro del atacante, éste se sorprenderá, detendrá su actividad y quizá lo dañe en los ojos. Distraído, estará momentáneamente vulnerable a tu ataque.

***Objetos pequeños**: reloj de pulso, puñado de monedas, manojo de llaves.*

Una Historia de la Vida Real

Ruth, una joven soldado israelí, tomó un breve curso de Krav Maga. Una tarde, mientras se dirigía a su casa después de salir de la base militar, un hombre saltó frente a ella de unos arbustos a un lado del camino, la tomó por los brazos y ropas y comenzó a jalarla a los arbustos. Una vez que la mujer se recuperó del asombro momentáneo, se acercó al atacante y le dio un rodillazo en la ingle. En el momento que se dobló por el dolor, ella recogió una piedra, lo golpeó en la cabeza y huyó.

Arrojando un Objeto Pequeño contra un Ataque o Amenaza con un Cuchillo

El atacante se prepara a atacar o está parado frente a ti, sosteniendo un cuchillo en forma amenazadora. Arrójale algo al área de los ojos, mientras avanzas hacia él según sea necesario.

El atacante sorprendido reaccionará al objeto lanzado velozmente a sus ojos. Esta reacción natural, ya sea cerrar sus ojos o echar su peso hacia atrás, expondrá al atacante a una patada en la ingle.

Esta técnica es muy importante en un ambiente amenazador o de combate, ya sea en contra de un tajo o cualquier otra forma de cuchillada, cuando el atacante todavía está en las etapas preliminares de su ataque. Puedes distraer la atención y concentración del agresor arrojándole cualquier objeto pequeño a su cara, en especial a sus ojos. El objeto puede ser un manojo de llaves, un montón de papeles, un pañuelo, un puño de monedas, un reloj de pulso, etc. Al mismo tiempo que arrojas el objeto, avanza a la velocidad apropiada y ataca con una patada regular a la ingle del agresor, usa gran fuerza y el alcance máximo, inclinando tu cuerpo hacia atrás. Continúa con ataques adicionales, de acuerdo al ángulo y las circunstancias. (Ver Capítulo 1: **Defensa en contra de un Ataque con Cuchillo**).

Recuerda: Por lo general es ineficaz arrojar un objeto a un atacante en medio de un fuerte ataque, a menos que el objeto sea lo suficientemente pesado para detenerlo o impedir su avance.

***Objetos como Escudos:** Maleta de viaje, portafolios, silla.*

Objetos como Escudos

El propósito del escudo es detener o desviar el ataque. El escudo puede ser **rígido**, como un palo, una tabla de madera, una silla, una tapa metálica de un bote de basura o una sartén grande. También puede ser suave como una maleta, un portafolios, un caja grande, etc.

Con un objeto similar a un escudo es posible detener el avance de un atacante o frustrar su ataque. Por ejemplo, un objeto grande arrojado a los pies del atacante puede servir como un obstáculo; cerrar una puerta o azotarla en su rostro puede detenerlo totalmente y también podría causarle algún daño; o una puerta de auto abierta con fuerza en el momento oportuno puede tirar al agresor o sorprenderlo.

Este principio también puede usarse para defenderse contra **dos atacantes**. En este caso, tu objetivo es colocarte en un ángulo, relacionado con el de tus oponentes, lo que ocasionará que uno de ellos estorbe la acción del otro. Algunas veces puedes empujar a uno de ellos en contra del otro, usando el cuerpo del primer atacante como un escudo o como un medio de impedir el avance del otro. (Ver Capítulo 10: **Defensa en contra de Dos atacantes Armados**).

Uso de un Objeto como Escudo: Silla

Sujeta rápidamente la silla por el respaldo y el asiento.

Usa la silla como un escudo y empújala en dirección del atacante. Por debajo de la silla contraataca con una patada regular a la ingle del atacante.

La situación que se muestra arriba (en la fotografía 1) se puede superar al usar un movimiento rápido y sencillo. De acuerdo con la distancia y el tiempo, sujeta la silla y levántala, por ejemplo, mientras retrocedes a una distancia que permita una acción más efectiva.

El agarre más conveniente y natural de la silla por lo general será el mostrado en la fotografía. Bajo otras condiciones, por ejemplo, para mantener una mayor distancia, se puede sostener únicamente el respaldo de la silla. Si es un asiento sin respaldo, sostenlo de la base. A veces puede ser preferible sujetarlo por sus patas o en cualquier otra posición apropiada que se adecue a tu posición.

La silla (o cualquier otro objeto como escudo) se dirige en contra del ataque con la intención de detenerlo o desviarlo. La silla le permite al defensor una tremenda ventaja. Puede ayudarlo a detener un ataque con cuchillo o palo, defenderse contra una patada, etc.

El contraataque debe adecuarse al ángulo relativo y a la situación específica. Puede ejecutarse con la misma silla, con una patada por debajo de ella, o incluso, si es necesario, con un puñetazo (después de soltar tu agarre de la silla).

La silla también puede usarse para **atacar**. Se puede usar para asestar golpes, como con un palo. Puede ser mostrada como una amenaza o sostenida enfrente del atacante (incluso un perro furioso) y puede ser lanzada en un golpe punzante tipo cuchillada, con sus patas dirigidas al adversario.

Se pueden usar varios objetos para retrasar al agresor por un momento, dando tiempo para que escapes del lugar y evitar un encuentro indeseado. Por ejemplo, arrojar una mesa sobre el atacante que se aproxima, o arrojarla en su camino.

Objetos Similares a un Cuchillo

Un cuchillo, o un objeto similar, puede usarse tanto para acciones defensivas como para contraataques, mediante cuchilladas rectas o de tajo. El método básico para usar el cuchillo se describe en el primer capítulo.

Objetos Similares a Cuchillos: Una botella rota, un lápiz, una pluma, un desarmador, unas tijeras, una pieza puntiaguda de metal, un bastón corto, una aguja de tejer, etc. Los objetos frágiles, menos resistentes, deben usarse sólo para acuchillar en puntos vulnerables apropiados en el cuerpo del adversario.

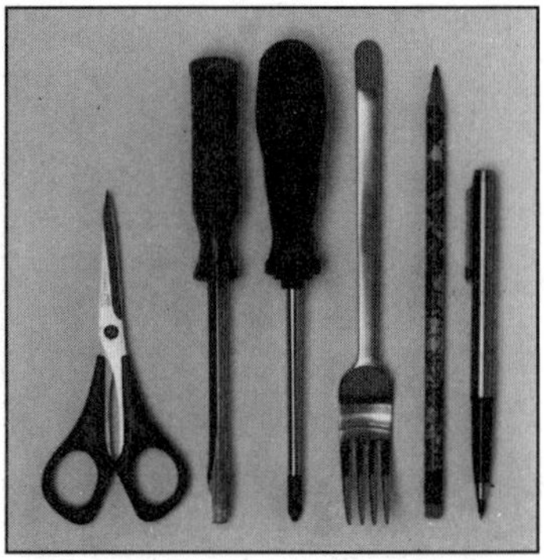

Objetos Similares a Cuchillos: *tijeras, desarmador, tenedor, lápiz, pluma.*

Objetos Similares a una Cuerda

Estas armas, (cinturones, cuerdas, látigo, toalla enrollada, etc.) pueden usarse para azotar, enredar, golpear o atar al atacante. Posibles tipos de ataque son blandir el objeto, rotarlo, asestar latigazos con él. Estos objetos también pueden ser usados para atar al atacante después de neutralizarlo. Algunos ejércitos enseñan como atar a un soldado enemigo con medios improvisados como una cuerda, lazos de zapatos, o un cinturón.

Objetos Similares a una Cuerda: *cadena de bicicleta con candado, cinturón, cadena, cuerda.*

Líquidos y Aerosoles

Algunos **líquidos**, en especial químicos cáusticos o tóxicos, pueden usarse eficazmente en contra de un atacante, además de un elemento de sorpresa que es inherente en ellos. Lanzar a la cara del agresor una bebida alcohólica, una taza de café caliente o un tazón con sopa hirviendo puede tener un efecto inmediato, volviendo vulnerable al agresor para un ataque mayor.

***Líquidos fuertes**: licores, químicos y líquidos calientes.*

Diversos **aerosoles**, dirigidos al rostro del atacante, pueden hacerle cerrar sus ojos y podrían causarle un daño serio, dependiendo de la substancia usada. Incluso un puño de arena arrojado a los ojos del agresor, puede confundirlo e impedir momentáneamente su avance, dejándolo vulnerable a un ataque.

Objetos de características combinadas usados como armas improvisadas

Como se observó anteriormente, pueden usarse varios objetos como armas improvisadas en diferentes situaciones: Sólo para atacar, sólo para defensa, en una combinación tanto defensiva como de ataque, o como medio de distraer la atención del atacante; permitiendo, por consiguiente, que contraataque o escape. Con los siguientes objetos, observa también cómo las diferentes características y categorías a veces se combinan en una sola arma.

Rifle con bayoneta: Una combinación de las categorías de un arma filosa (cuchillo) y un palo. Un hacha y un azadón representan una combinación similar.

Arrojar una pieza puntiaguda de vidrio o un cuchillo: Esta es una combinación de una piedra y un cuchillo.

Silla: Presenta una combinación de escudo y palo, y también puede ser usada para atacar de diversas maneras, según se explica previamente en este capítulo.

Arrojar un azadón, un palo puntiagudo o un trinche: Esta es una combinación de piedra, cuchillo y palo.

Otras categorías de armas incluyen, pero no se limitan a ellos, objetos ardientes o calientes, objetos con alto voltaje, e incluso un vehículo automotor (el cual puede usarse como un arma letal para ocasionar daño corporal grave o incluso la muerte).

Intimidación de tu Oponente

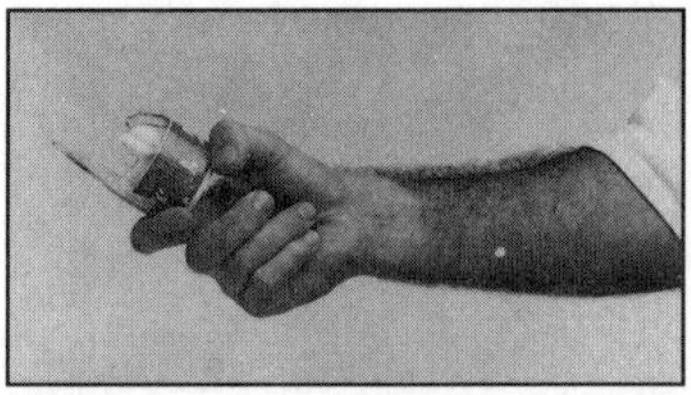

Intimidación: Blandiendo una botella rota.

Una de las mayores ventajas de usar un arma improvisada para defensa personal, es que tal objeto puede usarse para **amenazar agresivamente o exhibir tal fuerza o peligro al atacante, que lo intimidará y cambiará su opinión respecto al ataque.** Por ejemplo, si tienes un bastón y lo sacudes fuertemente frente al atacante, es muy posible que se retire y evite la confrontación.

Resumen

Como estudiante de Krav Maga, debes acostumbrarte a revisar rápidamente tu entorno inmediato en busca de objetos que necesites para usar como armas improvisadas. Al encontrarte en un sitio nuevo examina el área por completo, procurando encontrar cualquier objeto cercano que pudiera ser útil.

De manera similar a un chef experto que es capaz de preparar una comida de gourmet con los ingredientes que encuentra en su refrigerador, tú también debes estar listo para "cocinarle" a un atacante ocasional, un "menú" impresionante y eficaz, con el uso de los objetos cotidianos, comunes, que puedas encontrar a tu alcance.

Practica el uso correcto de los diversos objetos. Esto incluiría las siguientes destrezas: Arrojar con precisión objetos ligeros y pesados a un blanco pequeño, ejecutar golpes rectos o punzadas con un palo, defenderse con objetos usados como escudos, etc.

Una Historia de la Vida Real

Diane, una mujer de unos 50 años, asistió a un seminario dedicado a incrementar la conciencia pública de la defensa personal. Después de la conferencia, le hizo al instructor la siguiente pregunta: "No estoy entrenada en Krav Maga, y estoy muy atemorizada, en especial cuando salgo de mi oficina a altas horas de la noche y camino a mi auto en el estacionamiento. ¿Qué debo hacer si soy atacada en el trayecto de mi oficina a mi auto? Como el gas lacrimógeno y el aerosol de pimienta eran prácticamente imposibles de conseguir en ese tiempo, el instructor le aconsejó llevar consigo un pequeño extinguidor de fuego (del tipo que cabe en la guantera del auto), y sostenerla en su mano desde el momento en que dejara su oficina hasta que estuviera dentro de su auto (o viceversa). "El extinguidor de fuego debe estar listo para la acción y no sólo guardado en el bolso", recalcó el instructor. Diane siguió su consejo, y unas pocas semanas después éste demostró ser eficaz: Diane tuvo éxito en frustrar un ataque al vaciar el contenido del extinguidor de fuego en la cara de un asaltante.

Palo corto contra ataque con cuchillo 8

En el capítulo previo expusimos el uso de los objetos cotidianos para propósitos de defensa personal. En este capítulo, presentamos técnicas específicas para utilizar un palo corto con el fin de defenderse contra un ataque con cuchillo. En lugar de un palo corto, también puedes usar objetos como un cuchillo, una botella, un florero o cualquier arma igualmente improvisada.

El objeto debe tener un peso importante y debe poder resistir un golpe fuerte asestado a la mano del atacante (muñeca). **El defensor tratará de ocultar el arma improvisada**. Esto no privará al atacante de su confianza y será más probable que se sienta libre de atacar con la puñalada más simple y recta. Sin embargo, si sostienes el palo abiertamente puedes "llevar al atacante a una pelea", y probablemente empleará varias tácticas y engaños para hacer la defensa más problemática. (Ver la nota al final de este capítulo). Por otro lado, al blandir agresivamente tu arma, te colocas en la posición de estar preparado para el ataque y esto también podría intimidar a tu atacante, desanimándolo por completo a atacarte.

En estas técnicas de defensa, por lo general golpea la mano del atacante con la que intenta asestar la cuchillada, con el fin de detenerla o desviarla. Dirige este golpe al área de la muñeca del atacante, ya que ésta es un área en donde se puede detener o desviar la cuchillada con facilidad (debido a la distancia y al efecto de palanca), y también debido a que esta área es más vulnerable, ya que tiene poca grasa y músculo y por lo general no está protegida con ropa. La técnica general consiste de una defensa corporal, en la mayoría de los casos moviéndose diagonalmente hacia los lados, y una defensa manual usando el objeto. Esto se combina para detener o desviar el ataque lo antes posible.

¡Es esencial ejecutar el contraataque **inmediatamente** después de la defensa! Por consiguiente, efectuarás las dos acciones con la máxima velocidad, al integrar una acción con la otra: La defensa y el contraataque. En efecto, procederás rápidamente del golpe a la mano del atacante, a golpear otra parte vulnerable de su cuerpo, usualmente su cuello o su cabeza.

Si es necesario, en especial si el ataque te toma por sorpresa y proviene de una dirección "problemática", puedes **defenderte con el antebrazo de tu mano libre**, es decir, la que no está sosteniendo el arma improvisada, usando una de las técnicas demostradas en el primer capítulo: **Defensa en Contra de un Ataque con Cuchillo**. Al mismo tiempo o inmediatamente después de la defensa, ejecuta un contraataque con el palo corto u otra técnica de ataque "regular", por ejemplo, una patada, un puñetazo, etc.

Defensa en Contra de una Cuchillada Oriental

Comienza desde una posición neutral. Si es posible, oculta el arma improvisada al atacante.

El atacante se mueve para atacar. Inicia con un golpe hacia abajo con tu palo, dirigido al área de la muñeca del atacante. Al mismo tiempo, efectúa una defensa corporal girando y avanzando diagonalmente hacia un lado.

Detén la mano del atacante en la muñeca. Una fracción de segundo antes de golpear la mano del atacante, debes sujetar firmemente tu palo, preparado para un golpe hacia abajo.

Continúa de inmediato con otro golpe a la cabeza del atacante.

Al mismo tiempo que evades el ataque, lo detienes a una distancia segura de tu cuerpo usando el palo. Usarás la misma técnica en contra de un ataque con un cuchillo sostenido en la mano izquierda del atacante. La detención del cuchillo se ejecuta con un movimiento dirigido hacia abajo, sujetando el palo firmemente en tu mano. Para que esta acción tenga éxito, el palo corto debe ser lo suficiente pesado y sólido.

Golpea el área temporal de tu oponente con un ataque tipo tajo o usa un golpe tipo cuchillada en la base de su garganta, o alguna otra área muy vulnerable que esté abierta al ataque. Podrías efectuar un contraataque adicional, es decir, una patada regular a la ingle del atacante con tu pierna izquierda o un puñetazo recto con la izquierda, ***todo de acuerdo al ángulo y distancia entre el atacante y tú****, entonces retírate rápidamente.*

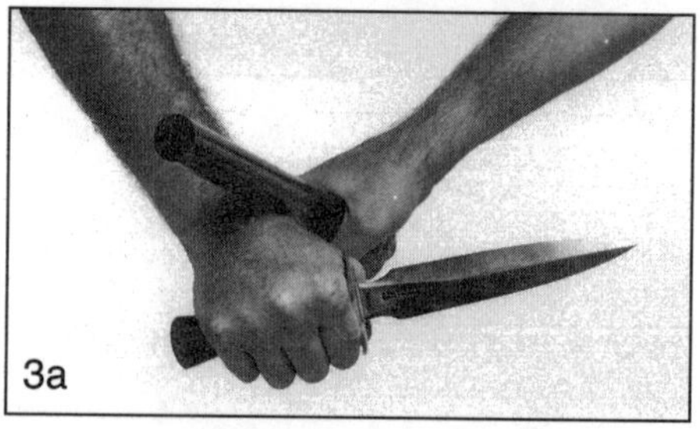

Fotografía 3 de cerca: Deteniendo el ataque en la muñeca del atacante.

El Gran Maestro Imi demuestra una defensa contra una cuchillada hacia arriba, con el uso de un palo corto y pesado para detener el brazo agresor.

El contraataque con un palo puede ser asestado horizontalmente por un costado, golpeando la cabeza del atacante, como un ataque de tajo, o un movimiento punzante dirigido a la base de la garganta del atacante, justo en el hueco entre los huesos del cuello. Si el palo impacta un punto reducido, como la parte superior de la garganta, su punta puede resbalar, y como consecuencia el ataque no cumplirá con su propósito.

Cada vez que sea necesario y posible, bloquea la mano con que ataca el agresor usando tu mano libre, y descarga el primer contraataque con el palo corto.

Defensa contra una Cuchillada Regular

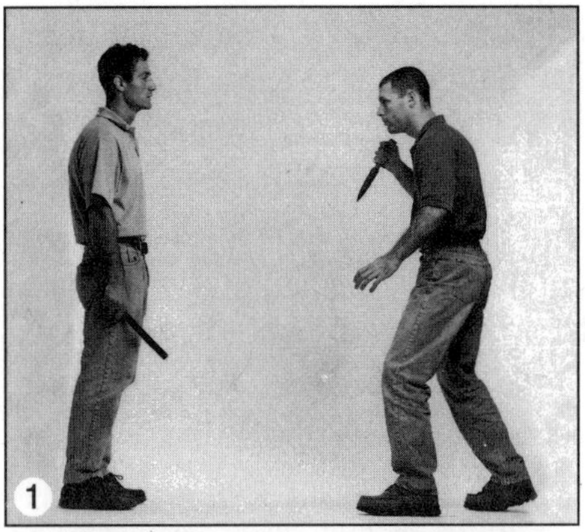

Inicio desde una posición neutral, pasiva. Como se muestra aquí, el palo no está oculto pero no se muestra en forma amenazadora. (Ver nota al final de este capítulo).

El agresor ataca. Comienza de inmediato con un contraataque de "cuchillada", utilizando el alcance de tu palo. Muévete diagonalmente hacia el frente y hacia los lados para colocarte fuera de la línea de ataque.

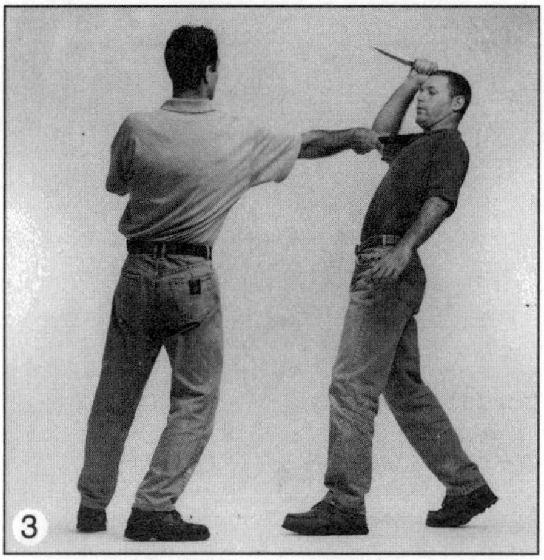

Detén al atacante a cierta distancia dirigiendo una "cuchillada" a la base de su garganta, mientras ejecutas un giro del cuerpo y avanzas diagonalmente hacia un lado con un paso corto. Tu siguiente movimiento puede ser, por ejemplo, atacarlo con una patada regular a la ingle.

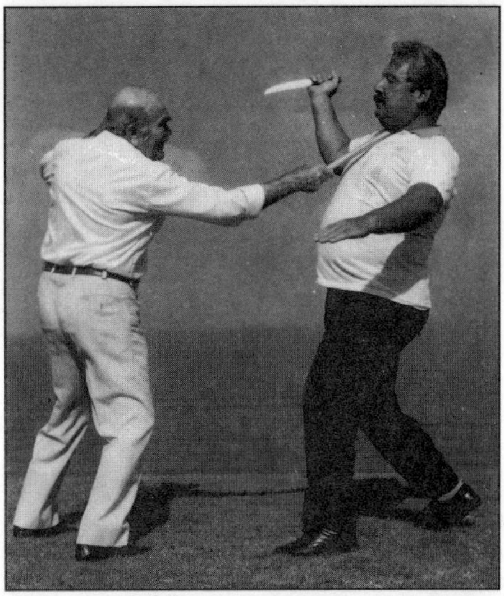

Con el uso de un palo corto, el Gran Maestro Imi detiene a un agresor que arremete contra él y trata de atacarlo con una cuchillada hacia abajo.

En esta técnica, el **tiempo** es un factor muy importante; corregir el tiempo de acción es necesario para detener al atacante a una distancia segura. La "cuchillada" con un palo detiene abruptamente al agresor. El giro de tu cuerpo, así como el movimiento de avance en diagonal hacia el frente, establece una distancia mejor para la acción y una buena defensa del cuerpo.

Nota: Como aquí se muestra, es posible dirigir tu ataque al hueco entre la clavícula y los huesos del cuello, ya que esta es la parte más ancha del cuello. Si el palo se impacta en un punto más estrecho, podría **resbalarse sin lesionar al atacante**. Por consiguiente, algunas veces es preferible usar de inmediato un golpe hacia la cabeza del atacante como el contraataque inicial, golpeándolo diagonalmente hacia abajo.

Si el ataque te tomó por sorpresa o te llegó por la derecha (donde está localizada tu arma), puedes usar el palo o tus antebrazos (dependiendo del ángulo) para defenderte en contra de la mano agresora. Entonces procede con contraataques, de acuerdo con el principio ilustrado para la técnica **Defensa contra una Cuchillada Oriental**.

Dependiendo de la naturaleza del ataque y si éste proviene del frente o de tu lado izquierdo (tu mano desarmada), otra opción podría ser defenderte con la técnica que utiliza el antebrazo de tu mano libre y, tan pronto sea posible, lanzar un contraataque usando el palo como un arma de impacto. (Ver la última sección de este capítulo).

Defensa contra una Cuchillada Recta

Comienza desde una posición neutral, oculta tu arma improvisada de la vista del oponente.

Con un golpe fuerte y rápido al área de la muñeca, desvía la mano con el cuchillo. La mano desviadora conduce tu defensa corporal, "llevando" tu cuerpo a un giro y a un pequeño paso diagonal hacia un lado, logrando evadir por consiguiente la línea de ataque.

Nota: Es extremadamente importante **usar el tiempo apropiado al desviar la mano que asesta la cuchillada.** Las razones para golpear la muñeca del atacante se han explicado previamente.

La acción defensiva completa.

Procede de inmediato con un contraataque rápido, por ejemplo, un golpe horizontal.

Golpea la cabeza del atacante en el área temporal, y entonces contraataca de nuevo o aléjate de la zona de peligro.

Otra técnica: Si te atacan por un costado o diagonalmente desde el lado donde está tu arma improvisada, usa una técnica de defensa hacia afuera, por ejemplo, sosteniendo el palo en tu mano derecha. Cuando el atacante te acuchilla desde este ángulo, debes ejecutar una defensa hacia afuera, avanzando simultáneamente en diagonal hacia el frente sobre tu pierna izquierda. Esto se efectúa con el fin de mover tu cuerpo de la línea de ataque y crear una distancia segura desde la cual actuar. (Ver una técnica similar: **Cuchillada Recta. Desviación con una Defensa Hacia Afuera**, en el siguiente capítulo: **Palo contra Palo**.

Defensa en Contra de un Ataque con Cuchillada de Tajo. Retroceso y Patada

El atacante ejecuta un ataque de tajo, dirigiéndolo a tu garganta.

Inclina tu torso hacia atrás. Si es necesario, puedes retroceder, avanzando un poco hacia atrás sobre un pie (el opuesto a la mano sosteniendo el palo, en este caso el pie izquierdo), mientras detienes la mano del atacante golpeándolo con tu palo. Ahora estás listo para patear.

Como en tu primer contraataque, descarga una patada a la ingle del atacante y continúa según sea necesario con una patada adicional o usando el palo.

Esta sencilla técnica se basa en la reacción natural de hacerse para atrás con el propósito de salirte de la zona de peligro. A esta reacción, agregamos la acción de detener el ataque mediante el uso del palo. Tu reacción de hacerte hacia atrás servirá como una defensa completa, es decir, que el cuchillo pasará de largo y no te dañará, incluso sin la defensa del palo. La retirada podría incluir un pequeño paso hacia atrás junto con una inclinación de tu torso en la misma dirección, mientras el palo se lanza, tan rápidamente y tan pronto como sea posible, a un punto vulnerable en el cuerpo del atacante.

Defensa contra un Ataque de Tajo. Actuando después que el Cuchillo pasó Frente a Ti

El atacante ejecuta un ataque de tajo, por ejemplo, hacia tu garganta o rostro. Comienzas de una posición pasiva y, si es posible, oculta tu arma.

Retrocede dando un paso hacia atrás y dobla la parte superior de tu cuerpo en la misma dirección, con el fin de colocarte más allá de la distancia del cuchillo, al mismo tiempo que elevas tus manos en una guardia defensiva. El cuchillo pasa de largo y tu tacón trasero está elevado.

El atacante regresa con otro ataque de tajo, pero en esta ocasión ya estás más preparado. Usando el palo (y si es necesario también tu otra mano), detén la mano agresora, que ahora se mueve del lado izquierdo al lado derecho del atacante. Esta acción defensiva es precedida por el regreso de tu cuerpo (de la inclinación hacia atrás), así como de un paso al frente.

***Tan rápido como sea posible**, avanza y sujeta el antebrazo del atacante con tu mano libre y comienza a contraatacar.*

Ejecuta un ataque con fuerza a un punto vulnerable del cuerpo del atacante mientras impides que realice cualquier otro uso del cuchillo.

Esta técnica utiliza primero la reacción natural de retroceder cuando el defensor **no tiene suficiente tiempo** para reaccionar completamente a la primera cuchillada de tajo, y al doblarse hacia atrás, eleva sus manos en guardia defensiva (pero no en una acción encaminada a detener el ataque). Mientras retrocede, el talón del pie trasero del defensor permanece levantado, permitiéndole cambiar de inmediato al contraataque.

Si el retroceso fue grande, se transferirá un mayor peso hacia atrás, y la técnica previa (**Defensa en Contra de un Ataque con Cuchillada de Tajo. Retroceso y Patada)** será apropiada, aunque en este momento sería dirigida en contra del **segundo** movimiento de tajo.

Después que el cuchillo ha pasado y mientras regresa a atacar desde la dirección opuesta, tú ya estás listo para detener el ataque, ya sea con la ayuda del palo corto o con tu mano, lanzada al antebrazo o la muñeca de la mano sosteniendo el cuchillo.

Énfasis en las fotografías para las técnicas previas

Al enseñar estas técnicas a los soldados o a otras personas que sirven en **unidades especiales**, por lo general enfatizamos las técnicas que al final pueden ser fatales para el atacante. Por consiguiente, practicar esas técnicas en este marco de aprendizaje incluirá el uso de un cuchillo, así como un palo corto. El cuchillo es un arma mortal muy efectiva y por lo tanto, es esencial que aquellos que lo usen actúen con base en el principio bíblico de que si su vida corre peligro de muerte, matar en defensa propia es moralmente permisible. (Literalmente: Si alguien viene a matarte, debes matarlo primero).

Si usas un cuchillo en contra de una puñalada oriental (hacia arriba) o una puñalada recta, tu contraataque puede seguir una de las dos formas siguientes: Acuchillar en forma recta o de tajo el rostro o la garganta del atacante.

Recuerda: Después de tu contraataque, es muy posible que el agresor te ataque de nuevo. Asegúrate de continuar de manera que puedas mantener una buena posición defensiva.

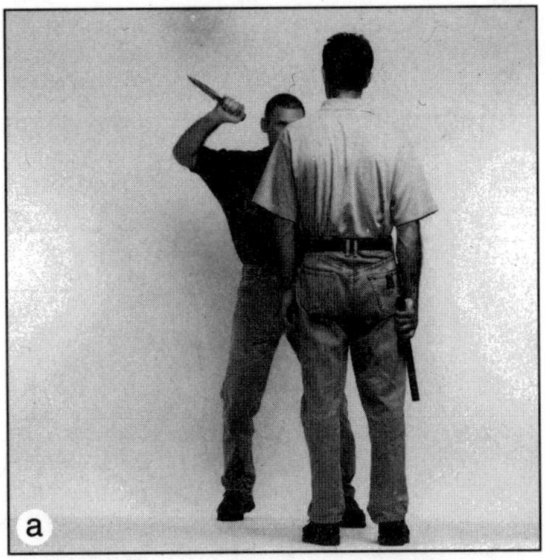

Posición inicial: Esta fotografía se tomó por detrás del defensor. Se aconseja mantener el arma bien oculta de la vista del atacante, para no darle ningún motivo de emplear cualquier maniobra engañosa de ataque.

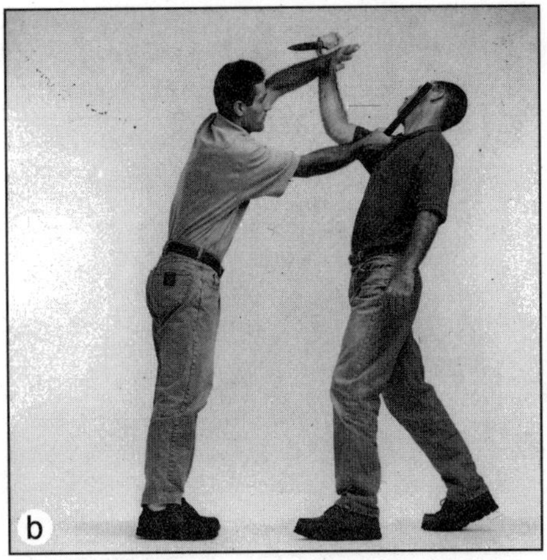

Una opción que se discutió anteriormente. Puedes usar tu mano libre para la defensa, y tan pronto como sea posible, contraatacar con el palo.

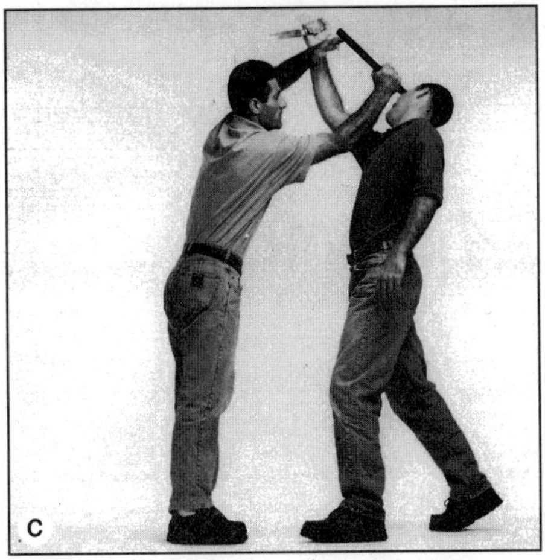

Golpear al atacante con el extremo trasero (saliente) de un palo corto.

*Usando un cuchillo para propósitos **defensivos** en contra de un atacante con cuchillo. Todas las técnicas serán similares a las que se mostraron.*

Nota: Al ocultar tu arma improvisada de la vista del atacante, estás preparado para defenderte del adversario sin permitirle percibir lo que va a ocurrir. Sin embargo, si **muestras tu arma**, en especial si es un cuchillo, mientras exhibes un alto grado de confianza y agresividad, podrías intimidar al atacante y a veces evitar por completo la confrontación. Tu elección de tácticas de acción dependerá de la situación y de tu propia naturaleza.

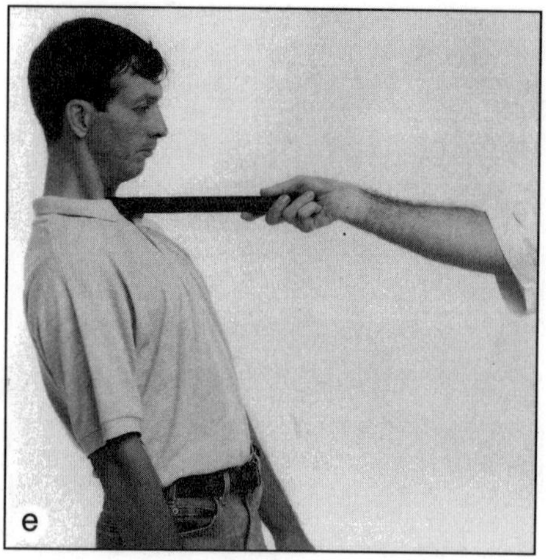

Un golpe tipo cuchillada con el palo.

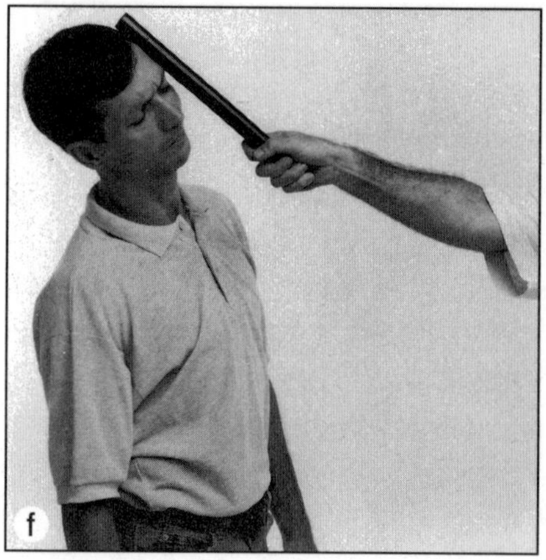

Un golpe cayendo sobre la cabeza del atacante.

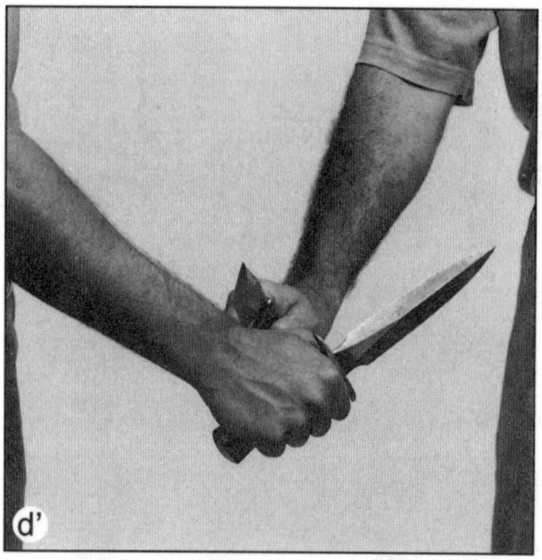

Fotografía d de cerca: El cuchillo del defensor pega en la muñeca del atacante con el fin de detener eficazmente la cuchillada.

Palo contra palo 9

Algunas artes marciales se especializan en el uso de un palo recto o con forma de espada como su arma principal para defensa y ataque. Estas artes incluyen los métodos japoneses **Kendo** y **Kenjitsu,** el método inglés **Peleadores con Palo Largo**, el método filipino **Escrima** (o **Arnis de mano**), algunas ramas del **Kung Fu** y el método chino de pelea **Wu-Shu**, que emplea una amplia variedad de lanzas y palos, ciertos métodos hindúes y otros más.

Incluso en las primeras etapas del entrenamiento en defensa personal, debes aprender el uso básico del palo en la defensa y el ataque con el fin de protegerte de una lesión, ya que los palos u objetos similares son fáciles de encontrar en casi cualquier entorno donde puede ocurrir una pelea. Existen ventajas y desventajas en cada ataque y defensa con palo, desde ángulos diferentes y bajo condiciones diferentes. Para nuestro propósito, los diferentes modos de ataque que se describen en este capítulo simulan no sólo ataques con palos, sino ataques que utilizan armas como **hacha, lanza, rifle con bayoneta**, etc.

En relación con la defensa personal, aprender a usar el palo contra un ataque con cuchillo o contra un atacante desarmado, es tan importante como aprender a usarlo contra un atacante armado con un palo. Contra un ataque con cuchillo, si estás armado con un palo, puedes aplicar las diversas técnicas y los principios defensivos aprendidos en defensas de palo contra palo, en defensas con un palo corto contra un cuchillo (ver el capítulo previo), y desde luego, las defensas manuales básicas que se aplican al enfrentarse con un atacante armado con un arma con filo.

Es muy natural para un combatiente armado concentrar su atención en su arma y en la de su oponente. Tenemos la esperanza de que tendremos éxito en **¡liberarte de esta concentración limitante de la atención**! Debes poder dividir tu atención, alerta a toda la información pertinente que pudiera incrementar tu habilidad para reaccionar y funcionar en un nivel superior. Uno debe observar, no sólo las acciones efectuadas por

el adversario con su arma, sino también las acciones que realiza con otras partes de su cuerpo. Y estar más consciente de las medidas que debes tomar en la defensa o ataque con tu propia arma y con todas las herramientas que posees en tu cuerpo, por ejemplo, tus manos y tus piernas.

Sin embargo, cuando no puedes usar tu palo, o si éste bloquea tu potencial, debes saber cuando dejar de usarlo con el fin de efectuar una acción más eficaz con tus manos y tus piernas.

Como en temas previos, los principios básicos de la acción y reacción pertenecientes a las técnicas de defensa son idénticos y válidos. (Ver Cap. 11: **Principios detrás de las Técnicas de Defensa**). Aquí también, existen medidas de defensa activa en las que el arma sirve como un accesorio, y existen acciones evasivas y defensas corporales, en las cuales te alejas de la zona o la línea de peligro.

Acciones corporales evasivas opcionales

Salirte del alcance del ataque; arremeter para encontrarte con el ataque antes que acumule fuerza y velocidad; salirte de la línea de ataque (ya sea que el ataque sea vertical, horizontal o de otra manera); mover el cuerpo en la dirección original del ataque (en especial en contra de un golpe horizontal por un lado), lo cual debilita el impacto del ataque y retrasa o impide que se impacte en el defensor. Debes usar una combinación de estos movimientos además de las defensas específicas con el palo.

Defensas activas con el palo

- **Bloqueo**: Contra golpes circulares, el palo defensivo golpea el palo del atacante en ángulo recto y lo detiene.
- **Deslizamiento**: El palo defensivo se envía en un ángulo agudo con el fin de encontrarse con el objeto agresor (palo) y ocasionarle que se deslice y cambie de dirección, sin que lastime al defensor.
- **Desvío**: Por lo general, en contra del ataque de cuchillada, desvía el palo punzante con un movimiento similar al usado en la defensa del antebrazo hacia adentro o afuera en contra de un puñetazo recto o una cuchillada recta.

Al sujetar y usar el palo principalmente para acciones defensivas, puedes asirlo sólo con una mano, o si prefieres, con ambas manos.

Al proteger cierta área de tu cuerpo, por lo general puedes sujetar el palo en dos formas: (1) Girar tu antebrazo (el de la mano dominante) y el palo en una dirección, con el pulgar o la palma de tu mano hacia arriba, como se muestra en la técnica **Defensas Básicas hacia Afuera con un Palo**, fotografías 2 a la 4 y la 8 (ver adelante). (2) Girar tu antebrazo (de la mano dominante) y el palo en direcciones opuestas, como en **Defensas Básicas hacia Afuera con un Palo**, fotografías 5 a 6 y 9 a 10.

Defensas Básicas hacia Afuera con un Palo (en contra de ataques circulares)

Posición de incio usada para la etapa básica de aprendizaje: Parado con tus dos piernas ligeramente separadas (posición pasiva) y sosteniendo el palo en una o ambas manos. Desde esta posición inicial procederás con cada una de las siguientes defensas.

Defensa en contra de un golpe vertical desde arriba. Es una de las defensas básicas, en donde envías tu palo en la dirección del ataque, encontrándote con el palo agresor (comúnmente en un ángulo de 90º).

Lanza tu palo diagonalmente hacia arriba y a un lado, para encontrar un golpe diagonal hacia abajo dirigido hacia el área de tu cabeza o tus hombros.

Envía tu palo hacia un lado, en defensa contra un golpe circular horizontal dirigido al nivel de la cabeza o a una altura media.

Defensa contra un golpe asestado a una altura media o elevada.

Defensa contra un golpe asestado diagonalmente hacia arriba contra tu cuerpo.

Defensa en contra de un golpe vertical desde abajo. Inclina tu cuerpo hacia el frente.

Fotografía 8: Defensa en contra de un golpe diagonal hacia arriba. Lanza el palo diagonalmente por encima de tu cuerpo. En todas estas técnicas, gira tu cuerpo para permitir una fuerte defensa con el palo. La combinación de elevar el palo a un nivel más alto (sujetándolo con el pulgar dirigido hacia arriba) y el cuerpo recto, es una forma apropiada de defensa en contra de un golpe horizontal.

Defensa contra un ataque horizontal a una altura media. En esta ocasión, sostén el palo con tu pulgar dirigido hacia abajo.

Defensa contra un golpe diagonal hacia abajo dirigido contra tu cabeza y tus hombros.

Fotografía 11: Otra opción para defenderte en contra de una golpe vertical desde arriba. En esta ocasión, sostén el palo con ambas manos. Si tienes que defenderte en contra de un golpe repentino, debes doblar tus rodillas y mover tu cabeza abajo y ligeramente al frente.

Otro ejemplo de defensa en contra de un golpe circular horizontal desde un costado. Sostén el palo con ambas manos. En esta defensa, la mano derecha puede sostenerse más elevada y la izquierda más abajo, o viceversa.

Estas defensas están basadas en un grupo de técnicas manuales llamadas **Defensas hacia Afuera en 360°**. Estas son técnicas naturales y reflejas que sirven como el conjunto de defensas básicas hacia afuera en el sistema Krav Maga. Estas defensas hacia afuera por lo general tienen que ver con ataques contra el defensor provenientes desde el exterior de un círculo imaginario. Puedes sostener el palo con una o con ambas manos y usarlo como defensa contra ataques diferentes, en especial ataques con palos. En todas las defensas básicas que se muestran arriba, el palo defensor se encuentra con el palo agresor y lo bloquea, aproximadamente en un ángulo recto (90°). En técnicas posteriores, demostraremos el uso de estas defensas básicas combinadas con defensas corporales y contraataques.

En contra de **ataques repentinos** en particular, la defensa debe ser refleja. Durante la etapa inicial de aprendizaje practicarás el movimiento defensivo en sí mismo. Posteriormente, un estudiante atacará y el otro defenderá. Esto te permitirá lograr eficiencia en el movimiento, aprender a observar y comprender las acciones del atacante, así como adquirir buenos sentidos y destrezas en el uso del palo (el cual, en efecto, sirve como una "extensión" de tu brazo).

Precaución: Por razones de seguridad, durante el entrenamiento y la práctica, siempre usa protectores que cubran el dorso de tus manos, y utiliza palos irrompibles, fuertes, que no tengan grietas o estén rotos.

Golpe Vertical hacia Abajo. Palo Defensor Sostenido en Una Mano

Comienza con una posición inicial apropiada, por ejemplo, una posición pasiva o con un pie (el derecho) ligeramente al frente.

***Fotografía 2:** Lanza el palo con fuerza en una posición horizontal (o diagonal), con el fin de que la defensa bloquee el ataque del oponente. Sostén el palo con una mano, permitiendo que el palo agresor resbale una pequeña distancia a lo largo de tu palo. El movimiento manual defensivo con el palo te "lleva" a un giro corporal y a un avance diagonal hacia el frente.*

Después de ejecutar la defensa, continúa con un movimiento de rotación de tu muñeca, para llevar el palo a una posición conveniente para un contraataque poderoso y a tiempo.

Continúa el movimiento con un golpe a la cabeza del atacante. Puedes golpearlo en cualquier ángulo entre la línea horizontal y la vertical. Si prefieres, puedes atacar primero con un golpe a una zona menos vulnerable del agresor.

El palo defensor debe encontrar al palo agresor **por lo menos** a la mitad o quizá más cerca del agarre, de manera que no resbale y avance para golpearte.

Tu palo está extendido con fuerza hacia el palo agresor, y debe sostenerse horizontalmente o a un ángulo ligeramente hacia abajo lejos de tu mano. Durante la defensa, el palo agresor se desliza una pequeña distancia a lo largo del palo defensor y lejos de tu mano. Si la posición original del palo es horizontal, el golpe del palo agresor le causará que se mueva hacia abajo.

Si es necesario, continúa la acción y descarga un segundo ataque, como una patada a la ingle del agresor, o aléjate del sitio del peligro.

El contraataque con el palo puede ser un **golpe de látigo**, dirigido para lesionar al atacante en la frente o el área de las cejas, o un **golpe circular de tajo**, en donde el palo golpea el blanco con fuerza y entonces continúa su movimiento. También es posible usar el palo para atacar otra parte menos vulnerable del cuerpo del agresor (como la clavícula, las extremidades, los hombros, etc.), si no deseas ocasionarle un daño severo.

La defensa corporal se ejecuta con un paso diagonal al frente y a un lado, y un giro del cuerpo, con el cual te sales de la línea de ataque dirigida a tu cabeza.

Golpe Vertical hacia Abajo. El Palo que Bloquea está Sostenido con Ambas Manos. Contraataque con una Patada

Sostén el palo con las dos manos. Un pie (el derecho) está ligeramente al frente.

Bloquea el ataque, sosteniendo tu palo con ambas manos y baja tu cabeza entre tus hombros. Además de bloquear el ataque y dependiendo de la distancia entre tú y el adversario, avanza y cambia tu peso al frente. Esto te prepara para lanzar un contraataque efectivo.

Ejecuta tu primer contraataque: En este caso, una patada a la ingle. También puedes atacar con el palo, sosteniéndolo y rotándolo en una mano, como se muestra en la técnica previa.

En general, aquí también puedes ejecutar la técnica previa en algún momento de la acción defensiva, pero el palo está sostenido con dos manos y tu ejecutas una defensa corporal. En esta técnica, muévete **al frente** en lugar de a los lados. Ejecuta una fuerte defensa en contra del ataque desde arriba, y avanza, cambiando tu peso hacia el frente.

Para reducir el impacto creado por el bloqueo del ataque, debes pegarle al palo agresor relativamente cerca de la mano que lo sostiene. Si el ataque te tomó por sorpresa, será difícil que avances en el tiempo indicado, y si la distancia es grande, puede ser difícil que ejecutes una patada. En cualquier caso, avanza tan pronto sea posible o primero contraataca con tu palo.

Mientras estás en una etapa de aprendizaje, puedes sentirte más confiado y cómodo para defenderte en contra de un ataque con palo si sujetas firmemente el palo en ambos extremos. Cuando la ejecutas apropiadamente, tu defensa puede bloquear un fuerte ataque. En cualquier caso, tu palo debe ser lo suficiente fuerte para resistir la fuerza del impacto sin romperse.

Nota: En general, mientras más fuerte sea el ataque, mayor la necesidad de ejecutar la defensa mientras se sujeta el palo con ambas manos y se agrega una defensa corporal.

Si temes una situación en la que el **arma agresora** puede romper tu defensa, en particular si es un hacha, debes mantener tu cabeza hacia adelante, entre tus hombros. En caso de que el ataque sea menos sorpresivo, debes ejecutar una mayor defensa corporal, moviéndote diagonalmente hacia el frente con un ligero giro del cuerpo, como en la defensa con una mano. (Ver la segunda técnica descrita en este capítulo).

Golpe Horizontal desde un Costado. El Palo que Bloquea está Sostenido en una Mano

Inicia desde una posición apropiada, por ejemplo, con un pie (el derecho) al frente.

Lanza tu palo con un golpe defensivo corto y fuerte, para que encuentre y bloquee el golpe horizontal del palo agresor. Ejecuta un ligero giro del cuerpo y un paso en diagonal al frente. Esto ayuda a crear un mejor ángulo para la defensa y te aleja del centro del ataque.

Rebota el palo defensor en el palo agresor con un golpe agudo y corto. Esto te permite usar de nuevo el palo tan pronto sea posible para atacar un punto vulnerable en el cuerpo del atacante.

Aquí demostramos el principio de **evitar que el agresor use de nuevo su arma**, asiéndola. Sin embargo, esta técnica también se puede llevar a cabo sin sujetar el palo

En un movimiento rápido, tu palo "brinca" para el contraataque. Tan pronto como sea posible, sujeta el palo del atacante (o la mano) de forma que no pueda usarlo otra vez.

Ejecuta un ataque inmediato a la cabeza del atacante. ***Variación****: Si reaccionas lo suficiente rápido, es posible patear a tu agresor en una primera etapa, de manera simultánea con tu defensa con el palo.*

agresor o la mano que lo sostiene. En este caso, continúa, según sea necesario, con contraataques usando tu palo, con tu mano libre (puñetazos) y piernas (patadas) o cualquier combinación con esto.

Variación*: Ejecuta la defensa con el palo defensor dirigido hacia abajo y tu mano en una posición encima de éste.*

Golpe Horizontal. El Palo que Bloquea se Sujeta con Dos Manos

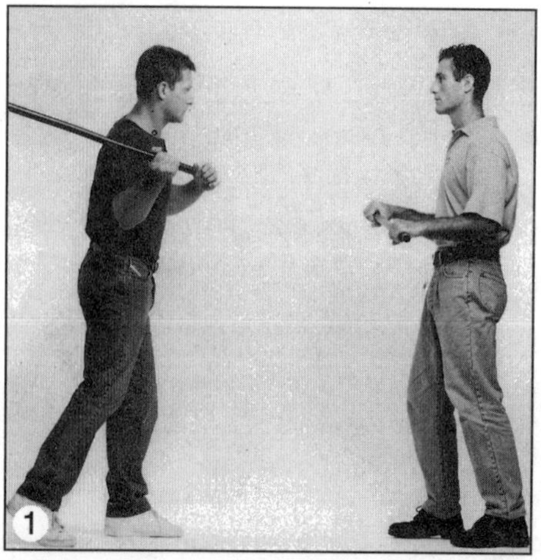

Sujeta el palo con dos manos, mientras te paras con las piernas ligeramente separadas o con una pierna ligeramente al frente. El ataque proviene de tu lado izquierdo.

Éste es otro ejemplo de defensa con un palo, en el cual bloqueas el ataque mientras sujetas el palo con ambas manos. Tu palo debe ser lo suficiente fuerte para resistir el impacto del palo del atacante.

Defiéndete con una acción rápida. Bloquea el ataque enviando tu palo en diagonal hacia un lado, y al mismo tiempo ejecuta una defensa corporal compuesta de un giro del cuerpo y un paso (de tu pie derecho) hacia adelante. Tus codos siempre están derechos.

"Rebota" el palo jalándolo del bloqueo del contraataque, luego de soltar el agarre de tu mano inferior en tu palo. Según se necesite, ataca la cabeza del agresor o cualquier otro punto vulnerable adecuado. Continúa según sea necesario, ejecuta más ataques con el palo, o usa patadas o puñetazos.

Como en todas las técnicas que se han descrito previamente, la acción defensiva con el palo, junto con el giro corporal y el avance diagonal al frente, han hecho posible detener el palo del agresor aproximadamente en su centro o un poco más cerca de la mano que lo sujeta. Asegúrate de evitar una defensa que sólo detiene la mano con el palo, ya que **el palo continuará golpeando**. Asimismo, ten cuidado de no parar el palo en su parte extrema, ya que existe el riesgo que resbale sobre tu palo y regrese a ti.

Nota: En esencia, **todas las técnicas demostradas aquí son similares**, ya que usan una defensa de bloqueo en contra de diferentes tipos de ataques circulares que se dirigen a tu cuerpo de afuera hacia adentro.

Cuchillada Recta. Desvío mediante una Defensa hacia Adentro

El ángulo de tu posición en relación con la del atacante, así como la posición de tu palo, determinan el tipo de defensa y la naturaleza del contraataque que usarás. En el movimiento de defensa hacia adentro, tu palo asesta un golpe rápido y fuerte al palo del atacante, desviándolo, y entonces del palo del agresor es "lanzado" directamente al contraataque. Para permitir un desvío eficaz, la parte inferior de tu palo debe estar más abajo que la parte delantera del palo del atacante, y la parte superior de tu palo debe estar más arriba que el suyo.

En este caso, estás en una posición de arranque que requiere una defensa hacia adentro contra un ataque recto al frente.

Aplica una defensa hacia adentro, desvía el golpe recto con un movimiento fuerte, explosivo. Al mismo tiempo, ejecuta una defensa corporal girando ligeramente y dando un paso diagonalmente hacia el frente. Ya que es difícil calcular la fuerza del golpe, defiéndete con tu palo sostenido en forma más vertical, para proteger un área mayor de tu cuerpo.

Mientras te preparas para asestar un contraataque inmediato, envía tu otra mano para sujetar el arma agresora.

Contraataca a tu oponente de inmediato. Entonces puedes ejecutar ataques adicionales con el palo o atacar con puñetazos o patadas, de acuerdo a las circunstancias.

Posibles Contraataques Iniciales: Con tu palo da un golpe punzante y asesta un golpe circular, una patada, un puñetazo con tu mano libre, o si el atacante está a una distancia próxima, golpea con la parte posterior del palo, el lado que sobresale de tu mano. Para evitar que el agresor use de nuevo su arma, puedes sujetar el palo o la mano que lo sostiene.

Golpe de Cuchillada Recta con el Palo. Desvío con una Defensa hacia Afuera

En este caso, inicias desde una posición que necesita una defensa hacia afuera contra el ataque.

Aplica la defensa hacia afuera para desviar el ataque con un movimiento rápido y fuerte. Al mismo tiempo, ejecuta una defensa corporal girando tu cuerpo ligeramente para luego avanzar con un paso en diagonal hacia el frente (con tu pierna trasera).

Ejecuta tu contraataque inicial. Entonces puedes llevar a cabo ataques adicionales, usando tu palo o asestando puñetazos y patadas, según las circunstancias.

Con el fin de practicar esta defensa específica, párate y sujeta el palo cruzado sobre tu cuerpo en un ángulo que necesite una defensa hacia afuera. La forma en que se sujeta el palo determina que una defensa hacia afuera sea la más rápida y efectiva.

El primer contraataque puede ser un golpe con el palo a la cabeza del atacante (desde afuera hacia adentro), un golpe punzante en algún punto vulnerable de su cabeza, o una patada a la ingle.

Si el ataque es más bien **sorpresivo**, deberás efectuar una defensa hacia afuera. Sin embargo, tus otras acciones (por ejemplo, las defensas corporales y los contraataques) probablemente las efectuarás en una etapa relativamente posterior. ¡Debes practicar para minimizar este retraso!

Golpe Bajo de Cuchillada. Defensa hacia Afuera y Abajo

En este caso, tu palo está ligeramente elevado. Esta posición inicial necesitará una técnica de defensa hacia afuera y hacia abajo, en contra de cualquier ataque bajo tipo cuchillada.

Fotografía 2: El agresor ataca con un golpe bajo punzante. Desde tu posición inicial, ejecuta una defensa hacia afuera y hacia abajo con un movimiento rápido y fuerte, desviando el ataque hacia un lado. La desviación "jala" tu cuerpo en un giro del cuerpo y un avance en diagonal al frente, que constituye tu "defensa corporal". Estos movimientos sirven para crear tanto una defensa corporal, como una mejor posición desde la cual lanzar los contraataques.

Rebota el palo de tu defensa al contraataque.

Ejemplo de un primer contraataque adecuado. Si es necesario, avanza con tu pie derecho para lograr la distancia correcta para golpear al atacante.

Con la ayuda del palo, ejecuta un desvío hacia abajo y hacia afuera. Para hacer esta acción rápida y poderosa, levanta tu codo y gira tu mano, moviéndola a un lado, ocasionando que tu palo se dirija abajo y desvíe el ataque hacia los lados.

En contra de un golpe bajo tipo cuchillada, puedes ejecutar una defensa regular hacia adentro o hacia afuera según se describió previamente, pero ésta es posible únicamente si tu palo está a la altura del golpe, antes de que éste se efectúe. Con este propósito, debes bajar tu posición y tu mano, como al aplicar el principio demostrado en la técnica **Golpe tipo Cuchillada, Agarre recto. Defensa hacia Adentro desde el Exterior**. (Ver cap. 1: **Defensa en Contra de un Ataque con Cuchillo**).

Ataque Básico Contra un Atacante Armado. Golpe con un Palo y Patada

Ataca con fuerza con tu palo, avanza según se necesite y cambia tu peso hacia adelante. Como se espera, tu oponente lleva cabo una defensa en contra de este ataque.

Procede a atacar, usa una patada regular dirigida a la ingle del adversario, asestada cuando está concentrado en protegerse del ataque con el palo.

Aquí demostramos una técnica rápida, simple y altamente eficaz, un ataque táctico contra un atacante armado con un palo. En una confrontación en la que tanto tú como tu oponente están armados con palos, puedes aplicar esta técnica con el fin de vencerlo, incluso si no eres un experto en el uso de un palo.

La técnica está basada en dos ataques, que se ejecutan con un **ritmo en etapas o segmentos**, por ejemplo, el segundo ataque se envía antes que el primero se termine. El segundo ataque golpeará al atacante, incluso si el primero únicamente distrajo su atención. Con este propósito, puedes usar las siguientes combinaciones: (1) Atacar con una patada, lo cual sirve como engaño, y entonces atacar con el palo. (2) Descargar varios ataques con el palo combinados con patadas. (3) Arrojar primero algo al atacante y luego continuar con un ataque con el palo, etc.

El Gran Maestro Imi demuestra el uso del palo contra un ataque con otro palo.

Defensa en contra de dos atacantes armados 10

Al enfrentarte a un oponente, debes ver lo más pronto posible si hay **otro agresor** que pueda hacerte peligrar, ya que esto cambia enteramente la situación.

Una confrontación con dos o más atacantes puede asumir la naturaleza de un **combate**, una situación de **defensa personal**, o una **combinación** de los dos. Bajo estas condiciones, algunas de las tácticas que apliques serán diferente a las empleadas en contra de un solo oponente.

Desde el momento que te das cuenta que te enfrentas a más de un atacante, es imperativo expandir tu atención, de manera que no pierdas ni un movimiento importante realizado por **cualquiera** de los combatientes. Debes colocarte en la mejor posición posible, con relación a los atacantes.

Nota: Si dedicas demasiada atención a un atacante, **el otro, u otros, se sentirán en libertad para atacar sin problemas**. Esto es análogo a una confrontación con un solo atacante, en la que concentras únicamente tu atención en las manos del agresor, por ejemplo, quedando vulnerable a las patadas del mismo. ¡Desde luego que esto nunca debe ocurrir!

En este capítulo, consideraremos el enfrentamiento como un incidente de defensa personal en la que te enfrentas a dos atacantes, en este caso armados. Presentaremos y analizaremos un ejemplo típico en el que uno de los agresores tiene un cuchillo y el otro un palo. Con el propósito de simplificar la presentación y la comprensión del tema, asumiremos en todo el capítulo que cada atacante está agrediendo de una manera específica y definida. De este ejemplo en particular, podemos aprender y deducir muchos principios valiosos:

- La situación es extremadamente peligrosa. Por consiguiente, si es posible, **abandona el área tan pronto como puedas**.
- Cuando sea posible, debes **tomar la iniciativa y realizar tu primer movimiento**. No esperes a que los atacantes inicien.

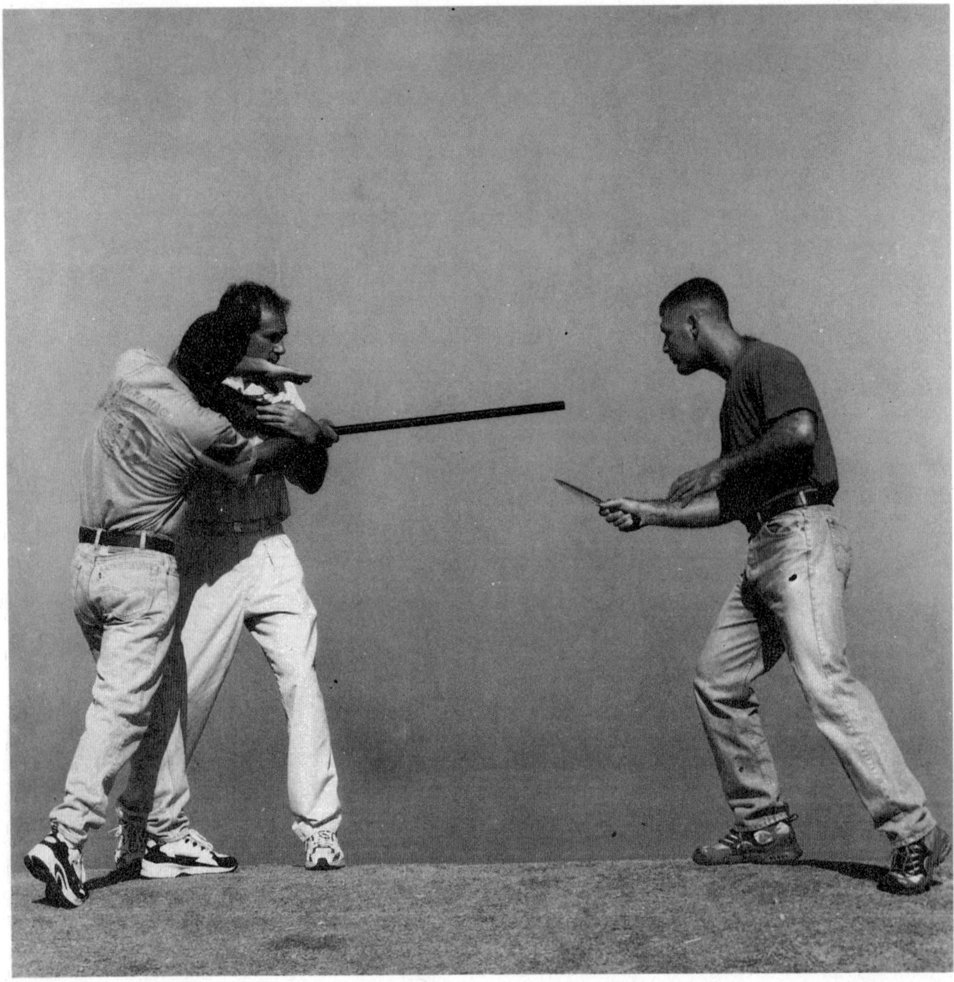

- **Evita dedicarle atención excesiva a un solo atacante.** Primero debes neutralizar a uno de los oponentes tan rápido y eficazmente como sea posible, y entonces enfrentarte con el otro (u otros) según sea necesario.
- **Disminuye tu distancia a un atacante** con el fin de defenderte y atacar eficazmente. Hazlo de manera que te coloques lo más alejado del otro agresor(es) para incrementar tu seguridad.
- **Evita pararte o pasar entre los dos atacantes.** Si no puedes evitar pasar entre los dos, hazlo tan rápido como puedas. Si es posible o cuando sea necesario, realiza tu movimiento mientras actúas en contra del atacante más peligroso, o en contra de ambos.
- Actúa tanto para defenderte como para atacar a los agresores, colocándote de manera que **uno de los atacantes sirva como un escudo o una barrera, entre tú y el otro (u otros)**. Esto se puede lograr moviéndose en la dirección correcta o al girar y colocar a un atacante en el sitio apropiado, entre el otro atacante y tú.
- **Empujar a un atacante en contra del otro**, en especial después de que el primero ha sido contraatacado con fuerza, te dará una ventaja instantánea al crear una alteración importante de las acciones del segundo atacante. Utiliza esto con el fin de neutralizar a uno o a ambos atacantes o aprovechar de inmediato la oportunidad para una retirada controlada de la escena del incidente.
- En una situación asimétrica, en caso de que cada atacante porte un tipo de arma diferente, cada una de las cuales representa un nivel diferente de fuerza y amenaza, primero debes actuar para.**limitar la capacidad de ataque del agresor más peligroso**, mientras tomas en cuenta la posibilidad de cualquier acción posterior por parte de los atacantes.

  Por ejemplo: Desde el punto de vista de la efectividad de un tipo de arma comparada con la otra, al principio, cuando los atacantes están relativamente lejos del defensor, **el palo por lo general es más peligroso que el cuchillo** debido a su mayor alcance relativo. Por consiguiente, en la mayoría de estas situaciones, la primera acción debe efectuarse en contra del atacante sosteniendo el palo, ¡incluso si no fue quien hizo el primer movimiento para atacar! Además, el palo puede tomarse y usarse en contra del otro atacante (el que está armado con un cuchillo).
- En situaciones asimétricas donde un atacante está armado con un cuchillo y el otro con un palo, aplica medidas defensivas en contra del que tiene el cuchillo, **sólo si momentáneamente se volvió el atacante más peligroso**, por ejemplo, si se movió a una distancia cercana a ti y te atacó por sorpresa. En la mayoría de los casos, incluso si el atacante que sostiene el cuchillo está más próximo a ti, es posible (e incluso recomendable) "escapar" hacia el que tiene el palo y atacarlo.
- Cuando sea posible, **desarma a un atacante y usa su arma para defensa y contraataque**. Por ejemplo, el palo será un arma efectiva en contra del cuchillo pero lo opuesto **no** necesariamente será verdad.

Precaución: Ambas armas no deben caer en las manos de un atacante.

Al practicar las siguientes defensas en contra de dos o más atacantes, aplica los principios detallados anteriormente, bajo condiciones claramente definidas. Entonces practica **variaciones** en las que los atacantes están armados con las mismas o con diferentes armas o utilizan diferentes técnicas para atacarte mientras se aproximan desde direcciones opuestas. También puedes simular otras situaciones realistas, por ejemplo, en una escalera, al estar sentado, en áreas confinadas o con una iluminación insuficiente, etc.

Esto te permitirá cambiar lo inusual en lo usual, lo extraño y lo desconocido en lo familiar. De esta manera te entrenas a improvisar, y en el momento que lo necesites, tendrás la destreza de aplicar la respuesta correcta a un problema nuevo. **Esta es la clave para mejorar tu habilidad de enfrentarte eficazmente a situaciones de la vida real**.

Dos atacantes. Uno a la Derecha, Armado con un Palo y el Otro a la Izquierda, con un Cuchillo

Posición inicial. El atacante con el palo está en posición diagonal a tu derecha, y el que tiene el cuchillo está en diagonal a tu izquierda. Ambos te atacan. Si es posible, ***toma la iniciativa*** *y no esperes por tus oponentes. Ataca a uno de ellos (de preferencia al que tiene el palo), usa la técnica apropiada.*

Emplea la defensa y el contraataque en contra del atacante armado con el palo. En este ejemplo está atacando con un golpe circular por encima de la cabeza. El atacante con el cuchillo debe cambiar su línea de ataque. Se ha incrementado la distancia segura entre él y tú.

Asume que los atacantes están casi equidistantes a ti. El atacante con el palo constituye el peligro más grande debido al alcance mayor de su arma: puede alcanzarte más rápido debido a su ventaja.

Basado en el principio de ejecutar defensas y ataques de acuerdo con el nivel de riesgo de cada atacante, **la primera acción por lo general será en contra de aquel que tiene el palo**. Desde luego, existe una excepción a esta regla, cuando el atacante con el cuchillo te ha atacado por sorpresa o está a muy poca distancia.

Como el segundo atacante fue sorprendido, ahora puedes continuar y sujetar al primer atacante (dando un paso con tu pie izquierdo), contraatacando con un rodillazo a la ingle.

Da un paso con tu pie derecho para voltear al atacante blandiendo el palo, el cual servirá como una barrera contra el segundo atacante (el que tiene el cuchillo). ***Precaución****: El agresor que sostiene el cuchillo invariablemente intentará ir alrededor o por encima de la "barrera" para atacarte.*

A la distancia apropiada, detén al atacante blandiendo el cuchillo con una patada a la ingle.

Si el palo todavía está en las manos del primer atacante, usa una técnica de llave para tomar el palo de las manos del atacante (si es necesario, haz esto con la ayuda de tu rodilla o muslo).

Según sea necesario, usa el arma que tomaste en el contraataque.

En este caso, no tienes otra opción sino actuar en contra de él, como se muestra más adelante en este capítulo en la técnica **Dos Atacantes. Primera Acción contra el Atacante Blandiendo el Cuchillo**.

En el ejemplo descrito arriba, la técnica de defensa se aplica contra el atacante sosteniendo el palo. Las acciones para avanzar hacia el primer agresor y voltearlo para obstruir al segundo, se ejecutan **a máxima velocidad y sin voltear completamente tu espalda hacia el segundo atacante**.

En este ejemplo, tienes suficiente tiempo para desarmar al primer atacante. Esto lo haces al rotar el palo en la mano del agresor y llevar el palo cerca de su antebrazo. En otros casos, el arma puede caer al suelo como consecuencia de los contraataques, o puede suceder que no tengas suficiente tiempo para tomar el arma, sino una fracción de segundo para saltar hacia atrás o es posible que actúes de inmediato en contra del segundo atacante, usando "únicamente" tus manos y piernas.

Dos Atacantes. Uno a la Derecha, Armado con un Cuchillo y el Otro a la Izquierda con un Palo

Posición inicial: Eres atacado por dos hombres armados; a tu derecha hay un atacante armado con un cuchillo y a tu izquierda un atacante armado con un palo.

En contra de un ataque con palo desde arriba, aplica una técnica de defensa de "cuchillada" a la parte exterior del antebrazo del agresor, mientras arremetes al frente de preferencia sobre el pie del mismo lado que la mano defensora. Este movimiento en particular también te permite efectuar con facilidad la siguiente etapa e incrementar tu distancia del segundo atacante.

Aquí también vemos cómo se aplican los principios básicos. La técnica de defensa es una defensa de cuchillada al exterior del ataque, que te permite ir detrás del agresor sin pasar entre los dos atacantes y **sin darle la espalda al que tiene el cuchillo**. En este ejemplo, así como en el primero, tienes éxito en desarmar al atacante inicial, aunque en una etapa posterior (comparado con el primer ejemplo anterior). **Otros escenarios posibles**: El palo puede caer de las manos del primer atacante como resultado de los contraataques, o quizá no tengas tiempo suficiente para desarmarlo antes de frustrar las acciones del segundo atacante.

Continúa con otro paso, con el fin de moverte detrás del primer atacante.

Simultáneamente, contraataca y da un paso detrás del atacante. Tu movimiento obliga al atacante con el cuchillo a cambiar su línea de ataque.

Patea al segundo atacante con el fin de detenerlo a buena distancia.

Cuando la situación lo permite, desarma al primer atacante y usa su arma según sea necesario.

Nota: Las primeras dos técnicas únicamente demuestran parcialmente cómo colocar al primer atacante enfrente del otro.

Precaución: Si uno de los atacantes suelta su arma, debes **impedir que el otro la agarre**, ¡y tenga dos armas a su disposición!

Dos Atacantes. Cómo moverte con el fin de Incrementar tu Distancia del Segundo Atacante

Primera opción:

El atacante sosteniendo el palo está a tu izquierda. Contra el ataque del palo desde arriba tienes que aplicar la defensa tipo cuchillada al interior del brazo agresor, al mismo tiempo que arremetes al frente, una acción que no te coloca lo suficientemente lejos del segundo atacante. Esta técnica incluye un contraataque. Ya que estás defendiéndote con tu mano izquierda y tu pierna derecha está al frente, continuarás como se explica a continuación:

Haz girar al primer atacante en un movimiento hacia afuera, al tiempo que das un paso en diagonal al frente con tu pierna trasera (izquierda).

Da un paso atrás y finaliza el giro. Así incrementarás tu distancia del segundo atacante y colocarás al primero como una barrera entre el segundo y tú. Ahora ejecuta un contraataque adicional contra el primer atacante.

Los siguientes tres grupos de fotografías demuestran las diferentes opciones que el defensor tiene para voltear el primer atacante hacia el segundo. Esto se convierte en algo necesario si fracasó tu primera acción de colocarte lo suficiente lejos de la amenaza del segundo atacante. En la técnica previa tuviste éxito en moverte detrás del primer atacante (el que sostenía el palo) en tu primera acción defensiva. En el caso que aquí se presenta no pudiste hacerlo.

El tipo de ataque ejecutado por el primer atacante y la posición de tus piernas al ejecutar la técnica de defensa inicial, combinada con el ángulo y la distancia del segundo atacante, son los factores que determinan la dirección de la vuelta.

Segunda opción:

El atacante sosteniendo el palo está a tu izquierda. En contra del ataque desde arriba con el palo, aplicaste la defensa de cuchillada al interior del brazo agresor con tu mano izquierda, colocándote incluso más lejos del otro atacante. La técnica también incluye un contraataque. Aquí, tu pierna al frente (izquierda) es la del mismo lado que tu mano defensora (también izquierda).

Procede en un movimiento continuo. Debido a que tienes que colocar tu pierna izquierda al frente, da un paso adelante con tu pie trasero (derecho), y entonces da vuelta. Esto se puede hacer ***sólo si el segundo atacante está relativamente lejos****, ya que durante la vuelta pondrás tu espalda en su dirección, lo que definitivamente es una situación indeseable de tu parte. Pasa entre los dos agresores tan rápido como sea posible, ejecuta el giro, y coloca al primer atacante como un escudo contra el segundo.*

El primer atacante ahora forma una barrera para el segundo. Continúa con contraataques o aléjate rápidamente de la zona de peligro.

Con tu segundo paso, voltea al atacante blandiendo el palo **a tu izquierda**, luego de haber ejecutado la defensa con tu pie izquierdo al frente (fotografías 2.1 a 2.3), **o a tu derecha**, cuando ejecutaste una defensa con tu pie derecho al frente (fotografías 1.1 a 1.3), o

Tercera opción:

Como en el grupo de técnicas previo, ejecutas la técnica con tu pierna izquierda al frente, pero aquí, debido a la falta de tiempo y espacio, no puedes pasar entre los dos atacantes.

Continúa con un pequeño paso sobre tu pierna izquierda. Gira y da un paso atrás con tu pierna derecha, volteando con fuerza al atacante con el palo.

Tu acción ha llevado al primer atacante enfrente de ti, bloqueando el camino del atacante con el cuchillo. Procede según sea necesario.

con tu pierna izquierda adelante en caso de que no tengas suficiente espacio y tiempo para pasar entre los dos atacantes (fotografías 3.1 a 3.3).

Nota: Si el segundo atacante se te acerca por detrás y representa un peligro inmediato mientras aplicas la técnica de defensa en contra del primero, puedes golpearlo y detener su avance, por ejemplo, con una **patada defensiva hacia atrás** (una patada recta hacia atrás) y entonces procede con tus acciones en contra del primer agresor.

Dos Atacantes. Primera Acción en contra del Atacante con Cuchillo

El atacante blandiendo el cuchillo está a tu izquierda y el atacante con el palo está a tu derecha. Aplica una técnica de defensa hacia adentro (desde el exterior) contra el atacante sosteniendo el cuchillo, quien te agrede a una distancia relativamente cercana (y posiblemente por sorpresa), usando una cuchillada recta.

Ejecuta una defensa hacia adentro en contra del ataque recto con el cuchillo y descarga un contraataque mientras te mueves en diagonal hacia el frente.

Mientras estás consciente de las acciones del otro atacante, mantén el control sobre el agresor que tiene el cuchillo y muévete detrás de él.

Ponte detrás del atacante y asesta una patada de pisotón a la parte posterior de su rodilla, empujándolo hacia adelante. Ahora está bloqueado el camino del segundo atacante.

Al empujar al primer agresor hacia el otro, creas un obstáculo para éste. Invariablemente bloqueará el camino del segundo atacante, o al menos puede interferir con su habilidad para alcanzarte de una manera más directa y corta.

Esta maniobra táctica te "consigue tiempo" para continuar con el contraataque, la defensa según sea necesario, o tu retirada del lugar.

Fuiste sorprendido por un intento de cuchillada a corta distancia y debes tomar acción en contra de la cuchillada y el atacante. Si el agresor con el palo está relativamente lejos, como en la fotografía, quizá tengas suficiente tiempo para efectuar tus contraataques y tomar otras medidas en contra del atacante con el cuchillo. Si estás presionado por falta de tiempo, todavía puedes ejecutar una defensa y posiblemente descargar un contraataque al atacante con el cuchillo.

Recuerda: Debes **atacar de inmediato al agresor armado con el palo**, o saltar hacia atrás y ganar distancia de ambos atacantes.

Si desarmaste al atacante con el cuchillo, puedes usar el cuchillo para tus contraataques e incluso puedes considerar arrojárselo al segundo atacante (si sabes cómo) para impedirle seguirte agrediendo y entonces arremeter y atacarlo.

Dos Atacantes. Primera Acción Corta en Contra del Atacante con Cuchillo

Bloquea la cuchillada oriental (hacia arriba), la cual fue asestada sorpresivamente por el primer atacante. El atacante con el cuchillo está muy cerca. Tus opciones pueden ser saltar hacia atrás o arremeter (por un costado) hacia él.

Si escoges enfrentarte al segundo atacante, arremete hacia él y ejecuta la técnica respectiva: ***Defensa en Contra de un Golpe Horizontal por un Costado (Golpe de bate de beisbol).***

Termina con la fase de defensa (de la técnica en contra de un golpe horizontal con un palo).

El contraataque contra el segundo atacante se efectúa mientras lo colocas entre el otro agresor y tú.

Fotografía 2, tomada desde el frente: Arremetiendo contra el segundo atacante.

Si no tienes tiempo suficiente para enfrentarte al agresor con el cuchillo, el cual te agrede por sorpresa a una distancia relativamente cercana, necesitas ejecutar una defensa adecuada y contraatacar simultáneamente. Entonces salta de inmediato hacia el segundo atacante, minimizando la distancia entre tú y él. Esto ocasiona que su ataque con el palo sea ineficaz.

Principios detrás de las técnicas de defensa 11

En este capítulo trataremos con los diversos principios que son los fundamentos de las acciones defensivas. Estos principios se aplican al defenderse en contra de los ataques con la mano (todo tipo de movimientos de cuchillada o puñetazos), ataques con piernas y pies o ataques que implican el uso de armas. El propósito general de una acción defensiva es **detener el ataque**, impidiendo que el agresor pegue en el blanco. Además, una técnica realizada adecuadamente debe permitir al defensor asestar un contraataque inmediato y eficaz o preparar el camino para una retirada controlada.

Las técnicas de defensa personal constituyen una parte importante del sistema del Krav Maga. Son mucho más que una colección al azar de técnicas útiles. Cada una de ellas puede ser tomada por separado y analizada metódicamente. Esto ayuda a descomponer cada técnica en sus componentes básicos y a comprender los principios generales fundamentales. Los principios tratados en esta sección se dividen de acuerdo a estos componentes comunes que sirven para crear la respuesta defensiva más corta y eficaz para un ataque. Al conocer, comprender y asimilar estos principios, podrás **reaccionar con las respuestas correctas al incidente al que te enfrentas, y solucionar con mayor eficacia las situaciones reales**, algunas de las cuales nunca encontraste en el entrenamiento. Entrenar de acuerdo con estos principios, practicar en contra de variaciones en el ataque y aprender a examinar críticamente el peligro y la solución del problema, definitivamente te prepara de manera más eficaz para resolver confrontaciones violentas reales.

Defensa Corporal (Evasión)

El término **evasión** o **defensa corporal** se refiere a mover el objetivo, de manera que el ataque, ya sea un puñetazo, una patada o una agresión con un arma, no "dé en el blanco".

Las evasiones básicas son las siguientes:

Movimientos Horizontales del Cuerpo

1. **Alejándose, retrocediendo**: En esta defensa, te sales de la distancia de ataque. Tu movimiento es a lo largo de una línea imaginaria entre tu agresor y tú. Puedes alejarte por completo, es decir, retroceder uno o más pasos, o puedes mover hacia atrás el área del cuerpo, blanco del ataque, por ejemplo, echar para atrás el torso, lo cual mueve tu cabeza y cuello del alcance de un puñetazo o una cuchillada de tajo.
2. **Reducir la distancia con un avance al frente**: En esta acción, acortas la distancia entre el atacante y tú, de manera que las armas o extremidades que te atacan por afuera, por ejemplo, un pie efectuando una patada giratoria o el extremo de un palo en un golpe horizontal por un costado, no den en el blanco con sus partes más peligrosas y rápidas, las cuales son las áreas más alejadas de los ejes de movimiento. En el peor de los casos, la parte que te golpea será la parte más cercana a la fuente de movimiento y la base del arma o extremidad agresora.

Recuerda: Esta defensa sola por lo general **no es suficiente contra ataques rectos**. Sin embargo, si la defensa corporal se ejecuta correctamente y en el tiempo adecuado, incluso el ataque recto del adversario no tendrá suficiente tiempo de cubrir una distancia grande y lograr mucha velocidad, por consiguiente carecerá del impulso necesario y resultará menos eficaz. En el Krav Maga, la mayoría de las técnicas que aplican este principio también utilizan una técnica de defensa manual adecuada como parte integral de una defensa completa.

3. Movimientos hacia los lados: Aquí, te mueves a lo largo de una línea perpendicular imaginaria a la línea entre el atacante y tú. Esta defensa por lo general se acompaña por un **giro del cuerpo** (como se explicará más adelante). Como resultado de este movimiento, un ataque dirigido directo al frente **pasará frente a ti**, en lugar de **chocar contra ti**. Incluso si el ataque se ejecuta con un movimiento circular o giratorio, la evasión correcta te sacará de la distancia efectiva de ataque minimizando su impacto, aunque en este caso por lo común tendrás que moverte una distancia mayor.

Los siguientes dibujos muestran defensas de un cuerpo en movimiento hacia un lado (visto desde arriba). La simbología que se agrega se aplica a todos los dibujos en este capítulo.

Simbología

- → Dirección de defensa
- ⋯→ Dirección de movimiento
- ⇒ Dirección de ataque
- ● Eje de giro
- ⊤ El Blanco

Contra un Ataque Recto

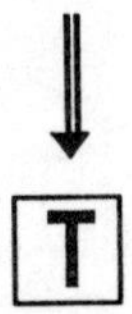

a. Antes del Movimiento

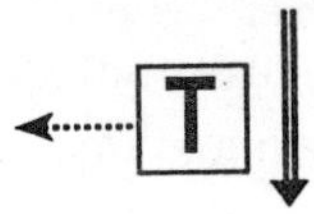

b. Después del movimiento (el ataque pasará de largo el blanco)

Contra un Ataque Giratorio

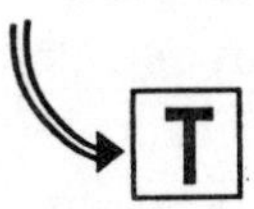

a. Antes del movimiento

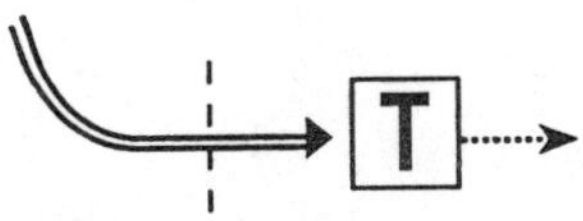

b. Movimiento hacia los lados (crea un impacto reducido)

Giro del Cuerpo

En esta acción, te mueves a lo largo de un eje vertical, similar a la forma en que se mueve una puerta sobre sus bisagras. Si el ataque consiste en un movimiento recto, la ubicación correcta del eje asegurará una defensa corporal efectiva, lejos de la línea de ataque. Aunque está defensa por sí misma no será totalmente suficiente en contra de ataques desde afuera (ataques circulares), ataques que siguen una trayectoria larga, definitivamente reducirán su impacto.

a. Antes del giro

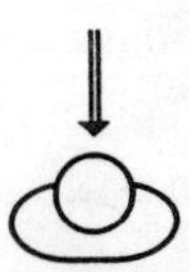

b. Giro del cuerpo en retroceso

c. Giro del cuerpo en un avance

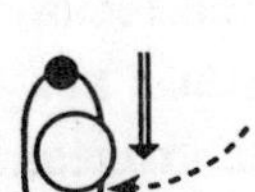

d. Esta acción se considera **incorrecta.**

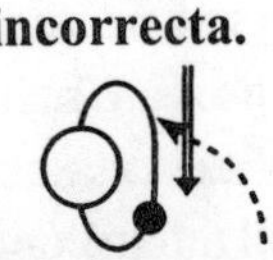

Las técnicas defensivas del Krav Maga por lo general incluyen un giro del cuerpo combinado con el avance diagonal al frente o a un lado del defensor. Esto se aplica, por ejemplo, a **Amenaza desde el Frente, a cierta Distancia** (en Cap. 4: **Neutralización de una Amenaza con Pistola**); **Cuchillada, Agarre Recto. Defensa hacia Adentro desde el Exterior**; **Cuchillada, Agarre Oriental. Defensa Diagonal con el Antebrazo** (en el Capítulo 1: **Defensa en Contra de un Ataque con Cuchillo**); **Defensas Manuales contra una Patada Regular**, y otras.

Defensa con Cambio de Peso

En esta acción "cambias" tu peso, provocando que el ataque pase por encima o por debajo de tu cuerpo. En el Krav Maga, estas defensas incluyen **bajar tu cuerpo** al doblar el torso y las rodillas o **levantar el blanco**, por ejemplo, al elevar tu pierna contra una patada dirigida a tu espinilla o a tu rodilla, neutralizando el peligro inmediato para tu pierna.

Combinación de Diversos Principios en Una Técnica

Para que las defensas corporales sean eficaces, se les agregan e integran varias formas de evasión. Como ejemplo, ver lo que sigue a continuación:

1. **Moviéndose en "todas" direcciones**, por ejemplo, evasión en movimiento diagonal al frente o hacia atrás. Esto es creado por movimientos combinados hacia un lado con un movimiento al frente o hacia atrás. En efecto, tenemos ocho direcciones principales de movimiento horizontal (similar a la estrella de la brújula), no sólo cuatro direcciones laterales como se describió hasta ahora. (Todo el rango completo de posibilidades es, desde luego, un número infinito de direcciones diagonales).

2. **Combinación de movimiento con un giro del cuerpo**. En muchas de las técnicas del Krav Maga, la eficacia de tus evasiones será incrementada por la combinación de un giro corporal apropiado, con un avance en diagonal al frente. Estas técnicas incluyen por ejemplo: **Amenaza desde el Frente, a Cierta Distancia (Neutralización de una Amenaza con Pistola); Golpe de Cuchillada con un Palo. Defensa hacia Adentro desde el Exterior/Interior (Defendiéndose en Contra de un Ata-**

cante Armado con un Palo); **Cuchillada, Agarre Oriental. Defensa Diagonal con el Antebrazo** (Cap. 1: **Defensa contra un Ataque con Cuchillo**) y otras.

3. **Combinación de movimientos en la dirección apropiada, con un cambio de peso**, por ejemplo, como se demostró en **Cuchillada, Agarre Recto. Defensa Corporal Lateral y Patada** (Capítulo 1: **Defensa Contra Ataque con Cuchillo**). Muévete hacia los lados y dobla tu cuerpo hacia abajo para salirte o quedar debajo de la línea de ataque.

Defensas con la Mano o el Pie

Ahora expondremos los principios de los movimientos con manos o piernas en la ejecución de las técnicas de defensa. Como se explicó previamente, el Krav Maga combina sistemáticamente las defensas ejecutadas por diferentes extremidades, con su correspondiente movimiento evasivo del cuerpo. Las excepciones a esta regla son las defensas repentinas, reflejas, como las **Defensas hacia Afuera en 360º**, en caso de que las restricciones de tiempo sólo permitan enviar una extremidad para bloquear o desviar el ataque. En estas situaciones, a veces es más difícil mover realmente el cuerpo para una eficaz maniobra evasiva, y casi imposible mover todo el cuerpo, es decir, el centro de gravedad del cuerpo del defensor.

Dirección del Movimiento de las Extremidades Durante la Defensa

1. **Defensas hacia Adentro**: En estas acciones, la extremidad defensiva opera desde el exterior al interior, con tu cuerpo como punto de referencia. Por ejemplo, ver: **Defensa al Interior desde el Lado "Vivo"** y **Defensa hacia Adentro desde el Exterior** (Cap. 1: **Defensa en Contra de Ataque con Cuchillo. Cuchillo en Agarre Directo**).

2. **Defensas hacia el Exterior**: En estas acciones, las extremidades defensivas actúan desde adentro hacia afuera; el punto de referencia es tu cuerpo. Estas técnicas tam-

Un ejemplo de la defensa hacia adentro

Un ejemplo de la defensa hacia afuera

bién incluyen defensas en las cuales la extremidad defensora se mueve hacia arriba o abajo del centro. (Ver las técnicas sobre defensas con antebrazo en contra de cuchillada en agarre oriental o regular en el Cap. 1: **Defensa en Contra de Ataque con Cuchillo**).

Dirección del Impacto de la Extremidad Agresora

Aquí expondremos la dirección y el ángulo en que la extremidad agresora golpea la extremidad defensora y viceversa. Existen cuatro tipos y direcciones diferentes de impacto.

1. **Impacto vertical**: La primera posibilidad es un impacto vertical de la mano o el pie defensivos sobre la extremidad agresora, por ejemplo, en contra de una cuchillada o un puñetazo rectos. **Como resultado**, el ataque se desvía de su dirección original de movimiento. (Ver la fotografía a). **Ejemplos: Cuchillada con Palo. Defensa hacia Adentro desde el Exterior y el Interior** (Cap. 3: **Defensa en contra de un atacante Armado con un Palo**) donde al momento de contacto, la palma se mueve hacia adentro únicamente (como opuesta a la defensa deslizante); **Cuchillada Directa. Desvío mediante Defensa hacia Adentro y hacia Afuera** (Cap. 9: **Palo contra Palo**).

   La segunda posibilidad es un impacto vertical en contra de la extremidad agresora moviéndose hacia adentro en un movimiento giratorio o rotatorio, con el objetivo de **detener y bloquear el ataque**, como se demostró en la fotografía b. Ver las siguientes defensas con el antebrazo: **Cuchillada Repentina desde el Frente. Agarre Oriental y Regular** (Cap. 1: **Defensa en Contra un Atacante Armado con un Palo**).

   Cuando el defensor no tiene arma para propósitos defensivos, una acción posible para reducir la intensidad del impacto en la extremidad defensiva es **detener el ataque a cierta distancia**, en lugar de en un solo punto. Esta acción es análoga a la forma en que funcionan los amortiguadores. El defensor también puede añadir una inclinación, para crear un ángulo de impacto más agudo, y un movimiento deslizante entre el atacante y las extremidades defensivas.

a

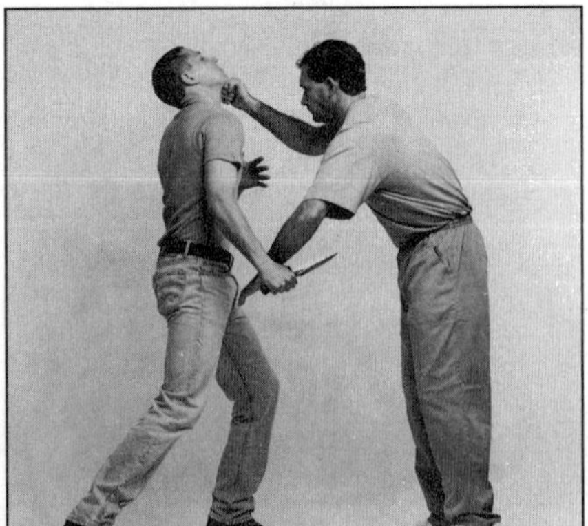
b

Una acción defensiva más apropiada en contra de un ataque más poderoso, con un impacto que no es vertical, es una inclinación para crear un movimiento deslizante.

a. Defensa cuyo impacto desvía el ataque, alterando su curso.
b. Defensa de bloqueo, detiene el ataque a un ángulo de 90°.
c. En el caso de un ataque muy poderoso, no siempre se recomienda un bloqueo de 90°.

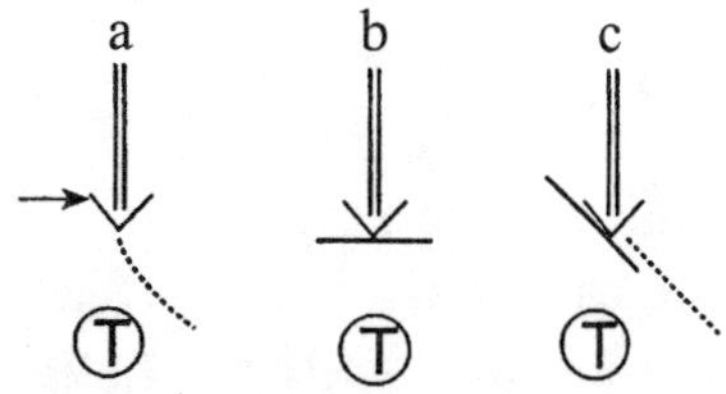

2. Deslizamiento: Esto ocurre cuando la extremidad defensiva sale para desviar el ataque y se encuentra o golpea la extremidad atacante en un ángulo agudo. **Ejemplos: Golpe sobre la Cabeza. Defensa de Cuchillada hacia el Interior o Exterior del Ataque** (Cap. 3 **Defensa en Contra de un Atacante Armado con un Palo**), en la cual la defensa con la mano se menciona como una defensa de "cuchillada". En las técnicas **Cuchillada, Agarre Recto. Defensa hacia Adentro desde el Exterior** (Cap. 1: **Defensa en Contra de Ataque con Cuchillo**) y **Defensa Deslizante hacia el Interior en contra de Puñetazo Recto**, tu mano (antebrazo) se lanza diagonalmente al frente para que se deslice a lo largo del antebrazo del agresor y cambie de dirección el puñetazo, alejándolo del blanco intentado. En la segunda técnica, la defensa deslizante se transforma, a lo largo de la misma línea de movimiento (como la defensa), en un puñetazo asestado al atacante.

La dirección desde la cual la extremidad atacante (u objeto) se encuentra con la extremidad defensora.

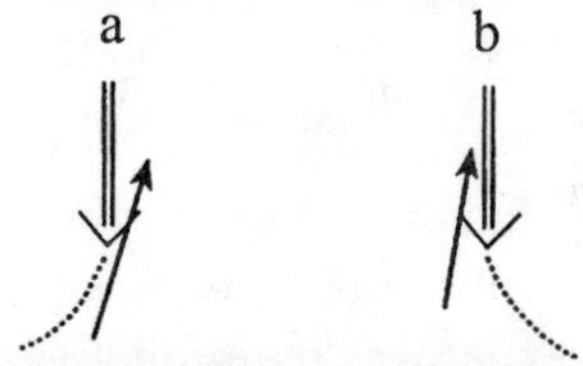

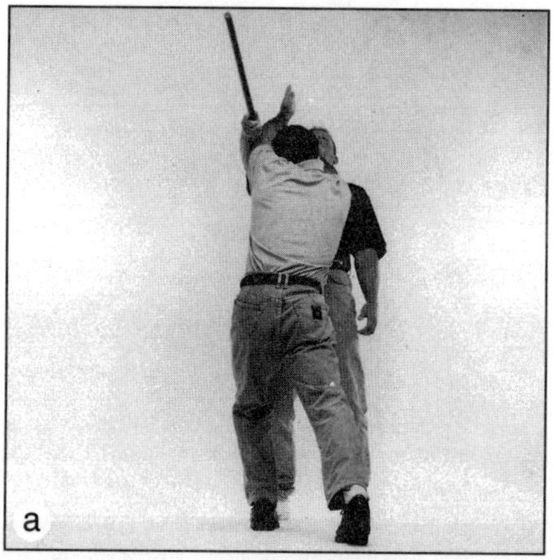

Defensa de "cuchillada" hacia afuera, en contra de un ataque con golpe sobre la cabeza.

Defensa deslizante hacia adentro, en contra de puñetazo recto, con contraataque al final de la defensa.

3. Defensas Deslizante o de Seguimiento: En estas acciones, la extremidad defensiva le da una nueva dirección a la extremidad atacante y se le une mientras la sigue y la desvía de su curso original. A pesar de que este principio no se ve a menudo en el Krav Maga, podemos entenderlo en la técnica:

Amenaza desde el Frente, a una Cierta Distancia (Cap. 4: **Neutralización de una Amenaza con Pistola**); o **Cuchillada, Agarre Recto. Defensa hacia el Interior al Lado "Vivo"**; y **Cuchillada Recta Repentina Dirigida al Abdomen Inferior** (Cap. 1: **Defensa en Contra de Ataque con Cuchillo**).

Defensa de acompañamiento Defensa de Paro

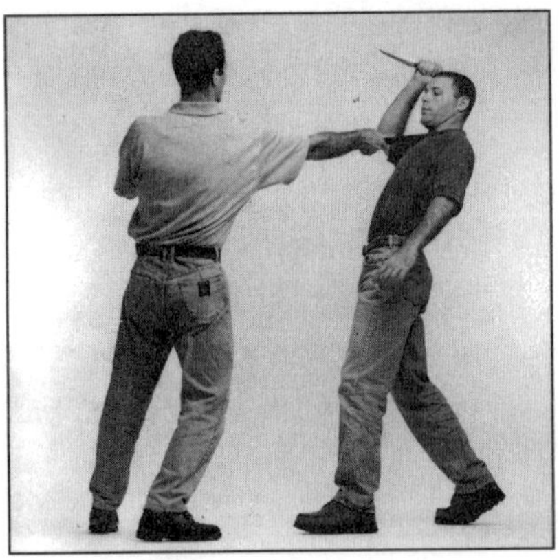

4. **Deteniendo un ataque con un contraataque**. Ataca la extremidad agresora del atacante o su cuerpo mientras está en movimiento, por ejemplo, según **Defensa en contra de Cuchillada Regular** (Cap. 8: **Palo Corto en Contra de Ataque con Cuchillo**). Puedes lanzar un contraataque sobre el cuerpo del agresor mientras avanza, tan pronto ha alcanzado la distancia apropiada. **Ejemplo**: Patear el cuerpo del atacante cuando intenta acuchillarte, esto se usa en contra de cualquier tipo de ataque con cuchillo.

Combinación de Acciones del Cuerpo y Extremidades. Análisis de las Diferentes Técnicas

La mayoría de las técnicas de defensa en el Krav Maga aplican una combinación de ciertos principios de defensa corporal con ciertos principios de defensa con extremidades. A continuación se analizarán varia técnicas. **Los diferentes principios defensivos dentro de una cierta técnica nunca deben contradecirse entre sí**. Esta es una regla básica que guía la teoría detrás del sistema del Krav Maga.

1. **Defensa hacia Adentro en contra de Patada Regular**: Mientras inclinas ligeramente la parte superior de tu cuerpo hacia el frente, envía tu mano a encontrarse con la pierna que patea (espinilla) y **desvíala** en una defensa hacia adentro con **impacto vertical**. Tu defensa corporal (evasión) está integrada en tu movimiento manual y consiste de dos acciones: **un giro del cuerpo** y un **avance diagonal** al frente para evadir la línea de ataque. Aunque la técnica completa no se muestra aquí, se ilustra una defensa basada en la misma teoría, aunque a diferente altura, en la defensa contra un ataque tipo cuchillada con un palo (o bayoneta).

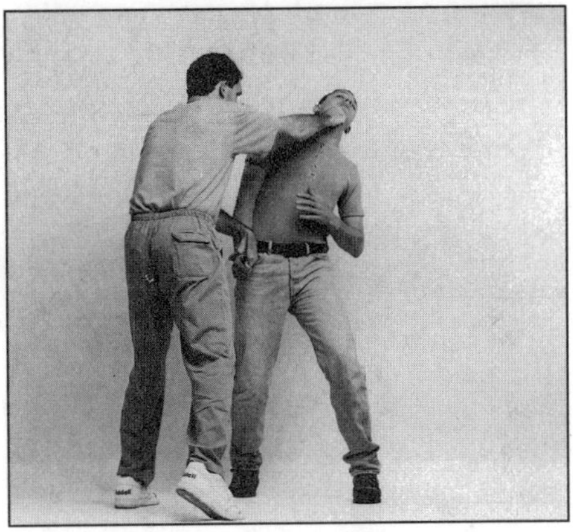

2. **Cuchillada, Agarre Oriental. Defensa Diagonal con el Antebrazo** (Capítulo 1: **Defensa en contra de un Ataque con Cuchillo**). Avanza diagonalmente con un rápido giro hacia adentro que refuerza tu defensa corporal. En la defensa con el antebrazo, **detienes** el antebrazo agresor y lo **bloqueas**. Tu codo está por debajo del codo del atacante con el fin de crear un **efecto deslizante** ligeramente hacia afuera, o más precisamente, para impedir que el antebrazo agresor resbale adentro hacia tu cuerpo.

3. **Golpe sobre la Cabeza. Defensa de Cuchillo al Interior del Ataque** (Cap. 3: **Defensa en Contra de un Atacante Armado con un Palo**): Arremete al frente, reduciendo la distancia entre el agresor y tú, de manera que el palo pierda su eficacia y ya

no sea peligroso. El antebrazo del atacante, o el mismo palo, **se deslizan** sobre el antebrazo del defensor en una continuación de su línea inicial de movimiento (con un cambio mínimo de dirección). Entonces, el golpe debe ser dirigido lejos del defensor para lograr una defensa completa. Como resultado de este tipo de defensa deslizante, el impacto con el antebrazo defensor es mínimo. Al ejecutar esta defensa, tu cabeza debe estar agachada y protegida entre tus hombros tratando de evitar la línea de peligro.

4. **Amenaza por Detrás a Corta Distancia** (Cap. 4: **Neutralización de una Amenaza con Pistola**): Al usar un brazo, con un movimiento hacia los lados, **desvías** con facilidad la pistola o la mano que la sostiene. Esta acción se ejecuta en forma simultánea con un **giro del cuerpo**, quitándote de la línea de fuego y **avanzando** rápidamente hacia el agresor. Uno de los propósitos del avance es colocarte detrás de la pistola y tan lejos como sea posible de la línea de fuego. Sujetar el antebrazo con la mano sosteniendo la pistola servirá para inmovilizar el arma y evitar un uso posterior de la misma.

Enfrentándose a un incidente violento 12

Evaluación, Reacción y Conceptos de Entrenamiento

Resolviendo el Incidente

En esta sección resumiremos, con la ayuda de un diagrama general, lo que sucede con la mente y el cuerpo humanos desde el instante en que uno percibe que está ocurriendo un incidente, hasta el momento que emprende la acción necesaria para enfrentarse con la situación.

Desde el momento en que percibes, a través de tus sentidos, que ha ocurrido algo que puede hacer peligrar tu bienestar personal y el de las personas a tu alrededor, surge una cadena completa de reacciones y etapas. En primer lugar, debes estar consciente de la naturaleza general del peligro al que te enfrentas como resultado del incidente. Entonces podrás definir correctamente el riesgo, escoger una de varias maneras de actuar, llevar a cabo la manera de actuar seleccionada y, finalmente, proceder de acuerdo a la nueva situación creada como resultado de la iniciativa que emprendiste.

En la siguiente página, encontrarás un diagrama básico de flujos, de las etapas de reacción de un ser humano a un incidente en el que está siendo atacado:

Explicación detallada de las etapas apareciendo en el diagrama:

1. **Discernimiento del suceso** mediante los sentidos: Algunas veces ves el ataque, por ejemplo, un puñetazo o una patada, a veces puedes oír un ruido o un grito de advertencia, y a veces sientes que alguien te sujeta el cuerpo, la ropa, etc.
2. **Transferencia de información al cerebro**, mediante los nervios en el sistema periférico: tus ojos perciben algo y envían la información a tu cerebro, tu piel siente el contacto y transmite lo que percibe a los centros de sensación, etc.

3a. Se lleva a cabo un proceso que consiste principalmente en **percibir e identificar las transmisiones anteriores** de tus órganos sensoriales. Basado en experiencias y conocimientos pasados, tu cerebro "comprende" los sucesos, los traduce como peligro y emite una advertencia de acuerdo con eso.

3b. Como resultado de lo anterior, **se toma una decisión** en respuesta a tu comprensión del estímulo. Tanto en la etapa 3a y 3b, un buen número de áreas funcionales del cerebro participan en este proceso de decisión.

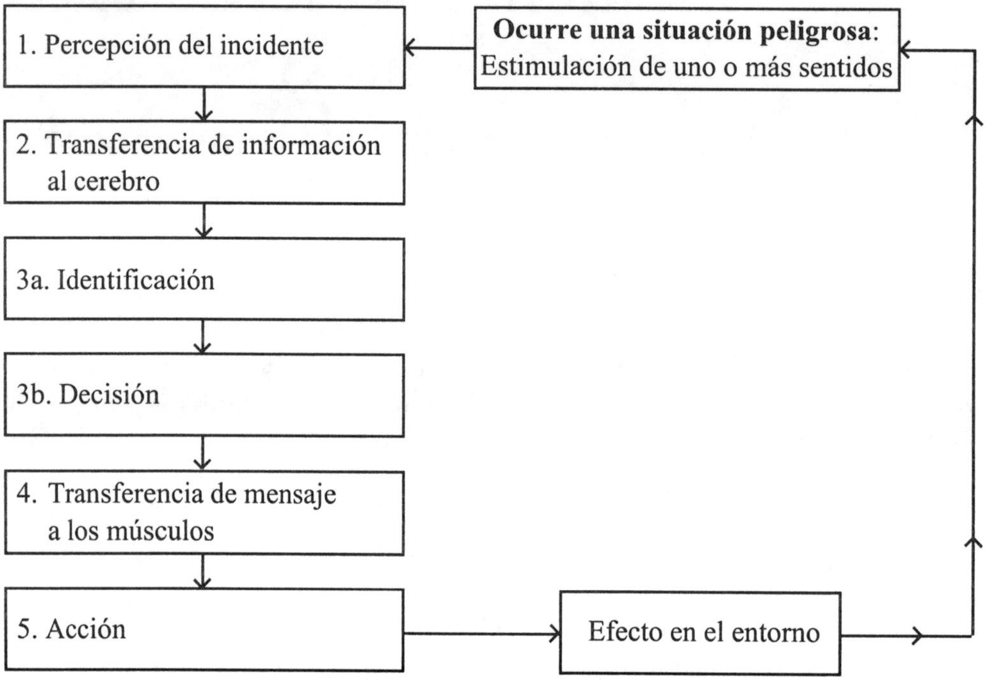

4. Con el fin de **coordinar la reacción**, se transmite un mensaje apropiado mediante una señal electroquímica desde el cerebro, a través del sistema nervioso, a los diversos grupos musculares.

5. **Tus músculos se contraen** en el tiempo y sincronización adecuados, con el fin de llevar a cabo la acción ordenada por el cerebro.

La tercera etapa (3a y 3b), que ocurre en el cerebro, es la más compleja y la parte más "problemática" del proceso. En el diagrama esta etapa se divide en sólo dos partes, pero en realidad, el proceso cerebral implica un vasto número de fases, algunas de las cuales ocurren en secuencia y algunas otras en forma simultánea. De todas las etapas, ésta es la que está más sujeta a mejoría y cambio, mientras que las otras, principalmente debido a rasgos personales y hereditarios, ¡son muy difíciles de mejorar significativamente!

Mediante procesos de aprendizaje y métodos diseñados cuidadosamente, unidos a una práctica apropiada, podemos mejorar nuestra habilidad mental y técnica, de manera que identifiquemos los incidentes de naturaleza violenta y peligrosa, y actuemos exitosamente en estas situaciones reduciendo nuestro tiempo de reacción. De hecho, la meta máxima es utilizar estos métodos de entrenamiento no sólo para reducir nuestro tiempo de reacción, sino para incrementar nuestra habilidad para **tomar las decisiones correctas y ejecutar las técnicas correctas en el tiempo correcto.**

El tiempo de reacción es en realidad una medida del intervalo entre un estímulo no anticipado (como un puñetazo o una patada) y el comienzo de la respuesta a ello. El tiempo de reacción refleja la velocidad del procesamiento de información en el cerebro y la velocidad a la que viaja la señal en el cuerpo de la persona. Podemos emplear métodos de entrenamiento para mejorar nuestra habilidad para **reconocer los estímulos** (ataques), **decidir cómo responder**, y aprender a preparar el cuerpo para **iniciar la respuesta física adecuada** sin titubear.

Evaluación de la Situación

Si el ataque te toma **completamente por sorpresa**, actuarás refleja e intuitivamente. Rápidamente utiliza reacciones y comportamientos adquiridos durante tu entrenamiento en el Krav Maga y el curso de tu vida. Ya que las decisiones de este tipo por lo general se efectúan a **nivel subconsciente**, es más difícil que dirijas tus acciones y las controles (conscientemente) en una ocasión real. Por consiguiente, una parte considerable de tu entrenamiento está dedicada a **asimilar patrones de movimientos y comportamiento**, para permitir que te enfrentes en forma refleja, intuitiva y sin titubeos, a ataques sorpresivos.

Por otro lado, si no te atacan por sorpresa y tienes tiempo suficiente para considerar tus movimientos y decidir conscientemente cómo maniobrar entre un rumbo de acción y otro, se aconseja escoger una de las siguientes medidas, presentadas aquí en orden descendiente de preferencia:

- **Busca la forma de evitar entrar en la zona de peligro**. Si es posible, en la mayoría de los casos es preferible simplemente no entrar en una confrontación, no acercarte a la zona de peligro donde esperas que puede surgir un encuentro violento.
- **Huye del lugar**. Si ya estás involucrado en una confrontación violenta, busca una forma para llevar a cabo una retirada planeada y controlada del lugar **antes de que recibas una lesión de gravedad**. Como se sugiere sabiamente en el Antiguo Testamento (en el Libro de los Proverbios): "... y antes que se encienda la llama de la disputa, aléjate". Mientras te retiras, considera cuidadosamente tus movimientos para evitar una lesión.

Incluso en medio de una pelea, si estás en verdadero peligro, se aconseja huir del lugar tan rápido como sea posible, **si esto se puede realizar con seguridad**. No se debe permitir que el orgullo personal o el deseo de jugar al papel de héroe sobrepase nuestro instinto de autopreservación y nuestra inteligencia natural. No existe vergüenza alguna en retirarse si después de considerar todos los factores pertinentes, tácticamente es la mejor opción.

Nota: También debes considerar el hecho de que a veces las lesiones recibidas durante una retirada o inmediatamente después son incluso **peores que las de la misma pelea** (como caer desde un lugar elevado, lesionarse con un auto que pasa, dejar sola a una tercera persona que será atacada más severamente debido a tu ausencia, etc.) y actuar de acuerdo con ello.

- **Uso de objetos cotidianos encontrados en los alrededores**: Si no puedes o no deseas abandonar la confrontación, trata de encontrar y usar un objeto cercano o algún artículo que lleves contigo como arma improvisada (como se vio en el Cap. 7: **Uso de Objetos Cotidianos como Armas Defensivas**).
- **Uso de tu cuerpo como un arma**: Si no puedes encontrar un objeto que pueda mejorar tus oportunidades de supervivencia, o no tienes tiempo suficiente para encontrar el objeto, entonces usa "únicamente" tu cuerpo (¡y desde luego tu mente!) para defenderte y atacar. Este es el propósito principal del Krav Maga, y la mayoría de las técnicas aprendidas aquí pertenecen a esta categoría.

Reacciones Físicas y Mentales al Estar Bajo Estrés

En un estado de **gran ansiedad**, corres el riesgo natural de abrumarte por el miedo, el enojo y muchos otros sentimientos inapropiados que afectarán directamente y obstaculizarán de manera importante el proceso que ocurre en el cerebro durante las etapas 3a y 3b (como se describió previamente).

En un estado de ansiedad tu atención se **concentra interiormente**, y por lo tanto tus acciones físicas y mentales se vuelven deficientes: Tus músculos se contraen innecesariamente, tu percepción del entorno se vuelve errónea, tu proceso para tomar decisiones se hace lento, y las decisiones que tomas por lo general son erróneas y están implementadas inapropiadamente. Por consiguiente, el propósito de los métodos de entrenamiento presentados aquí es enseñarte cómo hacerles frente más eficazmente a tales sentimientos negativos y a los efectos posibles que pudieran tener en ti.

Cada vez que sientes que estás en peligro, hay el riesgo de que una amplia gama de emociones entren en tu conciencia y posiblemente te dominen, incluso sin tener conciencia de ello. El sistema nervioso autónomo (que no está sometido a control voluntario) libera varias substancias en el torrente sanguíneo (como la adrenalina), las cuales ocasionan que actúes en un nivel diferente al que acostumbras normalmente. Así que necesitamos entrenarnos para poder **reconocer este fenómeno,** así como el efecto que tiene en nuestro comportamiento en tales situaciones extremas, y **aprender a controlarlo**. Si entrenamos bajo situaciones realistas, nuestros cuerpos y nuestras mentes se acostumbran al estrés y aprenderán a funcionar eficazmente en tales estados.

Cuando uno se encuentra en tensión debido a una amenaza física, por lo general reaccionará en una de las siguientes formas:

Escapar: Huir del sitio del peligro.

Paralizarse: Parálisis total del sistema motor (o una desaceleración drástica del sistema). La persona permanece parada como una estatua, con músculos incapaces de mover cualquier parte de su cuerpo.

Pelear: Ejecutar movimientos de combate activos, defensa y ataque, hasta que se consiga el objetivo final, es decir, que el adversario no pueda continuar con su actividad hostil.

Es importante practicar cada una de las siguientes posibilidades y desarrollar la destreza y habilidad para funcionar correctamente dentro de cada situación: (1) Identificar por adelantado el peligro potencial y restringirse para evitar una confrontación. (2) Si ya estás involucrado en una confrontación violenta, encuentra la mejor y más eficaz forma de escapar del lugar de una manera controlada y calculada, **sin incrementar el riesgo de resultar lesionado**. (3) Si estás peleando por tu vida (o la vida de una tercera persona), utiliza las habilidades adquiridas mediante tu entrenamiento en las técnicas de defensa y ataque necesarias para enfrentarte con cualquier posible amenaza violenta. 4) Si en cualquier etapa sientes un **estado de parálisis** ocasionado por miedo o estrés, aprende la forma de romper la parálisis o el estado de inacción, de manera que puedas actuar con base en todas las opciones factibles a tu disposición. Esto se consigue mediante el entrenamiento y la práctica.

Métodos de Entrenamiento Usados para Mejorar la Habilidad

Luego de haber explicado la naturaleza de los procesos que ocurren en tu mente y cuerpo, ahora expondremos algunos métodos de entrenamiento encaminados hacia el mejoramiento general de la habilidad para actuar rápida y correctamente en el momento necesario. En algunos métodos nos concentraremos únicamente en el sistema de **identificación**, en otros nos concentraremos en el sistema de **toma de decisiones**, y en ciertos métodos de entrenamiento trataremos con otros segmentos específicos del proceso o con todo el proceso.

Con base en la teoría presentada en el diagrama de flujos al comienzo de este capítulo, la siguiente es la estructura fundamental de los diferentes métodos de entrenamiento. Primero, presentaremos los métodos diseñados para mejorar la observación, el reconocimiento y la identificación de la acción o el movimiento de ataque que un adversario podría llevar a cabo. Para hacer esto, debemos implementar las siguientes etapas en el diagrama de flujos:

a. Primera serie de métodos

b. Segunda serie de métodos

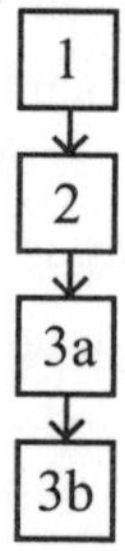

Al usar la primera serie de métodos, permanecerás en tu sitio y observarás los diversos ataques que se dirigen en tu contra. De esta forma aprenderás a reconocer posibles patrones y secuencias de movimientos, y posteriormente entrenarás tu mente y tu cuerpo en los pasos que deben tomarse en contra de ellos. Con la **segunda serie de métodos**, pensarás y te volverás consciente de las acciones y defensas que debes ejecutar, así como las decisiones que debes tomar, con el fin de frustrar las acciones del agresor. Al practicar estos métodos de entrenamiento, es importante que permanezcas tranquilo mientras observas los ataques de tu compañero, sin necesidad de ejecutar cualquier acción o seguir alguna regla. (Ver la siguiente sección: **Observación. Examen de una Serie de Ataques**).

Si hacemos a un lado la primera y segunda etapas del diagrama de flujos principal, obtenemos una serie especial de ejercicios de entrenamiento, los cuales se expondrán al detalle en el siguiente capítulo: **Métodos de Entrenamiento Adicional; Cómo Usar este Libro**. Aquí nos referimos al **entrenamiento mental**, en el cual el componente principal es **imaginación**. En estas técnicas, el estudiante actúa sólo, ya sea únicamente con su cerebro o también con la inclusión de movimientos físicos. Las diferentes combinaciones de estas etapas representan los diversos métodos como sigue:

c. Tercera serie de métodos

e. Quinta serie de métodos

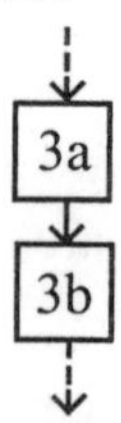

d. Cuarta serie de métodos

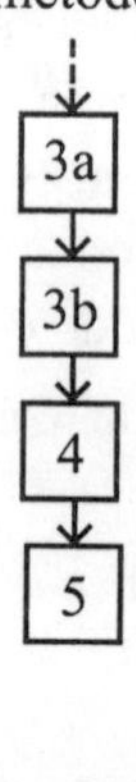

En estos métodos de entrenamiento, el estímulo se provee por medio de **las imágenes que creas en tu imaginación**. En la tercera serie de métodos (c), tu mente practicará "ver" una acción y entonces ejecutará algún tipo de procedimiento de identificación. En la cuarta serie (d), irás a través del proceso de identificación, decidirás qué acción tomar, y llevarás a cabo en tu imaginación los movimientos necesarios, defensas, ataques, etc.

El contraataque que escogiste puede realizarse en el aire o con objetos de entrenamiento, como un costal, un muñeco, etc. En la quinta serie de métodos (e), una actividad de entrenamiento más avanzada sería, por ejemplo, imaginar una pelea en contra de varios atacantes.

En la ilustración, la segunda, tercera, cuarta y quinta serie de métodos están marcadas con flechas punteadas. Están punteadas para mostrar que al imaginar la acción física, posiblemente implicas las percepciones de los sentidos, el sistema nervioso periférico y los músculos, pero sólo en un grado mínimo. En la quinta serie, puedes efectuar la acción en el espacio sin afectar tu entorno, o en un blanco, afectando por consiguiente tu entorno. Por consiguiente, esta etapa se marca con una flecha sólida.

Existe una amplia variedad de métodos de entrenamiento, que abarcan todas las etapas (1 a 5) del diagrama de flujos principal. Algunos están basados en la **percepción a través de los sentidos**: vista, oído, tacto, u otra sensación, mientras los otros tienen el propósito de entrenarte en una **toma de decisiones rápida**, movimientos rápidos o precisos e incluso actuar bajo una situación con mayor tensión.

Observación. Examen de una Serie de Ataques

Esta acción se inicia, por ejemplo, con el observador en una posición pasiva. El atacante comienza de una posición de arranque general o con cualquier otra posición.

Inicio de la serie de ataques: Ataque a largo alcance, como una patada regular a la ingle.

Este es un ejemplo del método de entrenamiento básico, que implica el reconocimiento del movimiento y de la manera como se realizan los posibles ataques del agresor. El observador observa una serie de ataques y asimila las rutas que siguen los movimientos ya que tú, como el observador, no tienes que ejecutar defensas y puedes permanecer tranquilo, facilitando grandemente tu comprensión de los movimientos del atacante. Esta es la primera etapa para desarrollar la habilidad del defensor para identificar un ataque y emprender una acción eficaz en su contra.

El atacante aparece también en la fase de entrenamiento y práctica. Tú, **en el papel del atacante**, utilizas técnicas, aplicándolas en diferentes variaciones y combinaciones, mientras pasas a través de diferentes series y descargas ataques precisos a puntos vulnerables.

Continuación a distancia media, el atacante se mueve con un puñetazo recto a tu mentón. Aunque, como el observador, a veces puedes mirar la extremidad agresora y el curso que sigue, la mayoría del tiempo no debes concentrar tu atención u observar algún ataque, sino que debes observar constantemente toda la situación.

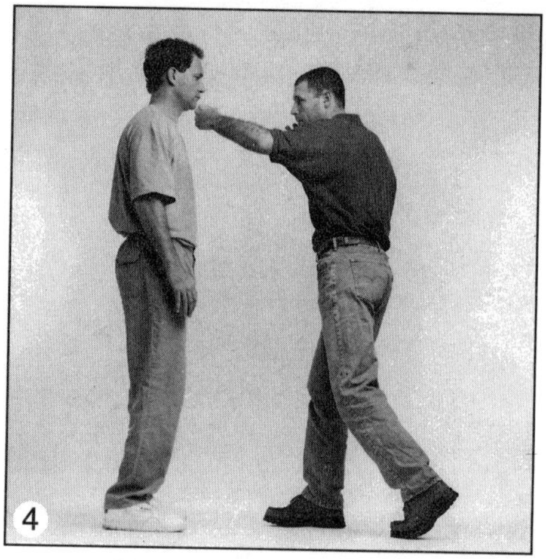

El atacante continúa arremetiendo; la distancia hacia ti se reduce conforme asesta un puñetazo circular.

En el papel del atacante, puedes golpear ligeramente puntos vulnerables **si se usa equipo protector**. Desde el punto de vista del agresor, los movimientos de ataque representan el momento en que reconoces el hecho de que realmente vas a atacar. Este ejercicio requiere un mínimo nivel de agresión. Las personas entrenándose en Krav Maga usan este ejercicio básico con el fin de adquirir y mantener la habilidad para descargar el ataque apropiado, en el momento apropiado, a la distancia y ángulo apropiados, aumentando la habilidad para realizarlo en una pelea. El entrenamiento debe incluir un atacante iniciando desde una variedad de posiciones y ángulos relacionados con aquel que lo observa.

El atacante continúa disminuyendo la distancia, es decir, moviéndose diagonalmente al frente y asestando un codazo horizontal.

El atacante concluye esta serie de ataques enviando un rodillazo a tu ingle.

Cambio de Acción durante la Respuesta Inicial

La percepción de un estímulo en particular inició una cadena de acciones definidas en etapas del 1 al 5, y tú, la persona involucrada en el incidente, reaccionó y se comportó de una manera o de otra. Ahora, considera la posibilidad que **otro estímulo**, además del primero, también llegó al cerebro. Un cambio de acción será posible sólo si tu atención permanece "abierta" a nuevas percepciones y puede procesar los nuevos estímulos mientras ejecuta la acción provocada por el primero.

Otra condición para cambiar una acción durante un incidente, es que el proceso número 5 no ha llegado a sus etapas finales, porque entonces es más difícil, aunque todavía posible en un cierto grado, detener o alterar la acción inicial. Por consiguiente, si **mantienes tu atención y tus sentidos abiertos** para percibir una nueva sensación y no te concentras en la acción original, mayor será la posibilidad (y más fácil) de cambiar tu acción durante todo el incidente.

Neutralización del Peligro en Todos Sus Aspectos

Al ocurrir un ataque, o cuando existe una amenaza, debes **ejecutar todas las acciones necesarias para neutralizar alguna y todas las posibilidades ¡de resultar lesionado!** Este principio general significa que todos los aspectos del peligro deben manejarse con el orden de prioridades determinadas por la serie de acciones y la estructura de los movimientos, y de acuerdo con tu tiempo y tu respuesta instantánea, según se detalla abajo:

a. **Primera etapa**: Impedir que el ataque llegue al objetivo, por ejemplo, que el puñetazo no golpee la mandíbula, el estrangulamiento no bloquee la arteria carótida o la tráquea, la bala falle en dar en el blanco, el golpe con el palo se desvíe sin dar contra tu cabeza, una cuchillada sea detenida antes que el cuchillo alcance tu cuerpo, etc.
b. **Segunda etapa**: Evitar la posibilidad inmediata de que el agresor efectúe otro ataque similar (en especial con un arma) o un ataque diferente, dominando al atacante. En los casos de **amenazas o ataques con armas**, a veces logras el control del arma y al mismo tiempo, o tan pronto sea posible, neutralizas al atacante. Ese sería el momento de verificar la presencia (o ausencia) de **otros atacantes** que no hayas detectado antes.
c. **Tercera etapa**: Conclusión de la acción, por ejemplo, crear una situación en la que el atacante no pueda (o no quiera) continuar con el ataque. Si está implicada un arma en el ataque, la conclusión de la acción por lo general incluye **desarmar al atacante**.

La gama de prioridades al enfrentarse con atacantes múltiples se describe específicamente en el Capítulo 10: **Defensa en Contra de Dos Atacantes Armados**.

Si es posible y decides **huir de la escena rápidamente**, frustrando el intento de ataque, el incidente finalizará en la primera etapa. Una retirada controlada también puede llevarse a cabo **después de una acción defensiva**, por ejemplo, al bloquear la mano con un cuchillo después de descargar uno o dos contraataques decisivos.

Por lo general, tratamos de **incluir un contraataque contra el agresor** como parte del primer paso. Otras veces, esta acción estará precedida de medidas con el propósito de impedir que el atacante use nuevamente su arma o su cuerpo. Cuando está implicada un **arma**, la segunda etapa debe incluir dos pasos: Enfrentarse con el atacante y limitar su capacidad de usar el arma. Esto dependerá del tipo de arma y la naturaleza del ataque.

Nota: Las diferentes etapas para neutralizar el peligro a veces se ejecutan simultáneamente.

A continuación hay dos ejemplo del Cap. 1: **Defensa en Contra de un Ataque con Cuchillo**. Mediante el uso de estos ejemplos, analizaremos las técnicas de defensa personal usadas y examinaremos los principios rectores para neutralizar los diversos componentes del peligro.

1. **Defensa del antebrazo contra una cuchillada hacia abajo; agarre regular y contraataque**: En este caso, la defensa está integrada con un contraataque, ejecutado simultáneamente con la defensa o inmediatamente después. La primera etapa es para detener el ataque. La segunda etapa (integrada con la primera) es el contra-

ataque, dirigido a restringir el movimiento de la mano agrediendo con el cuchillo, para minimizar el peligro de que el atacante use de nuevo su cuchillo. La tercera etapa es para concluir el incidente mediante contraataques adicionales y el desarme del adversario, según sea necesario y de acuerdo con la situación.

2. **Técnicas basadas en ataques** que preceden al adversario en anticipación de sus acciones, también incluyen las mismas etapas, a pesar de que no siempre están definidas claramente. Por ejemplo: **Cuchillada, Agarre Regular. Patada a la Ingle** o **Cuchillada, Agarre Oriental. Patada al Mentón.** En ambas técnicas, efectúas un contraataque rápido y poderoso que lesiona y detiene al atacante antes de que esté a la distancia de poder usar el cuchillo eficazmente. En estas técnicas, encontramos las dos etapas primeras: Impedir que el ataque nos golpee y atacar al agresor, con la combinación de ambas en un sólo movimiento. La etapa final del incidente dependerá del resultado de éste.

Métodos adicionales de entrenamiento; cómo usar este libro 13

Principios Básicos en el Entrenamiento del Krav Maga

En el capítulo introductorio **¿Qué es el Krav Maga?** establecimos los principios generales sobre los que se basa el sistema. En este capítulo, detallaremos los principios específicos pertenecientes al entrenamiento y la práctica con el fin de lograr los mejores resultados posibles como un practicante de defensa personal y combatiente callejero competente.

Acción desde una Posición de Desventaja

En el Krav Maga, las diversas técnicas de defensa personal se aplican cuando tu posición es **inferior** en relación con un atacante. Por ejemplo, al librarse de un agarre, el defensor debe comenzar la defensa desde una posición en la que se encuentra sujeto firmemente, una situación que lo restringe y lo pone en grave peligro. Si te estás defendiendo en contra de un ataque específico, se debe asumir que la agresión ya comenzó y que alguien te agrede, lo que constituye una amenaza seria para tu seguridad y supervivencia.

En realidad, debes poder reaccionar a tiempo si observas el ataque desde su primer inicio o si estás preparado y te anticipas a la agresión. Ya que éste no siempre es el caso, veremos en este libro algunas técnicas que se necesitan para neutralizar tanto el ataque como al atacante cuando el defensor responde en varias etapas de anticipación.

La técnica de defensa debe ser **eficaz, eficiente en su movimiento y rápida**. Por consiguiente, en cuanto implementes el movimiento defensivo, debes responder tan pronto como sea posible con el contraataque (o contraataques) o abandonar rápidamente el sitio. Recuerda que mientras una defensa se puede llevar a cabo exitosamente en contra de un ataque específico (librándote de un peligro inmediato), la defensa en la mayoría de los casos no elimina por completo la amenaza a la seguridad de uno.

Por consiguiente, le damos considerable énfasis en el Krav Maga a la aplicación de que un **contraataque sea muy eficaz y agresivo** (o uno más pequeño cuando sea necesario), o a una **retirada controlada** de la escena del incidente. Estas acciones se llevan a cabo simultáneamente con la defensa inicial o inmediatamente después. Esta combinación de defensa y contraataque ayuda a **eliminar la amenaza en su totalidad**. El concepto de realizar el contraataque simultáneamente con la defensa es un elemento esencial de la mayoría de las técnicas del Krav Maga.

Otro principio asociado con varias técnicas del Krav Maga es **impedir que el atacante trate de usar de nuevo su arma**, bloqueando su capacidad para usarla otra vez o moverse libremente con ella. También nos esforzamos por restringir los movimientos de un **atacante armado**, impidiéndole asestar puñetazos, patadas o golpes adicionales, o localizar un objeto que pudiera utilizar como arma en tu contra.

Entrenando con un Compañero

El entrenamiento en Krav Maga incluye los siguientes métodos: Practicar puñetazos y patadas en un costal para pegar y otros blancos como una manopla; efectuar las técnicas como "ejercicios en el aire", es decir, sin compañero; entrenamiento mental para desarrollar más el estado mental apropiado y las destrezas físicas necesarias, etc. Fundamentalmente, los principales elementos en el entrenamiento se concentran en **utilizar un compañero que ofrezca resistencia** y en crear una oposición que aumente la sensación de realidad.

Al principio, se sugiere que los ejercicios de práctica se realicen con un compañero que sea **relativamente lento**. Esto permitirá a los participantes comprender y asimilar mejor los ejercicios, las técnicas, los principios propios del sistema y los diferentes elementos que existen en una confrontación.

Las prácticas deben **simular un incidente real**. Sin embargo, los participantes deben tratar de refrenar golpearse entre sí con la máxima fuerza. Es obvio que no deben terminar la sesión de entrenamiento lastimados o golpeados al punto que ya no puedan continuar con su rutina normal... o incluso peor, de ser incapaces de responder a un ataque en el "mundo real" como resultado de sus lesiones.

Nota: El entrenamiento descuidado tiene efectos extremadamente negativos en la moral y la actitud mental, las cuales son esenciales durante una confrontación en la vida real. Además, **¡el entrenamiento descuidado podría ocasionar daños irreversibles contra la salud!** Por consiguiente, cualquiera que se entrene en Krav Maga debe revisar cuidadosamente el material importante contenido en el Capítulo 14: **Seguridad en el Entrenamiento**, y llevar a cabo las sugerencias que ahí se encuentran.

Practica con Variaciones

Si estamos interesados en las técnicas de defensa y liberación y en los contraataques, el entrenamiento debe comenzar con la práctica de técnicas definidas. Esto se denomina una destreza "definida" o "limitada". Una vez que el estudiante ha asimilado parcialmente las defensas básicas y los principios detrás de ellos, debe proceder a practicar en un nivel más avanzado, defendiéndose en contra de variaciones en el ataque básico que van de suaves a moderadas.

Las sesiones de entrenamiento se realizan como si estuvieras parado dentro de una esfera, de manera que los ataques provengan de cualquier dirección, cualquier altura y diversas posiciones. A esto se le llama entrenamiento de "destreza amplia". Por consiguiente, aplica una técnica defensiva definida en contra de un ataque específico, mientras se lleva a cabo la defensa correcta y el correspondiente contraataque. Entonces ejecutarás las defensas en contra del mismo ataque o uno similar, proviniendo de ángulos diferentes y realizado a alturas diversas.

Al final practicarás defensas contra el mismo ataque o uno similar, pero en esta ocasión en un estado de movimiento o mientras tus movimientos son restringidos, por ejemplo, parado contra una pared o detrás de un escritorio, ejecución de defensas mientras estás sentado o si estás acostado, y otras más. Todas las defensas anteriores se ejecutan en contra de ataques específicos que provienen de ángulos, velocidades y ritmos diferentes, teniendo cuidado de que cada defensa sea seguida por un contraataque efectuado tan pronto como sea posible.

Debido a que dos personas no actúan exactamente de la misma manera (e incluso la misma persona puede actuar diferente en una situación similar), es aconsejable **entrenar con diferentes compañeros**, que varíen en altura, peso, agilidad, etc., en lugar de acostumbrarse únicamente a un solo compañero de entrenamiento. La etapa final de este tipo de entrenamiento es defenderte en contra de **dos o más atacantes**.

De la Técnica al Principio Básico y de Regreso a la Técnica

Los principios descritos en este libro abarcan una amplia variedad de técnicas: Algunas están definidas con precisión, mientras que otras no lo están. Tan pronto como puedas reconocer los principios generales que sustentan a una técnica específica, mejorarás tu comprensión de esos principios fundamentales, y te volverás más consciente de otras técnicas que están basadas en los mismos principios o en algunos similares.

Al ejecutar un ejercicio técnico, ten en mente los principios detrás de éste. Por consiguiente, realmente podrás mejorar tu habilidad para realizar diversas técnicas.

Esto contribuye al mejoramiento de tu respuesta de "destreza amplia" en las situaciones relacionadas. Esto es de importancia vital, debido a que **desarrolla tu habilidad para actuar cuando te enfrentas a variaciones en el ataque**, lo que requerirá el ajuste apropiado de la técnica específica que estás practicando. La habilidad para defenderte en contra de estas variaciones del ataque "básico" simula situaciones de la vida real, que siempre son de alguna manera diferente a aquellas condiciones que existen en una sesión de entrenamiento controlada.

Este es el verdadero beneficio de un sistema de entrenamiento completo e integral: La habilidad de controlar tu proceso para tomar decisiones, practicar para resolver nuevos problemas, así como comprender cómo enfrentarte exitosamente con variaciones a los problemas conocidos.

Bases del Entrenamiento

En primer lugar, debes leer este libro cuidadosamente desde el principio hasta el final, y asegurarte que comprendes por completo todos los conceptos centrales del sistema. Una vez más, resaltamos que debes leer el Capítulo 14: **Seguridad en el Entrenamiento,** con atención extra, ¡**antes de comenzar** cualquier entrenamiento físico! Desde luego, uno debería entrenarse únicamente bajo la supervisión directa de un instructor de Krav Maga altamente capacitado y debidamente autorizado.

También es muy importante asegurarse que **comprendes por completo** todas las explicaciones técnicas correspondientes a cada fotografía, cada ejercicio y cada capítulo. Recomendamos que estudies con cuidado las diversas técnicas presentadas (junto con sus principios fundamentales) y que busques las similitudes entre ellas. Son estas similitudes y principios las que convierten la colección de ejercicios en un sistema organizado, lógico y útil que se puede emplear en contra de situaciones reales que puedes encontrar, las cuales pueden poner en peligro tu vida.

Algunos capítulos también incluyen explicaciones y sugerencias sobre cómo actuar con las técnicas apropiadas en las diversas situaciones problemáticas. Esto va un paso más allá en el manejo de una variedad de ataques específicos. La grandeza del combatiente experto se encuentra en su habilidad para usar las mínimas acciones y fuerza posibles para ganar una confrontación. A veces, también es posible **derrotar a un adversario mentalmente**, sin ningún contacto físico de algún tipo; ¡el oponente es derrotado incluso antes de que se inicie la pelea!

Una vez que has leído este libro y obtenido una imagen general de la amplia gama de peligros a los que te puedes encontrar, es tiempo de practicar una técnica de defensa específica contra un **tipo específico de ataque o amenaza**, por ejemplo, un atacante armado con un palo, un cuchillo o una pistola. Es aconsejable comenzar tu práctica en el orden en que aparecen las técnicas en este libro, aunque también es posible entrenar en cualquier otro orden lógico que te sea más apropiado.

Practicando Solo

A continuación hay algunos puntos importantes que recordar cuando entrenes solo: Comienza tu sesión con un **ligero calentamiento** para estimular la circulación sanguínea, estirar tus músculos e incrementar la flexibilidad y alcance del movimiento de tus articulaciones. Es esencial evitar realizar demasiada tensión en los sistemas corporales que no están listos para tal actividad, ¡ya que esto puede ocasionar un daño inmediato o posterior! Como siempre, antes de involucrarte en cualquier tipo de actividad física **¡primero debes consultar con tu médico personal y obtener su autorización médica!**

Después de seleccionar una técnica específica y usar el libro para estudiarla completamente, ponte de pie e **imagina** a un atacante que realiza el mismo ataque mostrado en las fotografías. Comienza a partir de la misma posición inicial mostrada, y entonces ejecuta lentamente los movimientos demostrados por el defensor en las fotografías. También puedes usar un **espejo** para verificar si tus movimientos y posiciones coinciden con los del defensor en las fotografías.

Una técnica defensiva básica por lo general puede ser ejecutada en un movimiento **sencillo**. Sin embargo, si la técnica es más complicada, debes dividirla en una serie de movimientos. Divide los ejercicios de acuerdo a las fotografías y a las explicaciones correspondientes. Si es necesario, puedes entrenar por separado cada etapa y luego combinar las etapas con el fin de formar la técnica completa. También puede ser muy beneficioso un compañero que te observe y te ayude a corregir cualquier error en tus movimientos.

Prácticas con un Compañero

Una vez que comprendes y puedes conceptualizar la técnica, y la has practicado en el aire en contra de un atacante imaginario, estás listo para comenzar a entrenar en pareja. Tanto tú como tu compañero deben ejecutar el ataque, la defensa y el contraataque según se muestra en las fotografías. Muévete cuidadosamente. Tu compañero ejecutará el ataque con la intención de "lesionarte", pero actuará con cuidado. Al principio, ejecutarás en forma lenta y calmada las técnicas en que practicaste, realizándolas en "cámara lenta".

Recuerda: Tu cuerpo debe estar preparado para el contacto físico entre tu compañero y tú.

Con el fin de incrementar eficazmente la fuerza y la velocidad tanto del ataque como la defensa, en especial en contra de un compañero atacándote con un arma, es aconsejable que el "atacante" use **protecciones acojinadas para los antebrazos.** Sólo después de tomar las medidas de seguridad requeridas y lograr la destreza inicial mediante la práctica lenta, calculada, deberías comenzar a practicar las defensas en contra de ataques más fuertes y más rápidos.

Además de entrenar con un compañero, también debes volver a leer las partes importantes de este libro con el fin de encontrar puntos adicionales relacionados con las técnicas que practicas.

Métodos de Entrenamiento para Defensas en Contra de Armas Punzocortantes y Objetos Contundentes

Una vez que practicaste las diversas técnicas y te sientes cómodo aplicándolas, puedes continuar en un nivel más avanzado de entrenamiento. Al usar métodos de entrenamiento avanzados y juegos didácticos, puedes mejorar tu habilidad para identificar con rapidez un ataque específico, decidiendo de inmediato como responder con una defensa adecuada y un contraataque simultáneo. Por ejemplo:

Situaciones Diferentes: Tu compañero, en el papel de atacante cambia su posición de un ataque a otro. El agresor atacará desde una **variedad de distancias** (alcances) y ángulos, y empleará **diferentes tipos de ataques**, mientras está armado con un cuchillo o un palo.

Percepción con Poco Tiempo: Tu socio ocultará su arma detrás de su espalda, y entonces sorpresivamente comenzará su ataque. Tú, como el defensor, permanecerás en tu sitio, mirando directo al frente y permitirás que te ataque desde diferentes posiciones y direcciones, dándote cada vez menos tiempo para reconocer el ataque y reaccionar. Este método mejorará tu viveza y habilidad para responder **con poco tiempo** a **situaciones reales,** y te permitirá conseguir el resultado deseado. Éste ocurrirá cuando respondas al ataque sin saber por anticipado la naturaleza del ataque específico en tu contra.

Nota: En situaciones de la vida real, por ninguna circunstancia debes permitir que un atacante potencial se coloque en una posición tan próxima, ¡que tu seguridad corra peligro!

Ataques Múltiples: En este caso, el atacante no ejecutará un **ataque único**, sino una **serie de ataques** (idénticos o diferentes). Tus defensas y contraataques deben neutralizar los peligros que te amenazan, es decir, la amenaza específica de los ataques y al atacante mismo.

De nueva cuenta, reafirmamos que una **retirada planeada** en el momento adecuado y en la dirección correcta, ¡a veces es la mejor forma de actuar! Además, puedes aumentar la "distancia segura" respecto al atacante y colocarte de manera que estés listo para realizar las técnicas defensivas y los contraataques apropiados.

Ojos Cerrados: Mientras estás parado con tus ojos cerrados, tu compañero asume la postura de un atacante tratando de agredirte con su arma sostenida a unos 40 o 50 centímetros de tu cuerpo. Tu compañero debe "advertirte" dándote algún tipo de señal. Tan pronto abres los ojos en respuesta a la señal preestablecida, debes identificar rápidamente el peligro y realizar una técnica adecuada en contra del ataque específico efectuado por tu compañero. Esta es la etapa básica de entrenamiento con tus ojos cerrados.

Métodos de Entrenamiento Adicionales. Amenaza con un Arma de Fuego

Si después que has practicado las técnicas básicas en contra de diversas amenazas con una pistola, rifle o metralleta, sientes que puedes defenderte contra las amenazas básicas y comprendes los principios detrás de las defensas contra armas de fuego, entonces puedes continuar tu entrenamiento creado situaciones más "peligrosas". Este entrenamiento mejorará tu velocidad para **reconocer el ataque** y tomar las **decisiones tácticas** para responder apropiadamente. Estas situaciones adicionales aumentarán la variedad de situaciones en las que estás preparado para responder exitosamente. También puedes aplicar algunos de los métodos de entrenamiento descritos anteriormente para defenderte en contra de objetos punzocortantes o contundentes, así como amenazas con armas de fuego.

Nota: Las palabras "**arma**" y "**arma de fuego**" como se usan aquí, son términos genéricos para pistola, metralleta y rifle.

Métodos de Entrenamiento Avanzados

Practicando la Neutralización de una Amenaza Acompañada de un Agarre o un Empujón: El atacante te sujeta, te empuja y te lleva en una dirección, mientras te amenaza con su arma. Esto requiere realizar la técnica necesaria con un movimiento restringido, tener que defenderte mientras caminas o eres empujado.

Practicando la Neutralización en Diferentes Direcciones: Esto simula una situación en donde una **tercera persona** inocente se encuentra a tu derecha o a tu izquierda, y quizá quede en la línea de fuego si desvías el arma en su dirección. En esta situación, debes aplicar una técnica que asegure de manera positiva la desviación del arma en una **dirección que no ponga en peligro** a la persona cerca de ti.

Practicando la Neutralización de una Amenaza Sentado: Es importante practicar las defensas con armas mientras estás sentado en una silla, con el atacante relativamente cerca de ti. También es posible llevar a cabo ejercicios similares mientras estás sentado en un vehículo automotor. Esto es particularmente importante debido al número cada vez mayor de "crímenes motorizados" en todo el mundo, como los asaltos a los autos y otros ataques dirigidos a los conductores o sus pasajeros, tanto desde el exterior como del interior del vehículo.

Interpretando el papel de agresor: Mientras más realista y mejor interprete tu compañero de entrenamiento su papel de "atacante", dando órdenes, actuando nerviosa o erráticamente, incluso "insultándote", moviéndose, empujándote o sujetándote, etc., mejor funcionarás bajo el estrés de una confrontación genuina.

Integración y Combinación

Integración y Combinación de Situaciones, Técnicas y Métodos de Entrenamiento: Interpretar la parte del atacante es crucial para el desarrollo de un "combatiente callejero". En especial esto es cierto cuando el defensor conoce lo menos posible por anticipado de la amenaza o el ataque inminente. La interpretación del papel debe incluir una amplia variedad de ataques y opciones defensivas como se especifica en los siguientes ejemplos:

Al defenderte en contra de un **ataque con un palo** desde una **posición en que estás sentado,** a veces usarás una silla para defensa y ataque, y a veces "sólo" tu cuerpo.

Considera practicar la defensa en contra de una **cuchillada**, cuando el atacante te **sujeta de tus ropas** con su mano libre, mientras ejecuta la misma cuchillada **varias veces** en rápida sucesión. En tu defensa, tendrás que enfrentarte con ataques repetidos y efectuar contraataques tan rápido como sea posible.

Es todo un reto practicar las técnicas de defensa mientras tienes tus **ojos cerrados**, y entonces abrirlos súbitamente en respuesta a una señal audible, un ligero golpe, o el agarre del atacante. Debes reconocer instantáneamente la amenaza y ejecutar de inmediato la técnica de defensa apropiada, de manera tan eficaz y precisa como sea posible.

Además, como defensor, te debes mover alrededor y el atacante debe surgir por detrás de un refugio o barrera de tal forma que identifiques el ataque sólo **en el último momento posible**. Justo en cuanto distingues a tu compañero atacando, debes identificar su acción y defenderte, contraatacar, o incrementar la distancia, de acuerdo con el incidente y el tipo específico de ataque. Con el fin de ampliar la variedad de posibles situaciones e incidentes, crea **combinaciones de diferentes retos de entrenamiento** con las opciones que se dan abajo.

Lo siguiente representa la mayoría de los factores que se pueden combinar con el fin de crear un entorno de entrenamiento:

- Un tipo de ataque combinado con otro tipo de ataque.
- El defensor actúa desde una posición de combate o una posición neutral.
- Cambios en el ángulo de ataque; alterando la posición del atacante durante el ataque.
- Cambios en el sitio (entorno) donde se lleva a cabo el entrenamiento, así como la hora del día, intercambiando una variedad de armas usadas por el atacante.

- También es importante emplear varios atacantes en la sesión de entrenamiento, que actúen todos contra el defensor al mismo tiempo, desde varios ángulos, con amenazas diferentes o idénticas.

Existen técnicas de entrenamiento adicionales, aunque las mencionadas con anterioridad son más que suficientes para un entrenamiento extenso. Debes recordar que el nombre del juego es **práctica y más práctica**, sólo que debes hacerlo de una forma creativa, inteligente, que implique reto, de manera que se pueda fomentar un desarrollo y un progreso verdaderos.

Entrenamiento Mental

Nos enfrentamos con el problema de cómo entrenar a una persona a manejar situaciones de vida o muerte. Es evidente, que los participantes no pueden ser seriamente lesionados o muertos y luego regresar de alguna forma a su condición sana anterior para repetir el ejercicio y corregir cualquier error cometido. El reto real es colocar al practicante en un **formato de entrenamiento realista, basado en la vida real**, que presenta problemas y ocasiona estrés, pero sin poner en peligro la vida o la integridad física como puede ocurrir en una situación real.

¿Por qué debemos simular una confrontación violenta de la vida real? ¿Qué no es el estudio técnico suficiente por sí mismo, sin necesidad de un entrenamiento mental especial? La respuesta es **negativa**. El entrenamiento mental es crucial para la habilidad personal de sobrevivir a una confrontación violenta. En el momento que tu vida está en riesgo, debes enfrentarte no sólo con la fuente del peligro (el atacante), sino también con tu mente, además de las respuestas corporales a una situación donde corre peligro la vida. De hecho, **existe una relación unificada entre la mente y el cuerpo** que tiene que ver con el miedo y el estrés experimentado durante una confrontación violenta. La forma como uno maneja el miedo y el estrés impactará directamente nuestra habilidad para tomar las decisiones correctas en el tiempo y la velocidad requeridas, así como el desempeño físico de las técnicas adecuadas que se han memorizado mediante el entrenamiento previo.

Enfrentarse a una confrontación violenta por lo general crea estrés mental y a menudo provoca intensos sentimientos y emociones destructivas como miedo, ansiedad, odio, furia, etc. La participación en el entrenamiento mental solucionará estos problemas mejorando el autocontrol, permitiendo un mejor dominio sobre las emociones propias y haciendo más preciso y más rápido el proceso de toma de decisiones. El sistema nervioso autónomo causa la secreción de grandes cantidades de adrenalina en la sangre. En este estado, la persona puede **paralizarse, huir** o **pelear**.

Es obvio que quedar paralizado en ese momento (aunque algunas veces esto puede servirle a ciertos animales como defensa contra los depredadores) es ineficaz en la mayoría de las situaciones que tenemos el riesgo de encontrar. Si la respuesta es correr o pelear, esta decisión debe hacerse de una **manera bien controlada**, con nuestros sentidos abiertos para absorber el estímulo y la información importantes del entorno, lo cual se realiza mucho mejor si nuestra atención no está limitada por sentimientos y emociones. Por consiguiente, la "parálisis" debe ser eliminada de nuestro repertorio de reacciones instintivas. Si la persona deja de moverse, debe ser como parte de alguna decisión táctica y no **debido a que ha perdido el control** de sus acciones.

Existen evidencias de que hay atletas que logran mucho mejores resultados en el entrenamiento que en una competencia real. Esto ocurre debido a que durante la competencia, la tensión y la presión mental de la situación a menudo les "roba" una gran parte de sus recursos físicos y mentales. No se concentran exclusivamente en las acciones requeridas, y por consiguiente, pierden la energía necesaria para lograr sus mejores resultados. Los entrenadores con conocimientos especializados ayudan a estos atletas a controlar mejor el estrés y a generar un sentimiento de confianza en sí mismos.

Las personas en todos los caminos de la vida, desde los artistas que aparecen ante miles de personas, a los corredores de bolsa que controlan fortunas de decenas de millones de dólares, a veces encuentran difícil soportar la fuerte presión mental bajo la cual deben de trabajar. Algunos recurren a las drogas y, por lo tanto, se llevan a sí mismos al borde de la destrucción.

Es claro que son nuestras **habilidades mentales internas** las que nos permiten funcionar de manera eficaz y apropiada en nuestra vida diaria. En cada experiencia debemos poder manejar con éxito nuestras emociones y sentimientos y salir de cada incidente victoriosos. También debemos aprender de la acción de la confrontación. Por lo tanto, el incidente nos ayuda a comprender las fuerzas que actúan sobre nosotros y fortalecen nuestras capacidades mentales y espirituales.

Por último, resolver el problema presentado al inicio de esta sección: Entrenarse para situaciones de vida o muerte **sin resultar lesionado**, se logrará sólo con **la integración del entrenamiento mental en el régimen de entrenamiento general**. Esta es la forma de desarrollar y afinar las habilidades mentales requeridas. Es necesario practicar y usar este entrenamiento mental en combinación con el entrenamiento físico, técnico y táctico.

Se sabe que el cuerpo humano reacciona a las imágenes creadas en la imaginación y en el subconsciente de igual forma o de forma similar a como reacciona a imágenes y sensaciones absorbidas desde el exterior. Usaremos este hecho para incrementar nuestra habilidad para manejar el peligro. No existe una diferencia fundamental en nuestra reacción, ya sea que haya una imagen que aparezca como resultado de **estimulación externa** o proveniente de nuestra **creación interna**. La estrecha relación existente entre la escena imaginada, el estado mental del imaginador y su subconsciente explican la razón detrás del entrenamiento mental.

Sencillamente, el subconsciente, el cual es la fuente de sentimientos que obstaculizan las habilidades físicas y mentales de la persona durante una confrontación, es adiestrado cuando la persona "ve" o "visualiza" el incidente imaginado.

Al usar este procedimiento, tú, como aprendiz, actuarás únicamente con tu imaginación y en un momento en que estés relativamente relajado y cómodo. Por ejemplo, mientras estás sentado en un autobús, un tren o un aeroplano, o si esperas al dentista, o aprovechas tu tiempo libre. Imagina una escena en la que estás en cierto lugar y un atacante violento trata de agredirte. Intenta visualizar al atacante, mira su ropa, observa las técnicas de ataque usadas por él y qué tipo de arma usa. También observa tu posición y tu estado mental en ese momento.

Al visualizar la amenaza e imaginar las tácticas y las técnicas defensivas apropiadas, tus nervios y músculos están más propensos a responder adecuadamente a un peligro real sin sucumbir a la interferencia del estrés. El entrenamiento mental permite que las técnicas y tácticas se conviertan en tu segunda naturaleza. Éste "imprime" en ti las técnicas y tácticas que has aprendido, de manera que bajo el estrés de un ataque, **tu respuesta física sea hecha sin pensamiento consciente o titubeo**. El entrenamiento mental también te familiariza sobre la forma como se desarrollará una situación que amenaza tu vida y cómo se verá y se sentirá, debilitando por consiguiente el impacto del estrés y el fenómeno de una impresión fuerte cuando te enfrentas realmente con una amenaza de estas en la vida real.

Existen dos métodos alternativos para observar un incidente: (1) Como si estuvieras **viendo una película de cine**, en la que los personajes (incluyéndote a ti) actúan ante tu vista. (2) Verlo como si fueras un **participante activo**, actuando como parte del incidente. Se debe hacer énfasis al segundo enfoque, ya que éste estimula mejor el punto de vista que por lo general tiene un defensor durante un enfrentamiento violento.

La Técnica

Imagina el incidente en las diferentes etapas, de acuerdo con las diversas posibilidades para su conclusión. Primero, permite que tu atacante imaginario tenga éxito en su ataque, y contémplate "lesionado". "Siente" que el ataque te hiere y te ocasiona dolor, como si fueras el "derrotado" en el incidente. Imagina el incidente una y otra vez, en cámara lenta, **cada vez mejorando tu posición y desempeño**. Al imaginar el incidente, aplica defensas cada vez más eficaces y ejecuta contraataques que sean cada vez más fuertes y rápidos. Al final, visualízate como el ganador, venciendo repetidamente al atacante con defensas y contraataques eficaces.

La mayor parte de la concentración debe estar en **visualizarte como el "ganador"**, con el fin de grabar este resultado en tu mente, y aumentar las oportunidades de que sobrevivas si esto también ocurre en una **pelea en la vida real**. El hecho de que estés consciente de la posibilidad de que puedas ser "derrotado" o lesionado, irá disminuyendo tu temor de ser herido realmente, y aumentará significativamente **tu habilidad para actuar bajo presión**. Una vez que has alcanzado la etapa en que derrotas al agresor en tu imaginación, puedes proceder con una práctica imaginaria de otra técnica de ataque, en otra situación, contra otro atacante.

En las etapas avanzadas de entrenamiento mental, debes imaginar **toda la pelea**, una confrontación extensa, en contra de un agresor. Puedes combinar la imaginación con acciones físicas reales, es decir, imaginas los ataques, acciones y comportamiento del atacante imaginario (o atacantes), mientras realizas físicamente las defensas y los contraataques necesarios, inicias el ataque y cambias las tácticas. Durante esta actividad debes estar "consciente" de la "persona" ante ti, y esforzarte en "ver" sus respuestas a tus acciones y el efecto que éstas pueden tener en tu adversario. Practica estas acciones **con lentitud y con mucha atención en los detalles**. La importancia de la pelea o el combate imaginario se encuentra en la creación de imágenes y situaciones sucesivas y cambiantes.

Además, es claro que esto también funciona de la otra forma, es decir, toda la práctica física "regular" de técnicas defensivas y tácticas, así como el combate cuerpo a cuerpo, también te entrenan, mejoran tu destreza y te preparan para la confrontación mental; la razón es que al entrenar físicamente, nuestra mente también se ejercita y, por lo tanto, mientras más fuerte física y mentalmente es el entrenamiento, será mejor.

Por último, debe observarse que a pesar de la importancia del entrenamiento mental, al final es tu cuerpo el que ejecuta las acciones físicas que salvarán tu vida o las vidas de aquellos a tu alrededor. Por consiguiente, no es menos importante **mejorar tu condición física**, y en especial **tu habilidad de amortiguar un ataque e ignorar el dolor** que podría ser ocasionado durante la confrontación. Como resultado, incrementarás tu habilidad para manejar en forma confiada y exitosa a un atacante que constituya una genuina amenaza y, cuando sea necesario, vencerlo en forma más fácil y eficaz sin ser obstaculizado por el titubeo o la interferencia emocional y física provocadas por uno mismo.

Una Historia de la Vida Real

Nunca subestimes a tu oponente: Un campeón mundial de ajedrez viaja en un tren por Europa central, y un hombre sentado a su lado le sugiere un juego de ajedrez. Desde luego, él se rehusa, no ve ningún caso en ello. Conoce personalmente a todos los jugadores de nivel mundial y, por consiguiente, es evidente que la diferencia en destreza es mucho mayor. El otro hombre le insiste y al final está de acuerdo en jugar una sola partida. El campeón juega descuidadamente y pierde. El otro pasajero le pide otra partida. Como el campeón sabe que si juega con más seriedad ganará con seguridad, se rehusa. El otro hombre continúa implorándole y finalmente consiente, pero, aunque juega al máximo de su habilidad, pierde de nuevo. Ahora es el campeón quien exige otro juego, y a pesar de todos sus esfuerzos, mientras juega lo mejor posible, para su gran sorpresa, pierde por tercera ocasión. Así que le pregunta al pasajero: "¿Quién eres y dónde aprendiste a jugar así?" El hombre responde que vive en uno de los pequeños poblados de la región, que nunca ha salido del país y que siempre ha jugado únicamente con sus amigos. Y agrega que lamentablemente el tren ha llegado al lugar a donde va y tiene que bajarse, y le agradece por la agradable competencia. Entonces desaparece, dejando al campeón mundial sorprendido por este extraño incidente durante el resto de su vida.

Seguridad en el entrenamiento 14

Adquirir las destrezas necesarias para dominar a un atacante en una confrontación violenta o a un enemigo en una batalla requiere entrenamiento. Entrenar en un método de combate significa enfrentarse físicamente (del contacto suave al fuerte), así como mentalmente con uno o más compañeros de entrenamiento. El entrenamiento también incluye la utilización de diferentes tipos de equipo profesional como costales para golpear, manoplas y otros cojines de entrenamiento o trajes de contacto, utilizados para formar la destreza personal. Las técnicas también pueden mejorarse y refinarse ejecutándolas como "ejercicios en el aire", es decir, sin la interacción de una pareja o la resistencia de un costal para pegar, en esencia, ejecutándolos "al aire".

Nuestro objetivo es que el estudiante participe en todos los tipos de entrenamiento **sin ser lastimado**. Para esto necesitamos un sitio adecuado para entrenar, un código apropiado de comportamiento, el equipo adecuado, un procedimiento gradual para incrementar el aprendizaje y experimentar un entrenamiento intenso. Cumpliendo con estas condiciones impediremos que ocurran la mayoría de los peligros y minimizaremos las posibilidades de resultar lesionados. En este capítulo, presentaremos las directrices para lograr este benéfico objetivo.

Indudablemente, existe algún conflicto al tratar de equilibrar estos dos procedimientos contradictorios de gran importancia: Los métodos de entrenamiento y las situaciones que causan estrés al estudiante y simulan ataques callejeros en condiciones de la vida real, opuestos a los métodos de entrenamiento sin factores que pudieran ocasionar algún perjuicio o lesiones serias a los participantes. La disciplina del Krav Maga siempre ha insistido en **combinar estos dos procedimientos opuestos** y entrenar a sus discípulos en una atmósfera casi real, sin infligir alguna lesión corporal que no se necesita.

Examen Médico

Es **imprescindible** un examen médico tanto para los estudiantes como para el instructor, con el fin de eliminar cualquier temor por un estado de salud deficiente. El estudiante y el instructor deben tener la suficiente condición física para el tipo de actividad energética y retos físicos que por lo general se encuentran en el Krav Maga. No obstante, incluso las personas con ciertas limitaciones físicas (ya sean ligeras o serias) pueden entrenar en el Krav Maga, aunque **bajo instrucción especial y con la supervisión médica necesaria,** y obtener resultados impresionantes. En Israel, se dan cursos especiales de entrenamiento en Krav Maga a personas que padecen de discapacidades severas, ya sea como resultado de acciones de guerra o por problemas de salud de la infancia. En muchos casos, ¡los participantes se gradúan con sorprendentes resultados a pesar de sus limitaciones!

Antes de participar en cualquier entrenamiento de Krav Maga, uno siempre debe tener la autorización del médico. Los doctores que examinen (evalúen) qué tan apropiado es este entrenamiento para cierto individuo, **deben estar conscientes del alto nivel de contacto físico y tensión cardiovascular en el participante**. También se debe enfatizar que una persona aprendiendo de un manual o un video debe ser muy cuidadosa mientras practica, ya sea que entrene sola o en pareja, debido a que **carece de la supervisión personal y la tutela de un instructor experimentado y autorizado de Krav Maga**.

El Lugar de Entrenamiento

Cualquier lugar en que las personas puedan practicar deportes o entrenamiento físico, en nuestro caso Krav Maga, se considera un **lugar de entrenamiento**. Este puede ser un centro deportivo, el jardín, la playa, tu sala, etc. El tipo de entrenamiento y el lugar deben ser compatibles.

Antes de comenzar la práctica, se **debe hacer a un lado** cualquier objeto que pueda ocasionar alguna lesión a los participantes. Si se entrena en el piso de un gimnasio cubierto con tapetes, ten mucho cuidado de asegurarte que los tapetes estén unidos firmemente unos con otros, sin ningún espacio entre ellos y **sin ninguna posibilidad de deslizarse**. Es mejor si la alfombra cubriendo todo el piso a su vez es cubierta por una lona firmemente estirada o una cubierta ahulada sin dobleces, huecos o rasgaduras.

El sitio de entrenamiento debe estar **bien ventilado** para asegurar una circulación adecuada de aire fresco. Debe tenerse a la mano una fuente ilimitada de agua, y durante los climas calurosos los participantes deben beber agua **durante la misma sesión de entrenamiento**.

Nota: La entrada y la salida al sitio de entrenamiento debe permitir el **paso adecuado** de dos personas cargando a un tercero, en caso de una lesión.

Siempre debe haber a la mano un botiquín de primeros auxilios. Éste debe estar bien abastecido y equipado con artículos adecuados para una amplia variedad de lesiones, desde las muy ligeras hasta las más serias. Asegúrate de inspeccionar el botiquín y volverlo a surtir cuando se requiera. El botiquín debe estar muy accesible y su ubicación debe ser conocida por todos los participantes en la sesión de entrenamiento.

Un estudiante de Krav Maga debe entrenar regularmente en diferentes sitios, incluyendo lugares **donde podría enfrentarse realmente a una confrontación violenta**. Si no lo hace así, los ambientes desconocidos pueden reducir su habilidad mental, y cuando esto ocurre, su habilidad física también resulta afectada. Por lo tanto, al llegar a un sitio de entrenamiento diferente al que acostumbras, asegúrate de inspeccionar con cuidado el lugar, busca los riesgos obvios y ocultos para tu seguridad. Desde luego, también **se debe llevar un botiquín de primeros auxilios** al lugar de entrenamiento.

No debe faltar decir que un centro de entrenamiento también debe cumplir con los **requerimientos gubernamentales** reglamentarios en relación con las condiciones sanitarias y de seguridad.

Vestido y Apariencia

La ropa y el equipo deben ser apropiados para el entrenamiento y viceversa. Antes de que comience la sesión, el estudiante debe **quitarse todos los objetos y la joyería** que podrían ocasionarle alguna lesión a él o a los demás que participan en la lección. Tales objetos incluyen, por ejemplo, relojes de pulso, collares, anillos y aretes.

Nota: Se deben tomar precauciones especiales si el estudiante usa anteojos o tiene pelo largo, uñas largas, etc.

Atuendo de entrenamiento. Debe ser estético y completo, sin accesorios peligrosos para los participantes, como hebillas, cierres abiertos, ropa rota, bolsas colgantes, etc.

Equipo de seguridad y prendas protectoras. Siempre deben ser apropiadas para el tipo de entrenamiento. El grado de fuerza al impacto debe adaptarse al equipo protector que usa el estudiante, de manera que **se evite la fuerza excesiva** que puede resultar en una lesión. Las vendas, los vendajes de boxeo y los protectores deben ser completos, usados de manera correcta y no deben tener alfileres u orillas filosas.

Conociendo todo lo anterior, es esencial entrenar con **diferentes tipos de ropa**: Desde un traje de baño y ropa ligera de verano, hasta ropas de invierno gruesas y pesadas. Con el fin de prepararse para situaciones de la vida real, el estudiante debe sentirse cómodo al realizar las técnicas de defensa personal y los ejercicios de combate con cualquier tipo de ropa, ¡y no debe acostumbrarse a entrenar con una sola clase!

Calentamiento

El propósito del calentamiento es preparar al estudiante, física y mentalmente, para el entrenamiento. El calentamiento debe ser **gradual**, e incluir la activación de los diferentes sistemas corporales.

Cuando uno tiene un encuentro violento real, obviamente no puede pedirle tiempo al atacante para calentar. En cualquier momento, y en una fracción de segundo, uno debe estar listo, física y mentalmente, para emprender la acción correcta y manejar al adversario sin calentamiento. En momentos como éste, la ayuda necesaria proviene del sistema nervioso autónomo, cuyo propósito es manejar tales sucesos inyectando en forma natural substancias estimulantes en la circulación sanguínea, como la adrenalina. Sin embargo, en sesiones donde uno decide entrenar sin calentar, se debe tener mucho cuidado de **evitar acciones repentinas que impliquen esfuerzo extremo**, las cuales podrían ocasionar algún daño físico.

Se recomienda realizar un ligero calentamiento antes de proceder con la actividad física descrita en los diversos métodos y técnicas de aprendizaje presentados en este libro. Este calentamiento ligero dura entre 10 y 15 minutos y por lo general incluye **ejercicios de estiramiento** para estimular la circulación, acelerar el sistema cardiovascular e incrementar la flexibilidad en los músculos y articulaciones, y también los **ejercicios de fuerza ligeros** como lagartijas, abdominales y sentadillas, doblando las rodillas por completo. También es muy recomendable que el calentamiento incluya algunos **juegos de combate** y ejercicios con algunas **técnicas básicas** del Krav Maga.

Código de Comportamiento. Autodisciplina; Siguiendo las Instrucciones del Entrenador o del Encargado de la Sesión

Si entrenas con un compañero (o compañeros), **sin la presencia de un entrenador**, se recomienda que se decida quien dirigirá la sesión. Esta persona será llamada "**encargado de la sesión**".

La clave para entrenar con seguridad y evitar una lesión innecesaria, es un **comportamiento correcto**. Éste está basado en la autodisciplina y en seguir las instrucciones del encargado de la sesión.

Precaución: Si entrenas solo o en pareja con base en instrucciones escritas, la ausencia de un entrenador experimentado hace especialmente importante mantener un alto nivel de responsabilidad y apegarse estrictamente a las reglas de seguridad.

Se deben seguir las instrucciones con el fin de lograr la **uniformidad en el comportamiento del grupo**; un grupo grande de estudiantes en una sesión de entrenamiento siempre debe moverse en direcciones preestablecidas con el fin de reducir la posibilidad de una colisión entre los participantes.

Cuando el estudiante practica una técnica en particular, deberá ejecutar las diversas técnicas de ataque y defensa en momentos en que se encuentre en un **estado emocional tranquilo**. Uno no debe enojarse con su compañero (o "adversario") o actuar enfurecido, enojado o temeroso y, desde luego, no debe "sorprender" a éste con la ejecución de un ataque que no se había acordado previamente. La autodisciplina también incluye apego estricto al formato del entrenamiento, siguiendo las instrucciones del encargado del grupo y teniendo un interés genuino por el bienestar de nuestro compañero de entrenamiento.

Normas de Seguridad y Reglamentos en Diferentes Campos de Entrenamiento

El estudiante debe estar preparado, emocional, física y técnicamente, para el grado de dificultad propio de la sesión de entrenamiento. Si, por alguna razón, uno siente que es incapaz de manejar una confrontación o no puede realizar alguna de las acciones requeridas durante la sesión, **debe evitar estas actividades**. El encargado de la sesión debe estar consciente de las habilidades y limitaciones del estudiante en cualquier momento, y proceder de acuerdo con éstas.

La práctica de acciones como puñetazos o patadas al aire, siempre debe hacerse **bajo el control apropiado y con la fuerza adecuada**, para no dañar las articulaciones o los músculos. Por ejemplo, una extremidad en movimiento nunca debe ser llevada más allá de su alcance máximo para no dañar o estirar excesivamente la articulación. Por consiguiente, se debe recoger antes de alcanzar su extensión máxima.

Durante la sesión, la fuerza del impacto en el costal para golpear o cualquier otro blanco, cojín o manopla, debe **controlarse**. La extremidad atacante debe acostumbrarse a amortiguar los impactos recibidos al chocar con el blanco, y por lo general lleva algún tiempo y entrenamiento hasta que puedas golpear seguramente con gran velocidad y fuerza. Es muy común, en el entrenamiento, así como en los incidentes de la vida real, que después de asestar un golpe con el puño, el combatiente sufra una lesión en su muñeca.

En entrenamiento en grupo, cualquier movimiento que requiera un gran espacio, es decir, caídas, amortiguamiento de caídas, rodaduras, aventones, y patadas, debe ejecutarse **por todos los participantes en la misma dirección**, con el fin de evitar colisiones entre ellos. Las **caídas** y los **saltos** deben hacerse en una **superficie blanda**.

Si el lugar de entrenamiento está atestado, las acciones como empujar a su compañero **siempre deben coordinarse** con los otros participantes. En estos casos, también será necesario mirar en la dirección del movimiento **para evitar una posible colisión** con otros estudiantes. ¡Bajo ninguna circunstancia un estudiante debe ser arrojado con fuerza en dirección de otros participantes!

Precaución: A menos que se solicite específicamente, un estudiante no debe caerle encima a su compañero al final de un ataque, barrida o salto.

Ninguna parte del cuerpo, en particular **ningún punto vulnerable** del cuerpo del compañero, debe someterse a un ataque con fuerza. Debemos tener en cuenta que el nivel de impacto posible al asestar y amortiguar un ataque difiere en cada individuo. Algunas personas son fuertes y tienen un nivel elevado de tolerancia, mientras que otras son más delicadas. Sin embargo, debe tenerse en cuenta que **los ataques con fuerza en los puntos más vulnerables del cuerpo casi siempre resultan en lesiones**, a veces permanentes, no importa quien esté en el extremo receptor.

Nota: El estudiante nunca debe asestar un puñetazo en el rostro desprotegido de su compañero con un puño sin guantes o con los dedos tensos y rígidos.

El compañero debe ser liberado de estrangulamientos, candados en la cabeza, sujeciones o llaves **en el momento en que haga una señal preestablecida**, como pronunciar una palabra o un sonido, dar un golpecito con su mano, etc. Este tipo de ataque **no debe** ejecutarse en forma apresurada o con fuerza máxima. Más bien, estas acciones deben efectuarse gradualmente, de una manera controlada y poniendo atención a las reacciones del compañero. Sólo después de que uno tiene una buena condición física y ha logrado un alto nivel de eficiencia en los ejercicios de defensa, se le puede permitir un nivel de entrenamiento más intenso.

Al practicar defensas en contra de ataques con un palo, éste debe ser **suave**, sin roturas, grietas o protuberancias. Un **palo acojinado** es muy recomendable al principio del entrenamiento y durante las sesiones de entrenamiento rudas.

Al practicar las defensas en contra de ataques con cuchillo, se deben usar **cuchillos de hule** en las etapas iniciales del entrenamiento. Únicamente después de que se ha adquirido un grado de destreza adecuado, los estudiantes progresan y utilizan **cuchillos de madera** falsos. Por último, una vez que has dominado completamente las técnicas, los estudiantes avanzados pueden entrenar con **cuchillos de metal**, ¡pero con el máximo cuidado!

Nota: Los accesorios de entrenamiento y otros aditamentos se deben mantener en buena condición, completos, y deben ser apropiados para una actividad específica.

Cada vez que sea necesario, el estudiante debe usar **artículos protectores**, apropiados a su grado de condición física, a sus capacidades técnicas y al grado de impacto en el ejercicio o encuentro. Se puede encontrar en el mercado una amplia variedad de artículos protectores. Por tu propio beneficio, debes usar artículos protectores que sean apropiados y estén bien diseñados.

El encuentro y la sesión de práctica deben detenerse de inmediato si "la situación se sale de control" y los participantes parecen haber perdido el dominio de sí mismos. Para esto se requiere que haya una **supervisión adecuada** en el lugar de entrenamiento. La actividad se puede reanudar sólo después que los estudiantes hayan recuperado el equilibrio y el control emocional, mental y físico.

Al practicar cada técnica y enfrentamiento, los compañeros de entrenamiento deben poder confiar el uno en el otro y también **ayudarse a lograr sus metas**: Dominar el ejercicio y el tema en su totalidad, mejorar sus destrezas y aumentar su conocimiento. Esto debe hacerse sin el impedimento de una competencia destructiva, el deseo de demostrar superioridad, o cualquier intento por "ajustar cuentas" o buscar venganza.

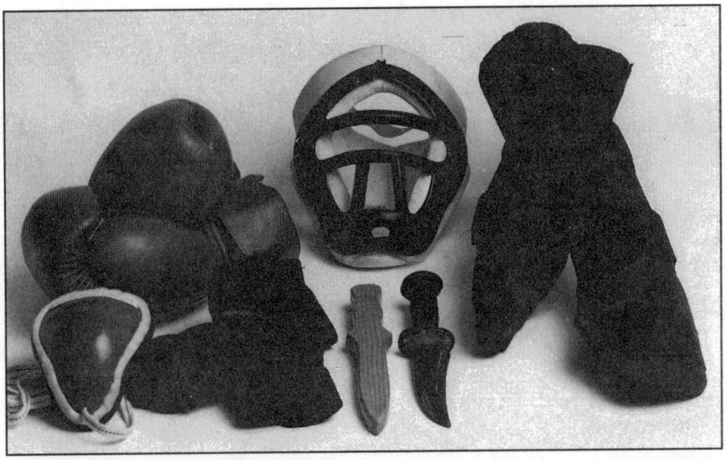

***Algunos accesorios de seguridad**: Protector de cabeza, usado principalmente en las prácticas rudas de combate; guantes para costales de golpear; guantes de box comunes; protectores de espinillas; protector de entrepierna; cuchillos de madera y hule para entrenamiento.*

Conceptos y términos usados comúnmente en el Krav Maga

Este capítulo presenta conceptos y términos usados comúnmente en el Krav Maga, y que aparecen en este libro.

Posiciones Iniciales

Posición inicial general

Posición inicial: Posición de arranque, desde la que se llevan a cabo las diversas técnicas de defensa y ataque.

Posición inicial neutral: Cuerpo recto, manos hacia abajo y los pies paralelos a la misma distancia de los hombros. Con frecuencia conocida como "**posición pasiva**". Sirve para simular la postura natural de una persona cuando no está preparada para la posibilidad de ser atacada.

Posición inicial general: Con frecuencia conocida como "posición general de combate". La ubicación de los pies será una posición entre estar parado erguido y estar a horcajadas, con los pies abiertos a la misma distancia de los hombros y en una posición linear, con un pie detrás del otro con un espacio entre 15 y 33 cms. entre ellos. El talón del pie trasero está elevado, las rodillas están ligeramente flexionadas, el pie delantero está dirigido ligeramente hacia adentro, y las manos están levantadas a la altura de los hombros o el cuello, con cada mano colocada al frente del lado interior del hombro correspondiente y a una distancia igual de éste. El pie delantero soportará entre la mitad y dos tercios del peso corporal.

Posición inicial para defensas hacia adentro

Nota: Esta es sólo una fórmula general para una posición inicial; cada persona puede cambiarla un poco y adaptarla, en especial durante una confrontación.

Posición inicial para defensas hacia adentro: Como se mostró anteriormente, excepto que la distancia horizontal entre las manos es ligeramente mayor y cada mano está opuesta aproximadamente al hombro correspondiente.

Objetivo: Usada principalmente para un confort máximo al aprender y practicar las técnicas que usan defensas contra puñetazos rectos. También, esta posición lleva el ataque al centro, entre las manos del defensor, facilitando una defensa más sencilla.

Posición inicial para defensas hacia afuera: Similar a la posición inicial general, excepto que cada mano está enfrente del hombro opuesto y el cuerpo puede estar ligeramente volteado.

Posición inicial para defensas hacia afuera.

Objetivo: Usada principalmente para un confort máximo al aprender y practicar las técnicas que usan defensas contra puñetazos rectos.

Técnica para Dar Pasos y Avanzar

Paso tipo pisotón; avance con un pisotón: Técnica de avance desde una posición neutral, mediante un paso con fuerza hacia abajo, avanzando (con un salto) sobre un pie, por lo general, mientras el otro pie o pierna descarga una patada. El pie delantero también puede avanzar de esta manera desde la posición inicial general (ver anteriormente).

Cruce de piernas, avance cruzado: Avance mediante un paso bajo al frente dado con fuerza (usando un salto), mientras cruzas tus piernas con el fin de lograr la distancia y el alcance apropiados. Esto se lleva a cabo con movimientos similares al paso tipo pisotón descrito con anterioridad. Si el pie trasero pasa enfrente del pie delantero, la acción se llama "cruce al frente" y si pasa detrás del pie delantero, la acción se denomina "cruce por detrás". Cuando el pie que avanza pisa el suelo, el otro pie ya está en el aire, o en su camino al blanco, ejecutando una patada o un rodillazo.

Avance mediante un cruce por detrás.

Paso de persecución: También es un miembro de la familia de pasos tipo pisotón. Consiste de un avance rápido en el cual el pie trasero avanza y reemplaza al delantero. El momento en que la pierna que avanza toca el suelo, la otra pierna (por lo general la del frente) está en camino de impactar el blanco.

Puñetazos

Puñetazo recto: Un puñetazo en el que la mano se lanza en línea recta hacia el blanco desde el área del hombro, con el codo abajo para estirarse tanto como sea posible. Cuando el puñetazo está próximo a llegar, el puño rota ligeramente, y entonces la mano se jala de inmediato en un movimiento con fuerza, semejante a una acción de "bombeo" hacia atrás. Este movimiento hacia atrás tipo resorte, se ejecuta en la mayoría de los puñetazos en el Krav Maga, pues incrementa la velocidad del golpe, con el resultado de una contusión más fuerte al impacto con el blanco. El puñetazo por lo general se ejecuta con la base de la mano o con el puño apretado, golpeando el blanco con los nudillos de los dedos índice y medio.

Puñetazo recto con la base de la mano derecha.

Puñetazo recto con la derecha visto desde el frente.

Puñetazo recto con la izquierda.

Puñetazo circular de "gancho" con la mano derecha.

Puñetazo hacia arriba con la mano derecha.

Puñetazo de tajo hacia los lados.

Puñetazo de martillo horizontal hacia atrás.

Puñetazo de martillo al frente.

Puñetazo circular de "gancho": El puño se dirige al frente en un movimiento semicircular hacia adentro diseñado para ir alrededor de cualquier obstáculo en su camino al blanco. El cuerpo gira en su eje en dirección al blanco, con el peso del atacante aplicado al puñetazo. El puño se sostiene con el meñique abajo y el pulgar arriba, con los nudillos de los dedos índice y medio golpeando el blanco.

Puñetazo hacia arriba: El puño avanza hacia arriba al blanco, por lo general en un movimiento diagonal. El cuerpo del atacante, con todo su peso, se impulsa hacia arriba para asestar este puñetazo.

Golpe de tajo: Un puñetazo asestado con el filo interno de la mano. El blanco se golpea con el músculo debajo del dedo meñique. Este golpe puede dirigirse hacia el frente, hacia adentro, hacia abajo, hacia afuera (a los lados), o hacia atrás, en un plano horizontal o vertical.

Puñetazo de martillo: Ejecutado de manera similar al de tajo, pero con el puño apretado. Similar al puñetazo previo, puede dirigirse en un plano horizontal y vertical.

Patada regular hacia el frente.

Utilizando la patada.

Patadas

Patada regular: Una patada de golpe rápido que pega en su blanco dirigida hacia arriba y al frente. El área para golpear es la bola del pie o el empeine (cuando se golpea la ingle del adversario).

Patada circular: Una patada con barrido y golpe rápido, pegando en el blanco en un movimiento semicircular. Mientras se lleva a cabo esta acción, el pateador ejecuta un giro pélvico. El impacto puede hacerse con la bola del pie, el empeine, o algunas veces la espinilla (si estás relativamente cerca del blanco).

Patada circular, vista desde el frente.

Patada circular con golpe a las costillas inferiores.

Levantando la rodilla para asestar una patada de pisotón hacia abajo.

Asestando un pisotón.

Patada de Pisotón: Este ataque es recto, golpeando el blanco en línea recta. El pie se levanta y se lanza el talón hacia abajo en un movimiento fuerte (como si se aplastara una lata de soda en el suelo). El pateador jala su pierna hacia arriba (hacia su cuerpo), entonces lanza su talón hacia abajo hacia el blanco y aplica un peso de consideración.

Esta patada se jala rápidamente y puede dirigirse de nuevo hacia abajo (en forma de pisotón), al frente (patada defensiva al frente), a los lados (patada de lado) o hacia atrás (patada defensiva hacia atrás).

Patada de lado: Esta patada por lo general se descarga en un blanco localizado a un lado del pateador. Esta es una variación de la patada de pisotón. El pateador lleva su rodilla arriba y al frente, y gira sobre la articulación de la cadera. Esto lleva el pie en forma lateral al blanco. El talón se envía al blanco en un movimiento recto. La cadera de la pierna que patea se mueve hacia el blanco mientras el pie que sirve de base gira para una mayor extensión, y el cuerpo se inclina ligeramente hacia un lado. Después de asestar la patada, el pie se regresa en un fuerte movimiento de resorte, prácticamente por el mismo camino por el que se lanzó.

Patada defensiva hacia adelante.

Patada defensiva hacia atrás.

Patada defensiva hacia atrás: Esta patada también forma parte de la familia de las patadas de pisotón. El talón se envía desde las asentaderas en línea recta hacia el blanco, similar a la forma en que un caballo patea con sus patas traseras. La espalda se curva, y con el fin de ver el blanco, el pateador mira hacia atrás, por un lado de su hombro o debajo de su brazo.

Patada de lado.

Defensa hacia afuera en contra de un puñetazo recto.

Defensa hacia adentro en contra de un puñetazo recto con un contraataque simultáneo.

Defensa deslizante hacia adentro, con un golpe al final del movimiento defensivo.

Defensa de cuchillada en contra de un ataque con un hacha.

Defensas

Defensa hacia afuera: Una acción que desvía o detiene el ataque. Desde una distancia próxima al cuerpo, se lanza la extremidad defensora (por ejemplo, el antebrazo) hacia afuera, arriba o abajo.

Defensa hacia adentro: Una acción que desvía (o detiene) el ataque. La extremidad defensora se mueve hacia adentro para encontrarse con el ataque y cambiar su dirección, cruzando el camino de la extremidad agresora en un ángulo recto o agudo.

Defensa de "cuchillada": Una defensa hacia afuera que se encuentra con la extremidad agresora en un ángulo agudo y se desliza por ella, cambiando por consiguiente su curso. Esta técnica se caracteriza por su movimiento linear, similar a un puñetazo recto.

Movimientos de la Mano

Rotación: Un movimiento rotatorio del antebrazo y la mano en un eje que es paralelo al antebrazo, enviando el pulgar hacia afuera. La mano derecha se mueve en dirección de las manecillas del reloj y a la izquierda en sentido contrario al reloj.

Palanca: Flexión de cualquier articulación más allá de su límite natural con el fin de aplicar presión para ocasionar dolor al adversario, dislocando posiblemente la articulación, controlándolo en su posición presente, o causando que el adversario se mueva en la dirección determinada por el defensor.

Llave del caballero: Flexión de la muñeca más rotación, creando un poderosa acción de palanca que de inmediato tira al adversario al piso.

Frases selectas del gran maestro Imi Sde-Or

- Aquel cuyo "NO" no es un verdadero NO, tampoco su "SÍ" será un verdadero SÍ.
- Dile a las personas la verdad y ellos "te la dirán" justo en la cara.
- Uno no necesita hacer las paces con los amigos, sólo con los enemigos.
- Considerar estrictamente a los demás mantiene las buenas amistades.
- Un hombre de carácter recio tiene muchos amigos.
- No todos los que caminan en dos piernas son realmente seres humanos.
- Aquel que escribe su nombre con mayúsculas, no es un hombre.
- No hay dos cosas en la vida que sean exactamente iguales. Incluso los gemelos son ligeramente diferentes. Dos tornillos que salen de la misma línea de producción no son completamente idénticos. Incluso una misma persona puede ser diferente en momentos diferentes.
- Antes de comenzar a cortejar a una mujer, sería mejor que supieras quién es su padre, quiénes son sus hermanos, y a veces... quién es su novio.
- En ocasiones, un hombre voltea a mirar a una mujer y esto cambia totalmente su vida, a veces no voltea a mirarla, y esto también cambia completamente su vida.
- No viajo al extranjero con el fin de ver el panorama, voy únicamente a conocer personas.
- ¡Mesera, tráigame dos de lo que mi médico no me permite tomar!
- **Todos quieren estar en el lugar de otra persona**: En el circo, un acróbata joven y musculoso realiza suertes acrobáticas en el trapecio, mientras abajo entre los espectadores, en los asientos más caros, se sienta un hombre de negocios gordo y adinerado, con un puro entre sus labios y una despampanante chica sujetando su brazo. El hombre se dice a sí mismo: "Daría todo lo que tengo para ser como él, joven,

atlético, sin preocupaciones en el mundo"; y el acróbata, quien ve al hombre desde lo alto del trapecio, piensa: "Me gustaría estar en su lugar, un hombre rico con una mujer hermosa, que puede pagar el asiento más caro en el circo y observar a un desafortunado joven, pobre como yo, que arriesga la vida por unos cuantos centavos".

TÍTULOS DE ESTA COLECCIÓN

Karate. Guía Paso a Paso. *Kevin Healey*

Krav Maga. Cómo Defenderte contra un Ataque Armado. *Imi Sde-Or Lichentfeld*

La Energía Interior. Qi Kung. *Richard M. Chin*

Impreso en Offset Libra

Francisco I. Madero 31

San Miguel Iztacalco,

México, D.F.

SITES OF DISQUIET

Purdue Studies in Romance Literatures

PSRL volume 58